BASTEI
LÜBBE

BASTEI-LÜBBE-Taschenbuch-Programm:
ISAAC ASIMOV'S ROBOT CITY

23 079 Band 1: Die Odyssee
23 083 Band 2: Der Verdacht
23 087 Band 3: Der Cyborg
23 091 Band 4: Der Aufruhr
23 095 Band 5: Die Zuflucht
23 099 Band 6: Die Suche

ROBOT & ALIENS
23 109 Band 1: Der Doppelgänger
23 113 Band 2: Der Renegat

ISAAC ASIMOV'S ROBOT CITY
ROBOTER & ALIENS

Band 3

Robert Thurstone

DER EINDRINGLING

Science Fiction Roman

Ins Deutsche übertragen
von Winfried Czech

Illustrationen
von Paul Rivoche

BASTEI
LÜBBE

BASTEI-LÜBBE-TASCHENBUCH
Science Fiction Abenteuer
Band 23 116

Erste Auflage: Juli 1991

Deutsche Lizenzausgabe 1991
Bastei-Verlag Gustav H. Lübbe GmbH & Co.,
Bergisch Gladbach
Originaltitel: Intruder
Lektorat: Wolfgang Neuhaus/Reinhard Rohn
Titelillustration: Paul Rivoche
Umschlaggestaltung: Quadro Grafik, Bensberg
Satz: KCS GmbH, 2110 Buchholz/Hamburg
Druck und Verarbeitung:
Brodard & Taupin, La Flèche, Frankreich
Printed in France
ISBN 3-404-23 116-3

Der Preis dieses Bandes versteht sich
einschließlich der gesetzlichen Mehrwertsteuer.

Isaac Asimov

Was ist ein Mensch?

Das klingt nach einer einfachen Frage. Aus biologischer Sicht ist der Mensch ein Angehöriger der Gattung *Homo sapiens*. Wenn wir uns darauf einigen, daß ein bestimmtes Lebewesen (nehmen wir ein männliches) ein Mensch ist, dann ist jedes weibliche Wesen, mit dem sich das männliche paaren kann, ebenfalls ein Mensch. Und alle Männer, mit denen sich jede dieser Frauen paaren kann, sind ebenfalls Menschen. Schon auf diese Weise sind einige Milliarden Lebewesen auf der Erde als Menschen definiert.

Es mag sein, daß es gewisse Exemplare gibt, die zu alt oder zu jung oder aus dem einen oder anderen Grund nicht zur Vermehrung fähig sind, die aber der menschlichen Spezies mehr als jeder anderen ähneln. Auch sie sind Menschen.

Damit kommen wir auf mehr als fünf Milliarden Menschen, die momentan die Erde bevölkern, und auf vielleicht sechzig Milliarden, die auf ihr gelebt haben, seit der *Homo sapiens* sich entwickelt hat.

Das ist einfach, nicht wahr? Aus biologischer Sicht sind wir alle Menschen, ob wir nun Englisch, Türkisch oder Japanisch sprechen, ob wir helle oder dunkle Haut haben, rotes oder schwarzes Haar, blaue oder braune Augen, flache oder schmale Nasen und so weiter.

Allerdings ist das eine Definition nach biologischen Kriterien, die eine gewisse Bildung voraussetzt. Stellen Sie sich nun einmal vor, Sie wären Angehöriger eines primitiven Stammes mit einheitlichem Aussehen, Sprache und Kultur und begegneten plötzlich jemandem, der auf den ersten Blick so aussieht wie Sie, jedoch rotes Haar hat, während Sie bisher nur schwarzes gesehen haben. Der andere hat eine helle Haut, für Sie aber ist es selbstverständlich, daß die Haut dunkel sein muß. Das schlimmste aber ist, daß der andere nicht die ›Menschensprache‹ spricht, sondern merkwürdige Laute von sich gibt, mit denen er sich Ihnen mitzuteilen versucht, die Sie aber beim besten Willen nicht begreifen können.

Sind solche Fremden Menschen, wie Sie selbst einer sind? Ich fürchte, Sie würden zu dem Schluß kommen, daß dies nicht der Fall ist. Und das ist nicht einmal nur auf mangelnde Bildung zurückzuführen. Die antiken Griechen, gewiß eines der gebildetsten Völker, die jemals gelebt haben, unterteilten alle Menschen in zwei Gruppen: in Griechen und Barbaren.

Unter Barbaren verstanden sie nicht etwa Individuen, die unzivilisiert waren oder sich auf einer tierischen Existenzstufe befanden. Sie akzeptierten sogar, daß einige Barbaren, wie etwa die Ägypter, die Babylonier und die Perser eine Hochkultur besaßen. Es war nur so, daß Nicht-Griechen kein Griechisch sprachen; sie stießen Laute hervor, die für einen Griechen, der zum erstenmal mit einer anderen Sprache konfrontiert wurde, nicht mehr Sinn ergab als ein albernes Geräusch wie ›bar-bar-bar‹.

Vielleicht sind Sie der Ansicht, die Griechen hätten diese Einteilung aus Gründen der Bequemlichkeit getroffen, wären aber nicht so weit gegangen, Barbaren als nicht menschlich zu betrachten.

Wirklich nicht? Aristoteles, einer der gebildetsten antiken Griechen, war sich völlig sicher, daß Barbaren von Natur aus Sklavenmaterial seien, Griechen dagegen von Natur aus freie Menschen. Er war der eindeutigen Meinung, daß Barbaren untermenschliche Züge besäßen.

Aber diese Griechen waren Menschen der Antike, wie gebildet sie auch gewesen sein mögen. Ihr Erfahrungsschatz war begrenzt, sie kannten nur einen kleinen Teil der Welt. Heutzutage haben wir so viel gelernt, daß wir nicht mehr zu derart dummen Schlußfolgerungen kommen. Wir *wissen*, daß alle menschlichen Geschöpfe derselben Spezies angehören.

Tatsächlich? Ist es schon so lange her, daß die meisten weißen Amerikaner der Ansicht waren, die schwarzen Afrikaner wären nicht im gleichen Sinne Menschen wie die Weißen? Daß die Schwarzen minderwertig seien und daß man ihnen deshalb einen großen Gefallen erweisen würde, indem man sie als Slawen hielt und sie am Rande der weißen Gesellschaft leben ließ? Es würde mich nicht überraschen, wenn etliche Amerikaner immer noch diese Meinung vertreten würden.

Es ist noch nicht allzu lange her, daß die Deutschen lautstark verkündeten, Sklaven und Juden seien Untermenschen, und die Deutschen hätten deshalb das Recht, die ›wahre‹ Menschheit von diesem ›Ungeziefer‹ zu befreien. Und ich würde mich keineswegs wundern, wenn es heute noch eine Menge Leute gäbe, die ähnliche Vorstellungen hegen.

Fast jeder betrachtet andere Gruppen als ›minderwertig‹, obwohl solche Menschen ihre Ansicht meistens nicht laut aussprechen. Sie neigen dazu, die Menschheit in Kategorien einzuteilen, von denen nur ein kleiner Teil (der Teil, der sie unweigerlich einschließt) zu den ›wahren‹ Menschen gehört.

Die Bibel lehrt natürlich, daß alle Menschen gleich sind (zumindest in einigen Passagen). Betrachten Sie einmal unter diesem Blickwinkel eine meiner persönlichen Lieblingsstellen aus dem Neuen Testament, das Gleichnis vom ›guten Samariter‹ (Lukas 10, 25-37). Irgend jemand sagt zu Jesus, wenn man in den Himmel kommen wolle, müßte einer der Glaubensgrundsätze lauten: »Liebe deinen Nächsten, wie dich selbst.« Jesus antwortet, daß das richtig sei, und der Mann will wissen: »Und wer ist mein Nächster?« (Mit anderen Worten, muß er nur seine Freunde und die Leute lieben, die er mag, oder soll er alle Arten von Halsabschneidern und Lumpen lieben?)

Und nun folgt das Gleichnis vom guten Samariter. Um es kurz zu fassen: Ein Mann befindet sich in einer Notlage, und sowohl ein Priester wie ein Levit (beide professionelle Wohltäter, die von frommen Leuten hoch geachtet werden) ignorieren die ganze Angelegenheit, während ein Samariter dem Notleidenden seine Hilfe gewährt.

Nun reden wir heute wegen dieses Gleichnisses so oft vom ›guten‹ Samariter, daß wir uns alle Samariter als gute Menschen vorstellen und nicht überrascht sind, daß dieser Samariter aus dem Gleichnis dem Notleidenden seine Hilfe anbietet. Für die frommen Juden zu Jesus' Zeit jedoch waren Samariter Häretiker, die galten als böse und waren verhaßt – und hier tut ein verabscheuter Samariter Gutes, während sich ein Priester und ein Levit verweigern.

Dann fragt Jesus: »Wer von diesen dreien hat sich deiner Meinung nach als Nächster des Mannes erwiesen, der unter die

Räuber gefallen ist?« Und der Mann kann nur antworten: »Derjenige, der ihm gegenüber barmherzig war.«

Das bedeutet soviel, daß alle guten Menschen die Nächsten des anderen sind, auch wenn es sich bei ihnen um so verachtete Menschen wie die Samariter handelt. Und da alle Menschen die Fähigkeit zum Guten in sich tragen, folgt daraus, daß alle Menschen die Nächsten der anderen sind und ihre Liebe alle umfassen sollte.

Der heilige Paulus sagt in den Briefen an die Galater, 3,28: »Da ist weder Jude noch Grieche, da ist weder Sklave noch Freier, da ist weder männlich noch weiblich, denn ihr alle seid eins in Jesus Christus.«

Das ist eine eindeutige Stellungnahme zum Grundsatz der allgemeinen Gleichheit.

Ich weiß, daß es viele fromme Menschen gibt, die diese Bibelzitate kennen und dennoch rassistische Einstellungen der einen oder anderen Art beibehalten. Das Verlangen, einer überlegenen Gruppe anzugehören, ist so groß, daß nichts das Verlangen auslöschen kann, andere als unterlegen darzustellen und die Menschen in a) Menschen, b) Halbmenschen und c) Untermenschen einzuteilen, wobei man immer sorgfältig darauf achtet, sich selbst in die höchste Klasse einzustufen.

Und wenn es uns Menschen schon solche Probleme bereitet, zu definieren, was ein Mensch ist, dann stellen Sie sich einmal die Probleme vor, die ein Roboter damit haben muß. Wie definiert ein Roboter einen Menschen?

Vor langer Zeit, als ich gerade mit dem Schreiben meiner Robotergeschichten angefangen hatte, forderte mich John W. Campbell (mein Herausgeber und Mentor) bei mehreren Gelegenheiten auf, eine Geschichte zu verfassen, bei der es um das Problem ging, eine Definition des Menschen zu liefern. Ich habe mich jedesmal geweigert. Ich mußte mich gar nicht erst an einer solchen Geschichte versuchen, um zu wissen, daß sie sehr schwierig zu schreiben sein würde, und daß ich sie nicht liefern konnte. Jedenfalls nicht damals.

1976 jedoch stellte ich mich schließlich der Herausforderung und schrieb ›The Bicentennial Man‹. In dieser Geschichte ging es in erster Linie um einen Roboter, der mehr und mehr zu einem Menschen wurde, ohne daß die anderen Menschen bereit waren, ihn als solchen zu akzeptieren. Er wurde körperlich und geistig zum Menschen und konnte die Trennlinie dennoch nicht überschreiten. Zum Schluß schaffte er es, indem er die letzte Grenze überschritt. Er machte sich sterblich, und als er im Sterben lag, wurde er endlich als Mensch akzeptiert.

Es wurde eine gute Geschichte (die sowohl den *Hugo* wie den *Nebula* gewann), aber sie bot keine *praktikable* Lösung an, um zwischen Roboter und Menschen zu unterscheiden, denn ein Roboter kann nicht jahrelang darauf warten, ob ein Wesen, das ein Mensch sein könnte, stirbt, um dadurch sein Menschsein zu beweisen.

Stellen Sie sich vor, Sie wären ein Roboter und müßten sich entscheiden, ob etwas, das wie ein Mensch aussieht, *wirklich* ein Mensch ist, und stellen Sie sich weiter vor, Sie müßten diese Entscheidung in relativ kurzer Zeit fällen.

Wenn nur primitive Roboter existieren, ergeben sich keine Probleme. Wenn ein Gegenstand wie ein Mensch aussieht, aber aus Metall besteht, dann ist es ein Roboter. Wenn er mit einer Art mechanischer Stimme spricht, sich ungelenk ruckhaft bewegt und so weiter und so fort, dann ist er ein Roboter.

Was aber, wenn der Roboter auf den ersten Blick genau wie ein Mensch aussieht (wie mein Roboter Daneel Olivaw)? Wie kann man herausfinden, ob er ein Roboter ist? Nun, in meinen späteren Roboterromanen kann man das wirklich nicht mehr. Daneel Olivaw ist in jeder Hinsicht wie ein Mensch, abgesehen davon, daß er viel intelligenter als die meisten Menschen ist, viel moralischer, viel freundlicher und rücksichtsvoller und *um einiges* menschlicher. Auch das ist eine Grundlage für eine gute Geschichte, aber es bietet keine sinnvolle Lösung, einen Roboter als solchen identifizieren zu können. Man kann ja keinem Roboter hinterherlaufen, um zu beobachten, ob er sich besser als ein Mensch verhält, denn dann müßte man sich die Frage stellen: Ist er oder sie nun ein Roboter oder nur ein außergewöhnlich guter Mensch?

Doch da gibt es eine Möglichkeit . . .

Ein Roboter wird von den Drei Gesetzen der Robotik beherrscht, ein Mensch dagegen nicht. Das bedeutet beispielsweise, wenn Sie ein Mensch sind und irgend jemanden schlagen, der Ihrer Meinung nach ein Roboter sein könnte, und dieser Jemand schlägt zurück, dann ist er *kein* Roboter. Sind Sie dagegen selbst ein Roboter und schlagen den Verdächtigen, und er schlägt zurück, kann er trotzdem ein Roboter sein, denn er könnte wissen, daß auch *Sie* ein Roboter sind, und das Erste Gesetz würde ihn dann nicht davon abhalten, Sie zu schlagen. (Das war der Kernpunkt in meiner frühen Geschichte ›Evidence‹.) In diesem Fall müßten Sie einen Menschen bitten, den vermutlichen Roboter zu schlagen, und wenn dieser zurückschlägt, ist er tatsächlich kein Roboter.

Andersherum jedoch funktioniert dieser Test nicht. Wenn Sie ein Mensch sind und jemanden schlagen, den Sie verdächtigen, ein Roboter zu sein, und er schlägt *nicht* zurück, dann bedeutet das *nicht*, daß er ein Roboter ist. Er mag ein Mensch, aber ein Feigling sein. Oder er könnte ein Mensch und ein Idealist sein, dessen Einstellung lautet: halte auch die andere Wange hin.

Wenn Sie ein Mensch sind und jemanden schlagen, den Sie für einen Roboter halten, und er schlägt zurück, könnte es sogar *trotzdem* sein, daß er ein Roboter ist.

Schließlich sagt das Erste Gesetz: »Ein Roboter darf keinen Menschen verletzen oder durch Untätigkeit zulassen, daß ein Mensch zu Schaden kommt.« Das jedoch läßt noch einen Zweifel offen, denn es setzt voraus, daß ein Roboter überhaupt weiß, was ein Mensch ist.

Stellen Sie sich vor, ein Roboter würde so hergestellt, daß er nicht besser als ein Mensch wäre. Menschen neigen oft dazu, andere Leute für minderwertig und nicht völlig menschlich zu halten, weil sie einfach nicht ihre Sprache sprechen oder einen merkwürdigen Akzent haben. (George Bernard Shaws *Pygmalion* läßt sich einzig und allein auf diesen Punkt zurückführen.) In diesem Fall wäre es einfach, einen Roboter zu bauen, dessen Definition eines Menschen die Beherrschung einer bestimmten Sprache mit einem bestimmten Akzent ist. Jede Unzulänglichkeit in dieser Hinsicht würde die Person, mit welcher der Roboter zu tun hat, zu einem *Nicht*-Menschen machen, und der Roboter könnte sie verletzen oder sogar töten, ohne gegen das Erste Gesetz zu verstoßen.

In meinem Buch *Robots and Empire* habe ich tatsächlich einen Roboter beschrieben, dessen Definition eines Menschen beinhaltet, daß dieser mit einem solarianischen Akzent spricht, und genau aus diesem Grund schwebt mein Held in Todesgefahr.

Sie sehen also, daß es nicht einfach ist, zwischen einem Roboter und einem Menschen zu differenzieren.

Wir können die Angelegenheit sogar noch schwieriger machen, wenn wir uns eine Welt von Robotern vorstellen, die noch nie einen Menschen gesehen haben. (Das wäre eine Welt wie die unserer frühen, unzivilisierten Vorfahren, die noch nie jemandem begegnet sind, der nicht zu ihrem Stamm gehörte.) Diese Roboter könnten immer noch durch das Erste Gesetz beherrscht werden und wissen, daß sie keinen Menschen verletzen dürfen – aber was ist das, ein Mensch?

Sie könnten durchaus glauben, daß ein Mensch einem Roboter in einigen Belangen überlegen ist, denn das könnte einer der Gründe sein, warum er nicht verletzt werden darf. Man sollte jemandem, der mehr wert ist als man selbst, keine Gewalt androhen.

Wäre es andererseits nicht vernünftig anzunehmen, daß Sie jemandem, der Ihnen überlegen ist, gar keinen Schaden zufügen *könnten*? Wenn Sie ihm schaden könnten, würde ihn das nicht Ihnen unterlegen machen? Daß dies ein Trugschluß ist, dürfte offensichtlich sein. Ein Roboter ist gewiß einem Felsbrocken überlegen, trotzdem könnte ein herabstürzender Felsbrocken einen Roboter leicht beschädigen oder ihn gar zerstören. Der Unterlegene *kann* dem Überlegenen also schaden, aber in einem ordentlich geführten Universum sollte er das *nicht* tun.

In diesem Fall könnte ein Roboter, der anfangs nur über die Gesetze der Robotik verfügt, durchaus zu dem Schluß gelangen, daß Menschen Robotern überlegen sein müssen.

Aber nehmen wir einmal an, auf dieser Roboterwelt wäre ein bestimmter Roboter allen anderen überlegen. Wäre es dann möglich, daß dieser überlegene Roboter, der noch nie einen Menschen gesehen hat, zu dem Schluß kommen könnte, daß er selbst ein Mensch sei?

Wenn er die anderen Roboter davon überzeugen könnte, dann würden die Gesetze der Robotik ihr Verhalten ihm gegenüber so lenken, daß er sich zum Despoten aufschwingen könnte. Aber würde sich diese Gewaltherrschaft in irgendeiner Form von einer menschlichen Tyrannei unterscheiden? Würde dieser Roboter-Mensch in einigen Belangen immer noch von den Drei Gesetzen geleitet und eingeschränkt werden, oder hätte er sich vollständig von ihnen befreit?

In diesem Fall, wenn er über das Aussehen, die Mentalität und das Verhalten eines Menschen verfügen würde und frei von den Drei Gesetzen wäre, in welcher Hinsicht wäre er dann kein Mensch? Wäre er nicht tatsächlich zum Menschen geworden?

Und was würde geschehen, wenn nun ein *wirklicher* Mensch auf der Bildfläche erschiene? Würden die Drei Gesetze in dem Roboter-Menschen plötzlich wieder Gültigkeit erlangen, oder würde er darauf bestehen, sich auch weiterhin als Mensch zu begreifen? Dabei fällt mir gerade ein, in meiner allerersten veröffentlichten Robotergeschichte, in ›Reason‹, habe ich einen Roboter beschrieben, der sich als den Menschen überlegen betrachtete, und dem man diese Einstellung nicht ausreden konnte.

Das Problem, einen Menschen zu definieren, ist also aus dem einen oder anderen Grund außerordentlich komplex, und wenn ich mich auch in etlichen meiner Robotergeschichten mit den verschiedenen Aspekten zu diesem Thema befaßt habe, bin ich doch froh, die weitere Beschäftigung mit diesem Problem in diesem dritten Buch der Serie um Roboter und Aliens Robert Thurston überlassen zu können.

Kapitel 1

Träume von Robot City

Derec wußte, daß er träumte. Die Straße, die er gerade entlangschlenderte, war nicht real. Es hatte niemals irgendwo in Robot City eine Straße wie diese verzerrte Hauptverkehrsader gegeben. Und dennoch *war* zuviel Vertrautes daran, und das machte ihm wirklich angst.

Auch der Kompaßturm, der jetzt noch viel zu weit entfernt lag, hatte sich verändert. Überall auf seiner Oberfläche schienen sich Beulen gebildet zu haben, aber das war vollkommen unmöglich. In einer Stadt, in der Gebäude über Nacht erscheinen und wieder verschwinden konnten, war der Kompaßturm das einzige gleichbleibende, unveränderliche Gebilde.

Möglicherweise war diese merkwürdige Straße neu erbaut worden, aber das bezweifelte Derec. Es war schlicht und einfach eine Traumstraße, und dies mußte ein Traum sein. Und überhaupt, wo waren die Roboter? Niemand konnte eine Robot-City-Straße so weit entlanglaufen, ohne zumindest einem vorbeieilenden Versorgungsroboter zu begegnen, der irgendeiner Routinearbeit nachging, oder einem Kurierroboter, der Werkzeuge in den Klauen hielt, oder einem Zeugenroboter, der die Bewegungen von Menschen beobachtete. Derec hätte alle paar Schritte auf einen Roboter stoßen müssen.

Nein, dies war mit absoluter Sicherheit ein Traum. Tatsache war, daß Derec in seinem Schiff irgendwo im Raum zwischen dem Planeten der Schwarzkörper und Robot City schlief. Er hatte gerade dienstfrei, nachdem er sich stundenlang mit den Silberflanke-Robotern beschäftigt hatte, eine Aufgabe, die einen Heiligen entnerven würde.

Damals, gleich nachdem sein Vater ihm die Chemfets in den Blutkreislauf injiziert hatte, hatte Derec regelmäßig von Robot City geträumt, aber es hatte sich herausgestellt, daß die ihn quälenden Alpträume von einer Schaltstelle hervorgerufen worden waren, die ihm sein Vater ins Gehirn eingepflanzt hatte. Diese Schaltstelle hatte versucht, Verbindung mit ihm aufzunehmen, damit er sich über die Beschaffenheit der Chemfets klar werden konnte: winzige Schalttafeln, die auf eine Art wuchsen, die dem Wachstum der Stadt stark ähnelte. Von seinem Vater programmiert und mit der Fähigkeit versehen, sich in Derecs Blut zu reproduzieren, stellten sie eine winzige Roboterstadt in seinem Körper dar, die ihm die psychoelektronische Kontrolle über den Zentralcomputer der Stadt und damit über alle ihre Roboter ermöglichte. Nachdem er sich dessen bewußt geworden war und die Chemfets ihren Reproduktionsprozeß stabilisiert hatten, hatte er keine weiteren Alpträume von einem verzerrten Robot City mehr gehabt.

Bis jetzt.

Da ihm so deutlich bewußt war, daß er träumte, war dies vielleicht ein Traum, den Ariel ihm als ›luziden Traum‹ geschildert hatte. In einem luziden Traumzustand, hatte sie gesagt, könnte der Träumer die Ereignisse seines Traumes beeinflussen. Derec wollte diesen Traum beeinflussen, aber im Augenblick fiel ihm nichts Bestimmtes ein, was er hätte tun können.

Er sah sich um. Das Straßenbild, das sich ihm jetzt bot, schien aus Teilen und Versatzstücken der verschiedenen Entwicklungsstadien der Stadt zu bestehen, ein unheimliches Konglomerat dessen, was Derec während seiner mehrfachen Aufenthalte hier beobachtet hatte.

Aber wo waren die Roboter?

Wenn dies ein luzider Traum war, dann hatte er vielleicht nur deshalb bisher keine gesehen, weil er keine hatte erscheinen lassen. Vielleicht warteten sie im Inneren der Gebäude darauf, herbeigerufen zu werden. Vielleicht sollte er sie rufen, bevor er in Panik geriet. Aber welchen Roboter sollte er erscheinen lassen? Wie wäre es mit Lucius, dem Roboter, der das einzige wahre künstlerische Meisterwerk der Stadt erschaffen hatte, die atemberaubende tetragonale, pyramidenförmige Gebäudeskulptur, die der ›Unterbrecher‹ genannt wurde? Lucius wäre eine gute Wahl, denn er existierte nicht mehr, nachdem er das Opfer eines bizarren Robotermordes geworden war. Es wäre bestimmt schön, den alten Lucius, der seinen Körper so unroboterhaft gebückt hielt, wiederzusehen, und sei es auch nur, um mit ihm über Kunst zu plaudern. In der letzten Zeit hatte es in Derecs Leben nicht viele künstlerische Aspekte gegeben, sah man einmal von dem ziemlich atemberaubenden Schauspiel von Tausenden von Schwarzkörpern ab, die sich über den Himmel verteilt hatten. Das war ein hübscher Anblick gewesen, aber es war keine Kunst.

Er fragte sich, warum seine Gedanken derart abschweiften. Hatten die Silberflanke-Roboter sein seelisches Gleichgewicht derart durcheinandergebracht? Er mußte sie vergessen, mußte sie auf der Stelle vergessen. Mußte einen normalen Roboter in seinem Traum erscheinen lassen. Einen der unvergeßlichsten Roboter, den er gekannt hatte. Zum Beispiel Avernus. Wieder sein strenges Gesicht sehen, seine pechschwarze metallische Haut, seine veränderlichen Hände. Er konzentrierte sich auf Avernus, doch der Roboter tauchte nicht auf. Wie wäre es mit Euler und seinen glühenden Photozellenaugen? Nein, nichts zu machen. Dann also ein Versuch mit Wohler, wie er gewesen war, *bevor* er Ariel von der Außenwand des Kompaßturms gerettet hatte und dabei funktionsuntüchtig geworden war. Golden und eindrucksvoll. Wohler wäre eine wunderbare Wahl. Aber kein Wohler antwortete auf Derecs Aufforderung, sich zu melden. Er würde mit Ariel über diese Angelegenheit reden müssen. Für einen luziden Traum entwickelte sich dieser hier zu einem gewaltigen Reinfall.

Auch Ariel träumte in ihrer Schiffskabine. Allerdings war ihr Traum kein luzider. Er war viel tiefer, ein eindeutiger Alptraum.

Jacob Winterson, der humaniforme Roboter, der ihr Diener gewesen war, lebte wieder. Jacob war von Neuronius zerstört worden, einem der fliegenden Aliens, die als Schwarzkörper bezeichnet wurden. Neuronius war explodiert und hatte dabei den größten Teil von Jacob zerfetzt (und sich selbst ebenfalls). Die wenigen versengten Teile, die von Jacob übriggeblieben waren, lagen jetzt in einem nicht markierten Gebiet der landwirtschaftlichen Gemeinde begraben, deren Gründung Ariel als politischen Kompromiß mit den Schwarzkörpern initiiert hatte. Der Kompromiß hatte sich erfolgreich gestaltet. Die

Aliens waren im Begriff gewesen, die neue Roboterstadt auf ihrem Planeten vollständig auszulöschen, da sie eine Bedrohung ihres Wetterkontrollsystems darstellte. Eine landwirtschaftliche Gemeinde jedoch war für alle Seiten akzeptabel.

Ariel vermißte Jacob. Sie vermißte ihn sehr. Sie hatte ihn auf diese bequeme, unbeschwerte Art geliebt, in der ein Mensch einen Roboter lieben konnte. Nicht, daß es jemals wahre Liebe hätte sein können. Sie liebte Derec zu sehr, um ihm untreu werden zu können, von ihren Träumen einmal abgesehen. Andererseits aber konnte sie nicht verleugnen, daß sie sich zeitweise romantisch zu dem gut aussehenden, unerschütterlichen humaniformen Roboter hingezogen gefühlt hatte.

In ihrem Traum saß Jacob vor einem Computerterminal; seine menschenähnlichen Finger flogen über die Tastatur und hämmerten auf die Tasten, als wollte er sie durch das Keyboard hindurchquetschen, und die Wildheit seiner Eingaben ließ den Bildschirm erzittern.

Ariel fragte ihn, was er täte. Er antwortete, daß er nach der Formel suchte, mit der ein humaniformer Roboter in einen Menschen verwandelt werden könnte. Es gäbe keine solche Formel, erklärte sie ihm. Als er sich zu ihr umwandte, schien eine erschreckend menschliche Wut in seinen Augen zu leuchten. Er hielt ihr entgegen, daß es wenigstens ein paar hundert Erden- und Spacerlegenden gäbe, in denen sich Tiere in Menschen verwandelten. Statuen, Puppen, Fische, Bäume – in diesen Mythen wurden sie alle zu Menschen. Er sei sicher, sagte er mit einer schrillen Stimme, die gar nicht zu ihm paßte, daß es eine Formel geben müsse, durch die auch er umgekrempelt werden könne.

Warum sah der Kompaßturm nur so heruntergekommen aus? fragte sich Derec. War es ihm als luzidem Träumer möglich, das zu ändern? Er konzentrierte sich auf das Gebäude und versuchte, wieder seine herrliche architektonische Pyramidenform herzustellen. Aber nichts geschah. Wenn überhaupt, wurde der Turm noch häßlicher, und er mußte den Blick abwenden.

Aus der Ferne näherte sich ihm irgend etwas, das mit hoher

Geschwindigkeit die Straße entlangschoß. Die Gebäude veränderten sich, während dieses Etwas an ihnen vorbeifuhr. Als er näher kam, erkannte Derec ein Fahrzeug, aber eins, das überhaupt nicht wie ein Transportmittel aus Robot City aussah. Es fuhr auf drei dicken Rädern, was ihm eine gewisse Ähnlichkeit mit einem Dreiradtransporter verlieh, jenen kleineren und leichteren Fahrzeugen, die in der Stadt als Taxis eingesetzt wurden. Die Fahrzeugkarosserie war unförmig, als wären eine Menge ungeometrischer Teile um einen Mittelsteg geschweißt worden. Das Gefährt war auf eine wirre Art und Weise fleckig grau und schwarz gestrichen.

Immer noch in der Gewißheit, daß er sich in einem luziden Traum befand, blieb Derec trotzig mitten auf der Fahrbahn stehen, ließ es darauf ankommen, daß das Fahrzeug mit quietschenden Reifen vor seinen Füßen anhalten würde. Was es auch tat. *Gut.* dachte er, *endlich habe ich die Kontrolle über den Traum. Und jetzt paß auf.*

Mit einem Explosionsgeräusch sprang eine Luke auf der Oberseite des Fahrzeugs auf, und Dr. Avery, sein Vater, schob sich durch die so entstandene Öffnung. Was für eine Art von luzidem Traum war das? Der letzte Mensch, den er sehen wollte, war sein größenwahnsinniger Vater, der jetzt in seinen Traum eindrang, wie er sich auch in Derecs Leben eingemischt hatte, als er ihm die Chemfets injiziert und ihn in einen Computer auf zwei Beinen verwandelt hatte. Zumindest in einen Halb-Computer.

Avery wirkte noch verrückter, als er schon für gewöhnlich aussah. Seine Augen, die normalerweise einen intensiven Ausdruck hatten, glühten jetzt in einem übersteigerten Wahnsinn. Eigentlich sah Avery derart übertrieben aus, daß Derec das Gefühl hatte, sich wieder entspannen zu können. Kein Grund, sich zu fürchten, schließlich war das nur ein Traum. Ein Traum, über den er jeden Augenblick die Herrschaft erringen würde.

Ariel legte ihre Hand auf die Jacobs.

Sie bemerkte, daß seine Hand weich war, sich eher menschlich als humaniform anfühlte. Sie sagte ihm, er solle mit seinen

Versuchen aufhören. Es gäbe keinen Grund für ihn, ein Mensch zu werden. Selbst wenn er eine Formel fände, wäre es dumm, sie anzuwenden. Als humaniformer Roboter verfügte Jacob über alle Vorzüge eines Menschen, ohne all das Elend, ohne die körperlichen und seelischen Schmerzen erleiden zu müssen.

Jacob wandte sich von dem Computer ab und blickte Ariel an, und für einen Augenblick lag eine menschenähnliche Traurigkeit in seinen Augen.

»Begreifen Sie nicht?« fragte er. »Ich *will* das Elend. Ich möchte fühlen, was ein Mensch fühlt. Schmerz, Glück, Liebe. Ich möchte Sie lieben, Miß Ariel.«

Sie legte einen Finger auf seine Lippen. Im Gegensatz zu seinen Händen fühlten sie sich roboterhaft an, harte Lippen aus Metall, die ihre Fingerspitzen zum Bluten bringen würde, wenn sie fest genug zudrückte. Sie wollte es beinahe ausprobieren. Wenn sie versuchte, sich in die Hand zu schneiden, würde Jacob dann schnell genug nach dem Ersten Gesetz der Robotik handeln können – ein Roboter darf nicht zulassen, daß ein Mensch zu Schaden kommt –, um zu verhindern, daß sie ihren Vorsatz ausführte?

»Du kannst mich nicht lieben, Jacob«, sagte sie sanft. »Ich liebe Derec, also gibt es keinen Grund für dich, mich zu lieben. Diese Liebe würde – wie nennt man es in Liebesgeschichten? – unerwidert bleiben.«

»Das würde keine Rolle spielen. Ich wäre auch damit zufrieden. Ich könnte wie einer Ihrer legendären Liebhaber darauf reagieren, ich könnte sterben, indem ich mich von einer Brücke stürze, oder durch einen Fluß schwimme, oder eine Ampulle mit Gift schlucke, oder durch einen großen Dolch, der sich in mein ...«

»Psst, Jacob. Bitte, hör auf. Ich will nicht, daß du für mich stirbst.«

»Ich bin schon tot.«

»Nein, sag das nicht. Du bist hier. Du bist ...«

»... in einem Grab.«

»Jacob ...«

»Ein verrottender Schrotthaufen aus Metall, Einzelteile, von Erde bedeckt.«

Er sprach diese Worte so heftig aus, daß sie ihr angst machten. Sie wich vor ihm zurück.

Dr. Avery war in eine schwarzgraue Uniform mit silbernen Knöpfen gekleidet, die für einen Wissenschaftler zu militaristisch wirkte.

»Du machst einen verwirrten Eindruck«, sagte er und fügte dann beinahe geringschätzig hinzu: ». . . mein Sohn. Was macht dir Sorgen?«

»Es ist so . . . das ist mein Traum, und ich sollte die Kontrolle über ihn haben, und du bist darin nicht willkommen.«

Avery lächelte finster. »Du kannst mich nicht daraus vertreiben. Ich bin überall. In der Stadt, in deinen Träumen, in deinem Hut.«

»In meinem Hut? Ich trag' ja nicht mal einen . . .«

»Nur eine alte Redensart von der Erde. Ich bin Experte für alte irdische Sprichworte. In den Sand setzen, ausflippen, du bist ein Schluck Wasser, das Leben ist kurz und beschissen. Ich kenne Redensarten aus allen Epochen der Geschichte.«

»Aber ich kenne keine, und dies ist mein Traum, und du bist aus meinem Unterbewußtsein entsprungen.«

»Bist du dir da sicher?«

»Ich weiß, daß du nicht in der Nähe bist. Ich befinde mich in einem Schiff, das nach Robot City unterwegs ist. Du bist vielleicht in der Stadt und vermiest alles, wie du es immer tust, aber du bist nicht in diesem Schiff.«

»Vielleicht bin ich es doch. Schließlich bin ich allwissend und allmächtig.«

»Ich weiß, ich weiß. In deinen eigenen Augen bist du ein Gott.«

»Ja.«

Wenn dies ein luzider Traum war, überlegte Derec, müßte er diesem alten Bastard entfliehen können. Er wirbelte herum und begann, die Straße entlangzulaufen. Rechts und links von ihm schienen Gebäude im Boden zu versinken, während andere plötzlich auftauchten.

Viele Gebäude hatten merkwürdige Formen, sie sahen denen

von Robot City überhaupt nicht ähnlich. Einige waren in schrägen Winkeln geneigt und lehnten gegeneinander, während andere zu kippen drohten. In der Ferne schwankte ein großes Gebilde hin und her, als wäre es einem heftigen Sturm ausgesetzt. Aber es schwang in einem bestimmten Rhythmus, der Derec an einen Tanz erinnerte. Was für ein Tanz? Irgend etwas aus seiner Vergangenheit erwachte in ihm, eine undeutliche Erinnerung, die in seinem Bewußtsein keine Gestalt annehmen wollte. Seine Vergangenheit neigte dazu, sich auf diese Art zu melden; einige Erinnerungsfragmente blitzten in ihm auf und waren schon wieder verschwunden, bevor er irgendeine Verbindung zu ihnen herstellen konnte. Es gab so vieles aus seiner Vergangenheit, das immer noch durch den Gedächtnisverlust, der früher einmal vollständig gewesen war, in seinem Bewußtsein blockiert wurde.

Ariel fand sich plötzlich in einem unterirdischen Gang auf der Erde wieder, doch er ähnelte nicht im entferntesten irgendeinem der Tunnel, die sie während ihres Besuchs dort gesehen hatte. Unter anderem war er menschenleer. Auf der Erde aber gab es nie eine leere Passage zu sehen. Überall drängten sich Menschen, abgesehen von Privaträumen.

Ihre Schritte hallten im Gang wider, Hunderte von Echos. Sie hatte das Gefühl, von einem Mob verfolgt zu werden, von Menschen, die allesamt in exaktem Gleichschritt mit ihr gingen. Doch jedesmal, wenn sie sich umdrehte, um sich ihren Verfolgern zu stellen, war niemand zu sehen.

Sie erreichte eine Sektionsküche, die Art von öffentlichem Speiseraum, der sie rasch angewidert hatte. Auf Tabletts, wie sie in einer Cafeteria benutzt wurden, dampften unzählige Speisen, aber kein Mensch saß vor den vielen numerierten Tischen oder arbeitete hinter den Theken. Der Saal machte den Eindruck, als hätte es einen überraschenden Alarm gegeben und alle Gäste wären davongerannt.

Da sie hungrig war, ergriff sie einen Löffel, säuberte ihn gründlich an einer Papierserviette (schließlich war sie Auroranerin, die sich von der unzureichenden hygienischen Lebensweise der Erde abgestoßen fühlte) und nahm sich damit etwas von einer weichen, weißen Masse. Doch als sie den Brei in ihren Mund führte, schien er sich zu entzünden und ihre Zunge und ihren Gaumen zu versengen. Sie spuckte ihn wieder aus.

»Sind Sie vergiftet worden, Miß Ariel?« Es war wieder Jacob, der wie durch Zauberei neben ihr aufgetaucht war.

»Nein. Aber es ist gut, daß du danach fragst.«

»Das muß ich. Erstes Gesetz.«

»Oh, natürlich. Wenn du dich dazu entscheiden würdest, ein Mensch zu werden, müßtest du den Gesetzen der Robotik nicht länger gehorchen. Ich würde es vermissen, wenn du mich nicht mehr beschützt.«

»Ich würde Sie immer beschützen, Miß, ob ich nun ein Mensch oder ein Roboter bin.«

In dieser Traumversion ihres toten Roboterkameraden war etwas derart Ergreifendes, Trauriges und Rührendes, daß Ariel zu weinen begann. Sie weinte im Traum, und sie weinte immer noch, als sie erwachte.

Derec blickte zurück. Avery und sein merkwürdiges Fahrzeug waren von der Straße verschwunden. Gut, endlich hatte zumindest etwas in diesem luziden Traum richtig funktioniert.

Vor ihm lag ein Park. Derec konnte hohe Bäume mit starken Ästen und dichtem grünen Laub erkennen. Wege aus Kopfsteinpflaster waren von Blumen in leuchtenden Farben gesäumt. Laternen mit metallenen Schirmen, die in regelmäßigen Abständen längs der Fußwege standen, spendeten weiches Licht. Auf der Kuppe eines kleinen Hügels erblickte er Schaukeln, Rutschen, Wippen und Klettergerüste, die ganze Ausstattung eines Spielplatzes.

Er rannte immer schneller auf den Park zu. Die Straße schien unter ihm wegzugleiten, als würde er eine Tretmühle antreiben. Bevor er den Park erreicht hatte, wuchsen die Gebäude zu beiden Seiten der Straße in die Höhe, ragten hoch über sie hinaus, neigten sich über sie, verdeckten das Licht und ließen alles dunkler werden.

Sein letzter Schritt von der Straße auf den Kopfsteinpflasterpfad des Parks war ein beeindruckender Sprung, weiter als er ihn normalerweise zustande bringen konnte. Als er wieder den Boden berührte, stolperte er noch ein paar Schritte weiter.

Langsam wanderte er auf den Spielplatz zu. Der Fußweg war weich, elastisch. Derec entschloß sich zu einem Dauerlauf, und der federnde Boden verwandelte jeden seiner Schritte in einen kleinen Sprung. Er erreichte eine solche Geschwindigkeit, daß es ihn beinahe über den Eingang des Spielplatzes hinwegtrieb.

Ein geschlossenes Tor versperrte ihm den Weg. Über dem Tor war ein vergoldetes Schild mit der Aufschrift AVERY PARK angebracht. Der alte Schurke hatte einem Park seinen Namen gegeben! Was für eine Frechheit! Spielplätze sollten Fröhlichkeit und Freude vermitteln, auf keinen Fall aber den ungeheuren Zynismus des Doktors widerspiegeln.

Unter dem großen Schild hing ein kleineres, dessen Aufschrift lautete: LASST EURE HOSEN FALLEN, IHR, DIE IHR DAS BEIN KNETET. Was wollte Avery damit zu verstehen geben? Und wieso kam Avery überhaupt irgendeine Bedeutung zu? Er war ja nur eine Gestalt in Derecs Traum. Die eigentliche Frage war: Wie konnte Derecs Verstand diese ungewöhnliche Szene, diese merkwürdigen Worte hervorgebracht haben? Er würde mit Ariel, der Expertin für solche Fragen, über all diese Dinge reden müssen.

Als er das Tor öffnete und den Riegel zurückschob, ertönte ein klangvoller Pfeifton. Eine dunkle Stimme, die aus der Luft zu kommen schien, sagte: »Willkommen. Viel Spaß.«

»Viel Spaß wobei?« fragte Derec. Es erfolgte keine Antwort, zweifellos deshalb nicht, weil die Stimme eine Aufzeichnung war, die durch das Öffnen des Tores abgespielt wurde.

Versuchsweise ging er ein paar Schritte auf den Spielplatz. Direkt zu seiner Rechten war eine große Rutsche. Auch wenn er sich nicht an seine Kindheit erinnern konnte, wußte er doch, daß es eine Rutsche war. Sie erschien ihm sogar wie eine vertraute Rutsche. Als er sich ihr näherte, stellte er fest, daß sie unvollständig war. Zu der Plattform, von der aus die Kinder herunterrutschen, führte keine Leiter. Die Rutsche schien ohne jede Stütze dazustehen.

Er verspürte ein überwältigendes Verlangen, die Rutsche auszuprobieren. Obwohl er vom Ende der Rutschbahn zu der Plattform hätte hinaufklettern können, wußte er, daß er die Rutschpartie von der Plattform aus beginnen *mußte*. Dies war *sein* luzider Traum, und in diesem Traum konnte er alles machen, was er wollte, einschließlich höher springen, als es körperlich möglich war. Er kauerte sich so tief nieder, wie er konnte, und sprang los, griff nach der Kante der Plattform, verfehlte sie aber knapp. Als er wieder auf dem Boden landete, ging er erneut in die Hocke und vollführte einen zweiten, herrlichen Sprung, der ihn über die Ebene der Plattform hinaustrug. Er streckte die Hände aus und griff nach dem Geländer. Mit Mühe und Ächzen zog er sich auf die schmale Plattform. Sie hüpfte wie ein Trampolin auf und nieder und hätte ihn beinahe auf den Boden zurückgeschleudert.

Von hier oben erschien die Rutsche sogar noch höher als von unten, oder aber er mußte sehr klein geworden sein, mußte sich wieder in ein Kind verwandelt haben. Als er auf seine Hände blickte, konnte er erkennen, daß sie geschrumpft waren. Es *waren* Kinderhände. Und nicht nur das, auch seine Kleidung hatte sich auf wundersame Weise verändert. Er trug nun einen dieser silberweißen Matrosenanzüge, wie sie einst der letzte Schrei für alle Kleinkinder gewesen waren. (Woher wußte er über silberweiße Matrosenanzüge Bescheid?) Bevor er überhaupt Vermutungen über dieses Geheimnis anstellen konnte, drang von unten eine Stimme zu ihm empor: »Komm, rutsch die Rutsche runter, Schatz. Ich fang' dich auf.«

Am Ende der Rutsche stand eine Frau. Sie schien groß und dünn zu sein, aber Derec konnte ihr Gesicht nicht erkennen, obwohl es ihm zugewandt war. Ihre Stimme war sanft und wunderbar freundlich. Er war bereit, zu ihr hinunterzurutschen. Aber während er sie noch anstarrte, veränderte sich ihre Gestalt. Jetzt war sie eine kleine, eher dickliche Dame, die merkwürdig und altmodisch gekleidet war, aber ihr Gesicht war immer noch unkenntlich. War das irgendein Trick von einem der Silberflanke-Roboter? Experimentierten sie mit menschlichen Gestalten, indem sie Vorlagen benutzten, die sie dem Schiffscomputer entnommen hatten?

»Hab keine Angst, Schatz«, sagte die Frau. Täuschte er sich, oder war das Eva Silberflankes Stimme? »Du wirst nicht von der Rutsche fallen. Alles wird gutgehen.«

Wenn es einer der Silberflanke-Roboter war, könnte er oder sie ihn zu Boden fallen lassen, indem er oder sie die Hände wegzog, wenn Derec das Ende der Rutsche erreichte. Er schreckte zurück und wollte nicht die Schräge hinuntergleiten.

Die Frau war jetzt von mittlerer Größe und mittlerem Körperbau und trug einen sauberen weißen Laborkittel. Welche Gestalt sie auch annahm, und welche Kleidung sie auch trug, er konnte immer noch kein Gesicht erkennen. Er wußte, daß sie ein Gesicht hatte, aber trotz aller anderen deutlichen Einzelheiten wollte es einfach nicht vor seinen Augen erscheinen.

»Laß diese Stangen los und rutsch runter, Liebling, Hab keine Angst. Mami wird dich auffangen.«

Mami! War das seine Mutter? Nein, es *mußte* eine Silberflanke sein, die sich einen Spaß mit ihm machte. Derec kannte seine Mutter nicht, er wußte sogar kaum etwas über sie. Sein Vater hatte ihm keine entsprechenden Informationen zur Verfügung gestellt. Wie hätte eine Silberflanke auch nur hoffen können, sie nachzuahmen? Halt! Dies war ein Traum. Die Frau dort unten war weder eine Silberflanke noch seine Mutter. Es war ein Gebilde, das seiner eigenen Phantasie entsprungen war.

Eins war ihm jetzt klar. Er wollte diese Rutsche nicht hinabrutschen, nicht einmal in die einladend ausgebreiteten Arme seiner Mutter. Er begann zu weinen. Seine Schreie klangen kindlich, schrill, hell, zitternd.

»Nein, ich komm' nicht runter! Tu ich nicht! Tu ich nicht!«

»Es ist alles gut, David. Mami ist doch hier.«

David: sein richtiger Name, oder zumindest der, den Ariel und sein Vater als seinen richtigen bezeichnet hatten. Vielleicht war das gar kein Traum, und die Frau war wirklich seine Mutter. Wenn er nach unten rutschte, würde er sie besser sehen können. Aber ihre Arme könnten sich in Messer verwandeln, in Feuer, in Schmerzen. Er hatte plötzlich große Angst vor ihr. »Laß mich in Ruhe!« schrie er. »Laß mich in Ruhe!«

Plötzlich wurden die Stangen, die er umklammerte, glühendheiß, und dasselbe geschah mit dem Metall unter ihm. Es fühlte sich wie bei einer Rutsche an, die am heißesten Tag des Jahres in der Mittagssonne gestanden hatte. (Woher konnte er das wissen?)

Er konnte sich nicht länger festhalten.

Er mußte loslassen.

Schreiend rutschte er hinab.

Das Gesicht seiner Mutter schien ihm entgegenzukommen, aber noch immer hatte es keine erkennbare Züge.

Er sah, wic sie die Arme nach ihm ausstreckte . . .

. . . und erwachte.

Er spürte den Schweiß auf seiner Stirn, als er in Ariel Welshs liebevolles Gesicht aufblickte. Sie stand neben seiner Koje und streckte die Arme nach ihm aus, genauso wie es seine Traum-Mutter getan hatte.

Kapitel 2

Beschäftigung mit den Silberflanken

Ariel strich Derec sanft über die Stirn. Die Art, wie sie ihn berührte, gehörte mittlerweile zu den schönsten Dingen, die es in seinem Leben gab. Es schien ihm, als würden ihre Fingerspitzen seine Haut nicht wirklich berühren, sondern nur wohltuende Strahlen aussenden, während sie über ihnen schwebten. Ariel hatte ihm einmal erzählt, daß es Menschen gäbe, die offensichtlich Kranke mit den wohltuenden warmen Ausstrahlungen heilen könnten, die von ihren Händen ausgingen. Diese Wärme war auch tatsächlich gemessen worden, und manchmal war sie brennend heiß.

Auf dem Planeten Solaria, so hatte sie berichtet, waren derartige Methoden der Heilung selten. Die Solarianer hielten sich an ein Tabu, was gegenseitige Berührung beträfe, und das fände sie traurig.

»Du bist regelrecht in Schweiß gebadet, Derec. Das muß ein schrecklicher Traum gewesen sein.«

»Das war er. Grauenhaft.«

»Ich weiß, wie dir zumute ist. Ich habe gerade selbst einen schlimmen Alptraum gehabt.«

»Worum ging es in deinem Traum?«

Sie wollte ihm nicht sagen, daß er sich um Jacob Winterson gedreht hatte, oder daß sie weinend aufgewacht war. Derec war irgendwie eifersüchtig auf Jacob gewesen, deshalb war es besser, das Thema gerade jetzt nicht anzuschneiden.

»Nichts Besonderes. Erzähl mir von deinem.«

»Da war die Stadt, Robot City, und alles war merkwürdig, alles völlig durcheinander. Und mein Vater in einem Wagen, der entsetzlich aussah. Und . . . und . . . meine Mutter . . .«

»Psst, psst. Beruhige dich. Erzähl mir alles darüber, wenn du dazu bereit bist, ruhig und vom Anfang bis zum Ende.«

Er nickte. Als er von seiner Koje aufstand, schlüpfte er schnell an ihr vorbei. Während er hin und her ging, konzentrierte er sich darauf, seine verkrampften Muskeln zu lockern und seinen keuchenden Atem auf ein vernünftiges Maß zu reduzieren. »Ich dachte, ich hätte einen luziden Traum, aber es ist mir nie gelungen, ihn zu beherrschen, nicht einmal für eine Sekunde.«

Als er von seinem Traum erzählte, bemerkte Ariel, daß Derecs Gesicht und Stimme kindlich wirkten. Manchmal vergaß sie, wie jung sie beide im Grunde noch waren. Die Anspannungen in ihrem Leben und die Verantwortung, die sie zu tragen hatten, seit sie zum erstenmal nach Robot City gekommen waren, schienen sie unglaublich gealtert haben zu lassen. Zeitweise sah Ariel sich in ihrer Vorstellung als eine viel ältere Frau, die so viel Mühsal hatte erdulden müssen, daß die Erfahrung tiefe Linien in ihr Gesicht gegraben hatte. Doch wenn sie in den Spiegel blickte, sah sie immer noch das junge, beinahe kindliche Gesicht, den Babyspeck über ihren Wangen, die strahlenden Augen, das Glänzen ihres langen schwarzen Haars, die jugendliche Glätte ihrer Haut. Auch ihr Körper, der früher ziemlich knochig gewesen war, hatte attraktive Rundungen bekommen – woran Derec sie so oft erinnerte.

Während sie in seine erschöpften Augen blickte und erkannte, daß er schon seit einiger Zeit nicht mehr gut geschlafen haben konnte, fragte sie sich, wie es nur hatte geschehen können, daß zwei Jugendliche wie sie in ein Leben gestolpert waren, das derart von Spannung und Gefahren beherrscht wurde. Warum konnten sie nicht nach Aurora zurückkehren (wo sie viel zu kurz gewesen waren und ihre Liebe genossen hatten) und sorglos durch die lieblichen Wälder des Planeten streifen oder in einem friedlichen See schwimmen? Und wenn das unmöglich war, wäre es selbst auf der streng reglementierten, ungemütlichen und überbevölkerten Erde angenehmer gewesen. Irgendwo, wo sie eine Zeitlang so jung sein konnten, wie sie tatsächlich waren.

»Was kannst du darin entdecken, Ariel? In meinem Traum?«

Sie fragte sich, wieviel Analyse er in diesem Zustand vertragen konnte. Sein blasses Gesicht unter seinem feuchten, sandfarbenen Haar ließ ihn sehr verwundbar erscheinen.

»Also, ich kann es wirklich nicht sagen. Vielleicht sind es all deine Sorgen, zusammen mit den merkwürdigen Botschaften, die du von Robot City empfängst, vielleicht tritt das alles nur in deinen Träumen zutage.«

Derecs Chemfets waren völlig durcheinandergeraten, als er versucht hatte, Kontakt mit Robot City aufzunehmen. Normalerweise konnte er über riesige Entfernung Vorgänge in Robot City verfolgen, doch in den letzten Tagen konnte er lediglich undeutliche Aktivitäten und irgendwelche unsinnigen Meldungen empfangen, deren Sinn er nicht verstand. Als er es zum letztenmal probiert hatte, hätte er schwören können, der Zentralcomputer sei zu sehr damit beschäftigt gewesen, eine Reihe ungewöhnlicher Lieder auszustrahlen, als daß er sich die Mühe gemacht hätte, ihm zu antworten. So hätte das Chemfetsystem nicht funktionieren dürfen. Der Computer sollte zwischen Derecs Chemfets und Robot City vermitteln, sollte es ihm gestatten, die Funktionen der Stadt zu steuern und – da die Verantwortung erdrückend war – verschiedene Aufgaben ordnungsgemäß an die entsprechenden Roboter zu delegieren. In gewisser Weise war Robot City eine Erweiterung von Derec geworden oder zumindest eine Erweiterung seiner Wünsche, Befehle, Pläne und Träume, was die Zukunft der Stadt betraf. Er war früher in der Lage gewesen, sich in einem Sekundenbruchteil in jeden Vorgang an jedem beliebigen Ort in der Stadt einzuschalten, ohne sich mit musikalischen Ausflügen eines Computers herumärgern zu müssen. Jetzt schien ihm ein Großteil der Aktivitäten der Stadt verschlossen zu sein.

Er fühlte sich isoliert, als würden die Chemfets, die nicht mehr den normalen Kontakt zur Stadt herstellen konnten, müßig und ziellos in seinem Blutkreislauf herumwandern. Es war ein nervenzermürbendes Gefühl. Vielleicht war so einem verwirrten Menschen zumute, dessen Realitätsempfinden sich verzerrt und verschoben hatte, und das gefiel ihm überhaupt nicht. Derec vermutete, daß sein Vater verrückt war, und manchmal befürchtete er, die genetische Vererbung könne sich bei ihm durchsetzen und auch ihn in den Irrsinn treiben.

Dr. Avery könnte durchaus hinter dem augenblicklichen Wahnsinn von Robot City stecken. Immer wenn es dort Schwierigkeiten gab, war er logischerweise der erste Verdächtige. Da er der Schöpfer der Stadt war, würde er am besten wissen, wie man sie ins Chaos stürzte.

Ariel lächelte ihm jetzt zu. Was mochte in ihr vorgehen, während Derecs Gedanken derart abirrten?

»Mist«, sagte er. »Wenn ich versuche, mich zu erinnern, erscheint alles völlig verschwommen. Vielleicht ist es nur die Sorge um Robot City. Aber dieser Teil des Traums, in dem ich das Gesicht meiner Mutter nicht erkennen kann . . . das macht mir wirklich angst.«

»Entspann dich, Liebling. Vielleicht träumst du von ihr, weil du sie sehen möchtest . . .«

»Ich denke nie an sie! Ich will nicht an sie denken!«

Sie hatte nicht erwartet, daß er so heftig auf dieses Thema reagieren würde. Seine Mutter war eine Frau, deren Name weder ihr noch Derec bekannt war. Ariel hatte auf Robot City und auf Aurora per Computer eine intensive Suche nach genetischen Aufzeichnungen betrieben, aber es war ihr nicht gelungen, eine einzige Information über Derec herauszufinden, von den dürftigen Tatsachen abgesehen, die sie seit ihrer Ankunft auf Robot City zusammengetragen hatten. Sie hatte keine Ahnung, warum nur so wenige Aufzeichnungen über ihn existierten. Sie vermutete, daß sein Vater vielleicht alle Dateien über Derec blockiert oder gelöscht haben könnte. Oder vielleicht hatte sogar ihre Mutter, Juliana Welsh, die Dr. Averys Arbeit finanziert hatte, einige Fäden gezogen, um alle bürokratischen Aufzeichnungen über Derecs früheres Leben unzugänglich zu machen. Derec erinnerte sich an Einzelheiten genug, um zu wissen, daß er wirklich ein Spacer war, daß er eine gewisse Ausbildung in Robotik genossen hatte, und daß seine Erinnerungen absichtlich gelöscht worden waren. Keine der Erinnerungen, die sein Vater wiederhergestellt hatte, hatten irgendwelche Lösungen zu den anderen Geheimnissen beigetragen, die sein Leben umgaben.

Ariel schlang ihre Arme um ihn und drückte ihn an sich. »Vergiß es, Derec. Ich versuche mich nur in Psychologie, und ich kenne mich damit wirklich nicht gut aus. Es war ein Traum, nur ein Traum. Kein Grund, sich deswegen Sorgen zu machen. *Wirklich.*«

»Du hast wahrscheinlich recht.« Seine Stimme klang jetzt ruhiger. »Was ich brauche, ist eine richtige Ruhepause. Ich konnte in diesen röhrenartigen Dingern noch nie gut schlafen.« Er deutete auf die Schlafkoje, die tatsächlich wie eine halbe Röhre aussah. »Vielleicht werden wir in Robot City Zeit haben, uns zu entspannen, jedenfalls dann, wenn dort alles in Ordnung ist. *Und* wenn wir mit den Silberflanken klarkommen können.«

»Adam und Eva. Du hättest ein freundschaftliches Verhältnis zu ihnen, wenn du ihre Vornamen benutzen würdest. Eine althergebrachte menschliche Gewohnheit.«

Ariel war froh, als sie ein flüchtiges Lächeln auf Derecs Gesicht entdeckte. »Tut mir leid, ich kann mich einfach nicht an diese Namen gewöhnen, was hauptsächlich daran liegt, daß die beiden meistens wie wir aussehen, wenn sie Lust haben, menschliche Gestalt anzunehmen. Es ist jedenfalls ein Wunder, daß ich nicht von *ihnen* geträumt habe!«

»Ich glaube, sie sind in einige meiner Träume eingedrungen«, sagte Ariel. »Und dabei würde ich viel lieber von dir träumen, Liebling.«

Sie küßte ihn und fügte hinzu: »Ich denke, ich sollte mich mal bei Wolruf melden. Sie ist jetzt gerade bei Adam und Eva. Kennst du ihr neues Spiel?

»Ich glaube nicht.«

»Adam hat Eva eine Version der Wolfsgestalten beigebracht.«

Adam war in einem eiförmigen Gefährt auf dem Planeten intelligenter Wolfswesen gelandet, die sich ›die Sippe‹ nannten. Da er bis zu diesem Zeitpunkt noch nicht auf vernunftbegabtes Leben getroffen war, war er ein unförmiges Gebilde gewesen. Als er sich der Sippe anschloß, hatte er die Gestalt ihrer Mitglieder angenommen. Selbst jetzt neigte er noch dazu, in regelmäßigen Abständen diese Erscheinungsform anzunehmen. Die Sippe hatte ihn Silberflanke getauft, denn obwohl er sein Aussehen vollständig verändert hatte, hatte er äußerlich die metallisch-silberne Farbe eines Roboters besessen.

»Jetzt werden die beiden immer wieder zu Wölfen«, fuhr Ariel fort, »zwicken sich gegenseitig und bellen dabei in dieser fremden Sprache. Das ist unheimlich, wirklich. Sie laufen im Kreis herum, knurren und versuchen, den Schwanz des anderen zu schnappen. Wolruf sagt, daß sie das Verhalten der Wolfswelpen nachahmen, das Adam an einem Ort beobachtet hat, den er Rudelheim nennt. Vor kurzem haben sie viel zu häufig von einer Gestalt zur anderen gewechselt, nur um uns zu ärgern. Adam behauptet, sie hätten zu wenige Vorlagen, nach denen sie sich formen könnten. Ich vermute, er meint damit, daß sie Übung bräuchten. Weißt du, wenn wir sie den Schlüssel zum Perihel benutzen und zur Erde springen ließen, würden sie wahrscheinlich bei dem Versuch verrückt werden, alle Lebensformen zu kopieren, denen sie dort begegnen.«

Die Schlüssel zum Perihel waren Transportvorrichtungen, die ihre Benutzer zuerst zum Perihel versetzten, einem Ort, von dem man behauptete, daß er allen anderen Orten im Universum am nächsten sei, und sie dann zu bestimmten anderen, vorher festgelegten Zielen weitertransportierten.

»Sie machen in letzter Zeit tatsächlich einen veränderten Eindruck«, bestätigte Derec. »Ein bißchen gelangweilt, würde ich sagen. Erinnerst du dich noch, wie sehr Adam darauf fixiert war, sich nach jedem Vorbild zu prägen – nach uns, den Wolfswesen, den Schwarzkörpern, den Robotern? Es war etwas daran, das mit seinen Bemühungen zu tun hatte, herauszufinden, was genau ein Mensch ist. Alle derzeitigen Gestaltwechsel sind eher spielerisch, als daß sie einen bestimmten Zweck verfolgen. Sie wirken irgendwie weniger zwanghaft.«

»Vielleicht liegt es an uns. Adam beharrt standhaft darauf, den ›Menschen‹ als die höchste Daseinsform zu definieren, und er scheint immer noch nicht ganz überzeugt zu sein, daß wir *diese* Wesen sind. Er benötigt eine größere Anzahl unterschiedlicher Menschen, die er untersuchen kann. Aber wie dem auch sei, gönn dir noch ein bißchen Ruhe. Ich werde dich dem Zeitplan entsprechend wecken, und das wird schon sehr bald der Fall sein, Schatz.«

Ariel warf ihm von der Tür einen Kuß zu und verließ die Schlafkabine.

Derec bedachte seine Koje mit einem kurzen Blick, unschlüssig, ob er sich wieder hinlegen sollte. Warum sollte er sich den Träumen aussetzen, die auf ihn warteten und ihn wie die Wolfsart verfolgen würde, deren Gestalt Adam angenommen hatte, als sie zum erstenmal aufeinandergetroffen waren? Er stellte ein Bein auf den Rand der Koje und begann energisch, sein Gesicht zu massieren, damit er sich wacher und aufmerksamer fühlte.

Adam war in seinen Reaktionen so unvorhersehbar, überlegte er angestrengt. Der Roboter hatte die Schwarzkörper bewundert und sie wegen ihres hohen Intellekts und ihrer beeindruckenden Erscheinung als die wahrscheinlich reinsten Exemplare der Gattung Mensch eingestuft, die zu suchen er programmiert war. Seine Versuche, sich nach ihnen zu formen, hätten beinahe Ariels Projekt einer neuen landwirtschaftlich orientierten Gemeinschaft scheitern lassen. Als Adam dann Evas embryonale Form im Wald entdeckt hatte, hatten sich Derecs und Ariels Probleme verdoppelt. Adam hatte Ariel zu dem ›Ei‹ gemacht, mit dem Eva gelandet war. Da Ariel das erste Lebewesen war, das Eva gesehen hatte, war ihre erste Erscheinungsform, und gleichzeitig diejenige, zu der sie am häufigsten zurückkehrte, ein silbernes Abbild von Ariel gewesen.

Trotz allen Wissens, das die Silberflanken durch ihren Kontakt mit Menschen, Wolfswesen und Schwarzkörpern angesammelt hatten, benahmen sie sich immer wieder wie Kinder. Neue Informationen faszinierten sie, und manchmal prahlten sie wiederholt und hitzig mit einer bestimmten Idee.

Derec rief sich den Tag, bevor sie gemeinsam den Planeten der Schwarzkörper verlassen hatten, ins Gedächtnis zurück. Er war in einem Labor gewesen, wo er daran gearbeitet hatte, eine Fernbedienungsvorrichtung so umzugestalten, daß sie es den Robotern auf den Feldern erleichterte, mit ihrem Zentralcomputer zu kommunizieren. Als Ariel die Errichtung einer Roboterstadt in einen landwirtschaftlichen Betrieb umgewandelt hatte, hatten sich die räumlichen Dimensionen, in denen die Roboter agieren mußten, gezwungenermaßen erweitert. Oftmals würden sie sich zu weit vom Computer entfernen müssen, als daß noch eine effektive Kommunikation über das Verbundfunknetz möglich gewesen wäre. Derec hatte ein starkes, kabelloses Funkmodem entwickelt, das problemlos über solche Distanzen betrieben werden konnte. Es war ein kleiner eigenständiger Computer mit begrenztem Datenspeicherzugriff. Ein Roboter, auf dessen Brust das Gerät montiert wurde, konnte es aktivieren, indem er die Hand auf das Mittelteil der Vorrichtung legte. Der Prozessor konnte ohne Schwierigkeiten Daten empfangen oder senden, ohne daß der Roboter seine Arbeit auf dem Feld unterbrechen oder sich zu einem Computerterminal begeben mußte.

Adam und Eva hatten den Raum betreten, als Derec gerade damit beschäftigt gewesen war, zwei Arbeitsroboter, die zu Feldvorarbeitern umprogrammiert worden waren, mit den Prototypen auszustatten. Er hatte die beiden Roboter abgeschaltet, um ihnen die Fernbedienung bequemer montieren zu können.

Bei ihrer Ankunft hatte Adam wie eine leicht verzerrte Ausgabe eines silbernen Derecs mit einigen Charakteristika von Ariel ausgesehen, während Eva nur Ariel ähnlich gesehen hatte. Derec hatte sich inbrünstig gewünscht, daß die Silberflanken anderen Menschen begegnen würden, damit sie endlich ein anderes Aussehen annahmen. Natürlich konnte niemand voraussagen, wieviel Ärger sie verursachen könnten, wenn sie dabei auf die falschen Menschen träfen.

Derec hatte sich stets etwas unbehaglich gefühlt, wenn Eva in ihrer Arielgestalt in seiner Nähe war. Jetzt, da der Roboter seine Mimikrifähigkeiten verbessert hatte, hatte Derec sich oft gefragt, ob er Eva an einem dunklen Ort, an dem ihr silbernes

Äußeres nicht so offensichtlich war, für Ariel halten und sie in seine Arme schließen könnte.

Bei Adam war diese Wirkung weniger beunruhigend, aber genauso ärgerlich. Denn wenn Derec Adam ansah, war ihm, als würde er eine Wiedergabe seiner selbst betrachten, die ein avantgardistischer Künstler geschaffen hatte.

»Warum haben Sie diesen Roboter abgeschaltet?« hatte Adam gefragt und den Roboter eifrig an verschiedenen Stellen mit den Fingern berührt. Derec war aufgefallen, daß die Hand annähernd caninoid gewesen war, und er hatte angenommen, daß Adam kurz zuvor mit dem caninoiden Alien Wolruf zusammengewesen war.

»Weil in abgeschaltetem Zustand das Risiko einer Beschädigung bereits bestehender Schaltkreise geringer ist, wenn Veränderungen vorgenommen werden. Und, Adam, dies ist eine komplizierte Arbeit, und ich muß mich darauf konzentrieren. Stell mir also keine weiteren Fragen. Ich werde sie nicht beantworten.«

»Warum verhalten Sie sich uns gegenüber neuerdings so feindselig?« hatte Adam nachgehakt.

»Weil ihr eine Plage seid, ihr beide, und ihr stellt meine Geduld auf die Probe. Außerdem bin ich beschäftigt.«

»Aber wie sollen wir neue Informationen aufnehmen und Wissen über die Menschen erlangen, wenn Sie sich weigern, sich mit uns zu beschäftigen?«

»Im Augenblick wär's mir egal, wenn ihr Käferöl von einem dreckigen Fußboden leckt.«

»Gibt es hier Käfer?« hatte Adam eifrig gefragt. Er war bereits dabei gewesen, den Fußboden nach Insekten zu inspizieren, die er untersuchen und vielleicht nachahmen konnte. Bei der Vorstellung eines Silberflanke-Roboters, der das Aussehen eines riesigen Käfers annehmen könnte, war es Derec kalt den Rücken hinuntergelaufen. Bisher hatten die Silberflanken wenigstens keine Gestalten angenommen, deren Vorlagen Insekten geliefert hatten. Menschen, Wölfe, Roboter, geflügelte Aliens, ja, aber nichts, das auch nur annähernd insektenhaft war.

»Der Fußboden ist nicht dreckig«, hatte Eva bemerkt. »Wie

sieht Käferöl denn aus? Ist es farblos? Würde es sich mit dem Schmutz auf dem Fußboden vermischen, wenn es da welchen gäbe?«

Derec hatte schon immer Schwierigkeiten damit gehabt, daß Roboter alles wortwörtlich nahmen, doch im Umgang mit den Silberflanken führten Wortspiele zu besonders lächerlichen und lästigen Ergebnissen.

»Es gibt hier keine Käfer, kein Käferöl, und soweit ich weiß, gibt es sowieso kein Käferöl.«

»Sie würden uns also belügen?« hatte Eva gefragt. Ihre Stimme hatte einen niedlichen Tonfall gehabt, der an Ariel erinnerte. Derec hatte sich gewünscht, sie würde sich einer anderen Stimme bedienen.

»Mit Freuden, besonders dann, wenn ich euch dadurch loswerden könnte.«

Er hatte mit Eva gesprochen, während er noch damit beschäftigt gewesen war, die Fernbedienung an dem Roboter anzubringen, und er hatte nicht auf Adam beachtet, der die andere Fernbedienung ergriffen hatte. Zuerst hatte der Roboter sie in der Hand gehalten und sie sich dann kurz gegen den Kopf gedrückt. Als Derec schließlich Adams Eigenmächtigkeit aufgefallen war, hatte der silberne humanoide Roboter das Gerät gegen sein Bein gepreßt. Dann hatte er bemerkt, an welcher Stelle Derec die Vorrichtung bei dem Roboter anbrachte, und er hatte sie sich gegen die Brust gedrückt.

»Wie wird es angeschlossen?«

»Das spielt keine Rolle«, hatte Derec gereizt geantwortet, »weil keiner von euch beiden so ein Ding verpaßt bekommt. Leg es auf den Tisch zurück.«

»Aber wir wollen Wissen sammeln, auch wenn es keinen praktischen Nutzen für uns hat«, hatte Eva bemerkt.

»Und ich empfinde dieses Gerät aus ästhetischer Sicht als angenehm«, hatte Adam hinzugefügt und es wieder auf den Tisch gelegt.

Derec hatte sich wieder seiner Arbeit zugewandt und deshalb nicht bemerkt, daß sich Adam langsam von einer menschlichen in eine robotische Gestalt umgewandelt hatte. Als er aufgesehen hatte, war Adam schon in die Gestalt eine humanoiden

Roboters geschlüpft, den er früher als ›Wandernder Stein‹ bezeichnet hatte. Allerdings hatte es da einen großen Unterschied gegeben. Er hatte jetzt ein Duplikat der Fernbedienung auf seiner Brust getragen, als sei es dort angeschweißt gewesen.

Als er seine Hand darüber geführt hatte, war im Mittelpunkt des Gerätes ein Lichtband entstanden, und auf der gegenüberliegenden Seite des Raums hatte sich ein Computerbildschirm mit verwirrenden Daten gefüllt und die Informationen an Adams Empfangsgerät überspielt. Das war eine neue Erfahrung für Derec gewesen. Adam konnte ein solches Gerät kopieren, es ordnungsgemäß an seinem nachgebildeten Roboterkörper anbringen, *und er konnte es in Betrieb nehmen.* Seine Fähigkeit, Dinge nachzugestalten, steigerte sich sprunghaft. Wie konnten sie ihn überhaupt noch kontrollieren?

Anstatt Adam wissen zu lassen, daß dieser etwas Interessantes zustande gebracht hatte, hatte Derec ihn angeschrien: »Hör auf damit!«

»Warum?«

»Weil ich es dir befehle. Du verursachst hier ein totales Chaos.«

»Ich empfange lediglich geographische Informationen. Welcher Schaden könnte dadurch entstehen, Derec?«

»Solange du die Finger im Spiel hast, wird irgend etwas passieren!«

»Sie scheinen mit uns nicht zufrieden zu sein, Derec«, hatte Eva gesagt. Derec war aufgefallen, daß die beiden sich plötzlich der Höflichkeit bedienten, die Roboter Menschen gegenüber zu zeigen hatten.

»Spielt es für dich wirklich eine Rolle, daß ich zufrieden mit euch bin, Eva?«

»Ja. Sie und Ariel sind die einzigen beiden Menschen, die wir kennen. Wenn Sie wirklich die hohen Intelligenzen sind, die zu suchen wir programmiert sind, wenn Sie wirklich die Menschen sind, die Sie zu sein behaupten, dann werden wir Ihrem Bild entsprechen. Und in diesem Bild müssen wir von Ihnen akzeptiert werden. Ist das ein Bestandteil des Ersten Gesetzes?«

»Nein, das ist es nicht.«

»Das sollte es aber sein.«

Derec hatte es aufgegeben. Es schien keine vernünftige Möglichkeit zu geben, sie zu kontrollieren. Je mehr Charakterzüge und Gestalten sie kopierten, desto mehr wurden sie durch ihre chamäleonartigen Fähigkeiten zu einer Bedrohung, und gleichermaßen wuchs ihre Macht. Das Erste Gesetz sollte die Menschen vor ihnen schützen, aber die Silberflanken waren so klug, daß sie die ersten Roboter sein konnten, denen es gelang, das Gesetz zu umgehen, ohne es zu brechen, indem sie den Menschen einfach ihren Menschenstatus absprachen. Falls sie an die Macht kommen und sich vervielfältigen konnten, war es unmöglich vorauszusagen, wozu sie in der Lage sein könnten. Sollte es ihnen gelingen, über ihren menschlichen Wissensschatz hinaus weiteres Wissen anzusammeln, indem sie sich nach jedem Alien formten, auf den sie stießen, könnten sie schließlich zu jenen welterobernden Ungeheuern werden – Konglomerate verschiederner Aspekte und Charakterzüge vieler Lebensformen –, welche die Robotikexperten immer für undenkbar gehalten hatten.

Derec hatte einen Augenblick lang die Fäuste fest zusammengeballt und versucht, seine lächerlichen Gedanken zu verscheuchen. Diese Denkweise war es wahrscheinlich gewesen, die seinen Vater in den Irrsinn getrieben hatte. Er hatte den Griff seiner Hände gelockert, sich wieder seiner Arbeit zugewandt und die Silberflanken ignoriert, denen es schließlich zu langweilig geworden war, und die sich wieder in ihre menschlichen Gestalten zurückverwandelt und das Labor verlassen hatten.

Später hatte Derec mit Wolruf, die die beste Verständigung mit den Silberflanken erreicht hatte, über die Schwierigkeiten mit ihnen diskutiert. Es war ihm nicht klar, warum sie so viel Erfolg bei Adam und Eva hatte. Vielleicht lag es daran, daß Adam auf die Wolfswesen getroffen war, als er zum erstenmal sein Ei verlassen hatte. Er hatte sich nach ihrem Äußeren geformt und die Wolfsgestalt beibehalten, bis er zum erstenmal auf andere intelligente Lebensformen gestoßen war. Wolrufs Äußeres (eigentlich eher hunde- als wolfähnlich) erinnerte ihn an die Sippenmitglieder, und wahrscheinlich fühlte er sich in ihrer Gegenwart deshalb wohler.

»Ich bin ganz durcheinander«, hatte er Wolruf gesagt, und

auf eine Begrüßung verzichtet. Sie hatte sich mit den wurstförmigen Fingern ihrer linken Hand seitlich über das Maul gestrichen, eine Geste, die, wie er wußte, ein Anzeichen von Anteilnahme oder gar Besorgnis war.

»Wass macht dir Ssorrgen, Frreund Derec?« So wie Wolruf das S mit einem leichten Zischen aussprach, klang auch das R etwas zu lang und erinnerte Derec an ein geflüstertes Knurren. Die wolfartige Beschaffenheit ihrer Kehle gestattete es ihr nicht, seine Sprache problemlos zu artikulieren, obwohl sie zweifellos Fortschritte gemacht hatte. Das S und das R wurden deutlich hervorgehoben, das betonte H fehlte. Früher einmal hatte er sich sehr konzentrieren müssen, um sie verstehen zu können, aber mittlerweile bereitete es ihm keine größeren Schwierigkeiten mehr.

»Adam und Eva. Sie treiben mich noch zum Wahnsinn. Wie können wir es überhaupt wagen, sie auf irgendeine Welt loszulassen?«

»Du glaubsst, anderre 'ätten Grrund, ssich vorr ihnen zu fürrchten?«

»Verdammt richtig. Die meisten menschlichen Gesellschaften bestimmt. Sieh mal, die meisten meiner Artgenossen sind ziemlich abergläubisch. Auf der Erde betrachtet man selbst einfache Roboter mit Argwohn und hält die meisten unter Verschluß, und auf den Siedlerwelten hat man versucht, die Roboter völlig aus der Gesellschaft zu verbannen. Ich glaube, daß in allen Menschen etwas von dieser Angst steckt, auch wenn es den Spacern gelungen ist, die Probleme zu lösen, indem sie die Roboter als Dienerklasse benutzen.«

»Ich frrage mich, ssollte man die Ssilberflanken anderrs alss anderre Rroboterr be'andeln?«

»Es liegt am Gestaltwandeln. Du mußt wissen, daß es bei meinen Leuten einen historisch gewachsenen Aberglauben gibt, was Dinge betrifft, die sie für übernatürlich halten. In unserer Vorstellungswelt gibt es Ungeheuer in Schränken, wir glauben der Vernunft zum Trotz, daß es blutsaugende Vampire geben könnte, Werwölfe, die . . .«

»Entschuldige, den Begrriff Werrwolf kenne ich nicht.«

»Ich kann dir nicht viel darüber sagen. Wenn auf der Erde Vollmond ist – eine Zeit, in der die Leute verrückt spielen, wie der Aberglaube behauptet –, verwandeln sich angeblich einige Menschen in Wolfsgestalten, rennen durch die Gegend und morden und wüten, bis der Mond untergegangen ist.«

Das braune und goldene Fell auf Wolrufs Wangen hatte sich zu heben und zu sträuben begonnen. Derec hatte gelernt, daß dies ein Anzeichen für eine Verstimmung der Außerirdischen war. Und er hatte den Grund ihrer Verstimmung erkannt.

»Tut mir leid, meine Freundin. Ich war gedankenlos. Wie bei Robotern kann es passieren, daß auch Wölfe mit gewissen Ängsten betrachtet werden.«

»Und ich wärre für Menschen sso eine Arrt Wolf?«

»Vielleicht für einige. He, der alte Aberglaube ist schwer zu überwinden. Für die meisten wärst du eher wie ein Hund, und wir Menschen verspüren eine seltsame Faszination und Zuneigung Hunden gegenüber. Kennen die Leute auf deinem Heimatplaneten keine Ängste und keinen Aberglauben?«

»Ich weiß nicht, wass du . . . ja, vielleicht. Eine Arrt Inssekt, ganz winzig, dass . . .«

»Siehst du? Ich will damit nur sagen, daß wir ein abergläubischer Haufen sind, wir Menschen. Gib uns einen Roboter, der jedes beliebige Aussehen annehmen und sich direkt vor unseren Augen in verschiedene Gestalten verwandeln kann, und wir neigen dazu, voller Hysterie zurückzuzucken. Die Silberflanken ändern ihre Gestalt so häufig, wie die meisten von uns ihre Kleider wechseln. Und sie sind Unruhestifter. Wolruf, alte Freundin, sie sind wie zwei Wirbelwinde, die nach einem Dorf suchen, das sie auseinanderreißen können.«

Sie hatte Derec eine Zeitlang angestarrt, und ihre dunklen, tiefliegenden Augen hatten sein Gesicht auf eine Art durchforscht, die er als grimmig betrachtet hätte, hätte er sie nicht so gut gekannt. »Alsso«, hatte sie nach einer Weile geantwortet. »mirr scheint, der besste Orrt für ssie wärre eine Welt, wo ssie keinen Schaden von der Arrt anrrichten können, wie du ihn beschrrieben 'ast, weil die Bewohnerr nicht einmal auf ihrre Verrwandlungen rreagieren würrden. Wärre auch für unss gut. Wir könnten ssie dann weiterr mit den rrichtigen Mitteln unterrsuchen und verrssuchen, ihnen ihrre – wie nennst du ess? – ihrre Unberrechenbarkeit ausszutrreiben.«

»Ja, ihnen ihre Dämonen austreiben. Das ist eine wunderbare Idee, Wolruf, aber wo ist der perfekte Planet?«

»Robot City.«

»Robot City? Aber ich möchte sie nicht nach ... Augenblick, du hast recht. Adam findet Roboter vollkommen langweilig, und es gibt dort nur Roboter. Er meint, es würde ihm keine große Befriedigung verschaffen, sich nach Robotern zu formen. Ich glaube, er hat sie irgendwie als eine untergeordnete Spezies eingestuft.«

»Dass verrste'e ich nicht. Können ssie eine Spezies ssein, wenn ssie von Menschen gebaut worrden ssind?«

»Das sind sie nicht. Aber Adam betrachtet sie so und blickt auf sie herab. Er sucht nach der höchsten Daseinsform, die er nachahmen will, und er sieht keine Zukunft darin, ein Roboter zu sein. Seine Programmierung verlangt anscheinend von ihm, sich nach Menschen zu formen, aber er sträubt sich immer noch gegen die Vorstellung, daß Ariel und ich die Vorbilder sind. Und in Robot City würden sie und ich die einzigen Menschen sein, falls nicht mein Vater auftaucht. Das ist gut. Solange Ariel, du und ich dort die einzigen Nicht-Roboter sind, müßte es uns gelingen, die Silberflanken im Griff zu behalten. Wenn wir ihre Programmierung schon nicht zu ändern vermögen, können wir sie vielleicht zu Tode langweilen.«

»Oh, aberr ich finde nicht, daß ssie sterrben ssollten, Derec. O nein.«

Derec hatte gelächelt. Manchmal nahm Wolruf seine Bemerkungen genauso wortwörtlich wie ein Roboter.

»Ich habe es nicht so gemeint. Ich meine eine Langeweile, die so intensiv ist, daß sie Adam und Eva einigermaßen inaktiv werden läßt.«

Der Plan hatte leicht in die Tat umgesetzt werden können. Die Silberflanken waren neugierig darauf gewesen, Robot City kennenzulernen, den Planeten, von dem sie schon so viel gehört hatten, und sie hatten Derec nicht widersprochen. Sie hatten sich während der Reise bisher recht ruhig verhalten, und Derec hatte sich zu fragen begonnen, ob sie sich verstellten und irgendeinen riesigen Silberflanken-Trick vorbereiteten. Als sie sich jedoch Robot City genähert und die Chemfets in Derecs

Blutkreislauf begonnen hatten, ihn in Aufruhr zu versetzen, hatte er sich immer weniger Sorgen wegen seiner robotischen Schützlinge gemacht. Eigentlich hatte er es jetzt auch satt, weiter über sie nachzudenken. Er wollte sich überhaupt keine Sorgen machen. Wenn er sich doch nur mit Ariel entspannen, sie lieben und sich in ihren Armen ausruhen könnte.

Im Augenblick konnte er sich genausogut wieder in seine ungemütliche Schlafkoje legen.

Er schlief tatsächlich ein. Doch er träumte wieder. In einem dieser Träume veränderte ein Überwachungsroboter sein Gesicht, bis es wie Dr. Averys aussah. Dann verkündete er, daß die Gesetze der Robotik aufgehoben worden seien und es ihm unendliches Vergnügen bereiten würde, in aller Gründlichkeit einen Menschen zu verstümmeln.

Kapitel 3

Fehlfunktion in Robot City

Derecs Besorgnis nahm weiter zu, als sein Schiff, vom Roboter Mandelbrot gesteuert, auf einer Landeplattform des Raumhafens von Robot City aussetzte. Seine Chemfets schienen sich in Aufruhr zu befinden, als kämpften sie darum, Informationen weiterzugeben, die absichtlich durcheinandergebracht worden waren. Gleichzeitig gerieten auch seine Gefühle durcheinander. Obwohl er um seine Beherrschung kämpfte, fauchte er Mandelbrot gereizt an. Vor der Landung hatte sich Mandelbrot routinemäßig nach Befehlen erkundigt, und Derec hatte heftig geantwortet: »Wir landen, wenn ich es für richtig halte, und nicht vorher.«

Natürlich mußte Ariel genau in diesem Augenblick in der Nähe sein, wo sie die Würfel, Turmspitzen und Kästen der Stadt durch ein Sichtfenster betrachtete, und natürlich mußte sie ihren Kommentar dazu geben.

»Was auch immer mit dir los ist, du mußt es nicht an Mandelbrot auslassen«, murmelte sie.

Er hätte einfach hinnehmen können, daß sie recht hatte, aber er mußte ihre vorwurfsvolle Bemerkung mit einer eigenen kontern.

»Ich lasse überhaupt nichts an Mandelbrot aus, Ariel. Du weißt genausogut wie ich, daß es ihm gleichgültig ist, was ich ihm in welcher Form auch immer sage, solange er mich nicht vor Schaden bewahren oder mein Leben retten muß. Das Erste Gesetz und so weiter. Ich kann wie ein Kesselflicker fluchen, ihm jedes Wort aus dem Wörterbuch ausgewählter Beleidigungen an den Kopf werfen, ich kann schäumen und in die Luft springen, und es wird alles keine Rolle für ihn spielen. Nur Menschen sinnieren über die Worte anderer Menschen nach.«

»Wie epigrammatisch.«

Derec wollte ihr nicht eingestehen, daß er nicht wußte, was epigrammatisch bedeutete. Es hatte sich bereits gezeigt, daß sie eine bessere Allgemeinbildung als er besaß, und er gönnte ihr nicht die Befriedigung, ihm eine Definition des Wortes liefern zu dürfen.

Ihr ärgerliches Gesicht entspannte sich wieder, und sie ging zu ihm und tätschelte ihm den Arm. »Schatz, es gibt keinen Grund, ein Ekel zu sein, auch nicht einem Roboter gegenüber. Und wie kannst du dir überhaupt sicher sein, daß er deine Wut nicht bemerkt?«

Derec warf einen Blick zu Mandelbrot hinüber, der ungerührt vor den Kontrollen saß.

»Oh, er bemerkt sie natürlich. Das muß er. Das hängt wieder mit den ständig präsenten Gesetzen zusammen. Er muß wissen, in welcher Laune ich bin, was mein Tonfall bedeuten könnte, wie meine Einstellung ihm gegenüber ist – das alles sind Informationen, die er in seinem positronischen Gehirn verarbeitet, und sie helfen ihm bei der Entscheidung, wie er zu reagieren hat, wenn die Gesetze angewendet werden müssen. Ein Roboter kann zum Nutzen oder zur Freude eines Menschen Gefühle simulieren, aber die Gefühle eines Roboters bestehen lediglich aus einer speziellen positronischen Aktivität. Er kann sich der Gefühle bewußt sein, aber verletzten können sie ihn nicht.«

Ariel seufzte. Derec haßte dieses Seufzen. Es zeigte ihm deutlich, daß sie nicht seiner Meinung war, es aber zu ermüdend fand, das Streitgespräch fortzusetzen. Das Seufzen wischte den Streit beiseite und setzte sich über ihn und seine Stimmung hinweg. Aber wenn *sie* schlechter Laune war, mußten sie andere Spielregeln befolgen. Ariel konnte einen Gerechtigkeitsfimmel entwickeln, der einem Moralapostel die Schamesröte ins Gesicht getrieben hätte.

Sie kehrte wieder zum Sichtschirm zurück und fragte dabei nörgelnd: »Wann, meinst du also, können wir landen?«

»Früh genug. Ich muß nur ein paar Beobachtungen anstellen und mich davon überzeugen, daß da unten alles in Ordnung ist.«

»Ich verstehe nicht, was da nicht in Ordnung sein könnte.«

»Wie kannst du nach allem, was wir durchgemacht haben, so etwas sagen?«

»Mist, du hast heute wirklich eine grauenhafte Laune. Ich habe keine Lust, mich damit herumzuschlagen. Ruf mich, wenn du mich brauchst, Herr und Meister.«

Als sie davonstolziert war, murmelte Derec leise vor sich hin: »O Ariel.«

Anscheinend hatte Mandelbrot seine Worte verstanden, denn er erkundigte sich: »Gibt es irgendwelche Schwierigkeiten, Freund Derec?«

»Nichts, worum du dich kümmern müßtest, Mandelbrot.«

Falls der Roboter sich überhaupt an Derecs Reizbarkeit störte, hatte er keine Möglichkeit, dies durch Mimik oder Gesten auszudrücken. Derec fragt sich, ob Ariel mit ihrer Behauptung, Roboter hätten Gefühle, recht haben könnte. Humaniforme Roboter wie R. Daneel Olivaw oder Ariels kostbarer Jacob Winterson jedenfalls hatten scheinbar Gefühle. Sie wirkten so menschlich, daß es dem Beobachter schwerfiel, ihnen Gefühle abzusprechen.

»Wir nähern uns dem Kompaßturm«, meldete Mandelbrot.

Der große Sichtschirm vor dem Pilotensessel zeigte den Turm, das erste Gebilde von Robot City, das Derec damals kennengelernt hatte. Er und Ariel (die sich zu diesem Zeitpunkt noch Katherine nannte) waren dort angekommen, nachdem sie an einem nebligen Ort, der als Perihel bezeichnet wurde, die Ecken eines Schlüssels zum Perihel gedrückt hatten. Dieser spezielle Schlüssel war auf Robot City eingestellt gewesen, und sie hatten herausgefunden, daß sie mit ihm nirgendwo sonst hin gelangen konnten, außer zurück zum Perihel. Der Turm war ein pyramidenförmiges Gebäude, größer und höher als alle anderen Gebäude der Stadt. In seinem Innern befand sich das Büro, in dem sich Dr. Avery verborgen hatte, um Robot City zu überwachen. Derec fragte sich, ob sein Vater jetzt dort war und die Funktionen dieses Ortes manipulierte, damit er auch die Funktionen der Chemfets im Körper seines Sohnes und damit dessen Verstand manipulieren konnte.

»Bleib hier eine Weile auf der Stelle schweben, Mandelbrot«, befahl er.

Er starrte auf die Stadt hinab, die jetzt seine und nicht Averys Stadt war, und er war sich nicht sicher, was daran im Augenblick fremdartig aussah. Der Kompaßturm zeigte sich als dasselbe stufenförmige Gebilde, das er immer gewesen war. Auf seiner Oberfläche befanden sich keine dieser merkwürdigen Beulen, die er in seinem Alptraum gesehen hatte. Die Stadt selbst erstreckte sich wie früher von Horizont zu Horizont, nur von einigen Parkflächen im Süden unterbrochen. Neue Gebäude waren in die Höhe geschossen, während alte von den Robotern auseinandergenommen worden waren, deren Aufgabe darin bestand, die Stadt unablässig zu verbessern, um sie nach Möglichkeit noch geeigneter und luxuriöser für menschliche Bewohner zu gestalten. Eines Tages würde tatsächlich menschlichen Siedlern der Zutritt gestattet werden. Normalerweise hätte Derec nichts von solchen architektonischen Veränderungen bemerkt, aber seine Chemfets hielten ihn über alle Verwandlungen der Stadt auf dem laufenden.

Die Roboter in den Straßen unter ihm strömten emsig umher und schienen sich auf ihre gewohnten Aufgaben zu konzentrieren. Aber dennoch schienen ihm ihre Bewegungen irgendwie nicht richtig zu sein, weder vom Anblick noch von seinem Gefühl her. Und viele der normalerweise dicht befahrenen Durchgangsstraßen wirkten verwaist. Vielleicht hatte sich Robot City tatsächlich in die Stadt aus seinen Alpträumen verwandelt.

Wahrscheinlich war es reine Einbildung. Die Silberflanken,

Ariel, all die Verantwortung, die auf ihm lastete, hatten sein Vorstellungsvermögen überreizt. Er war ganz einfach erschöpft, enttäuscht – das war bestimmt der Grund. Er mußte sich wieder wie ein ganz normaler Mensch benehmen, seine eigene Persönlichkeit wieder aufbauen, so wie die Gestalten unter ihm die Stadt aufbauten.

In letzter Zeit hatte Derec das Gefühl gehabt, selbst zum Roboter geworden zu sein, seit er ohne irgendwelche Erinnerungen aufgewacht war. Er hatte sich immer mehr seinen Pflichten widmen müssen (es schien, als folgte eine Krise der anderen) und war – wie die Roboter unter ihm – Zielen nachgejagt, die in der Regel verschwommen und geheimnisvoll gewesen waren.

Manchmal kam es ihm so vor, als würde er innerlich zwischen seiner menschlichen und seiner robotischen Persönlichkeit hin und her gerissen werden. Und so war es wohl auch, denn durch seine Chemfets war er zumindest teilweise ein Roboter. Manchmal bestimmten seine menschlichen Wesenszüge sein Leben und seine Gefühle, dann wieder übernahm der robotische Teil die Kontrolle. Er war ein Mensch, wenn eine Krise ihrem Höhepunkt entgegensteuerte, wenn eine Schlacht geschlagen oder eine Entscheidung getroffen werden mußte, ein Mensch, wenn er mit Ariel zusammen war, zumindest während der liebevollen und zärtlichen Zeiten und selbst dann, wenn böses Blut zwischen ihnen herrschte, ein Mensch, wenn er die Roboter instruieren und leiten oder sich intellektuell mit Avery auseinandersetzen mußte. Doch dann gab es Zeiten zwischen diesen menschlichen Aktivitäten, in denen er dem Roboter in ihm die Kontrolle überließ. Der Roboter erledigte die Schmutzarbeit, die ermüdenden Arbeiten, die bei der Erfüllung seiner Aufgaben so viel Zeit in Anspruch nahmen. Und er wurde auch zum Roboter, wenn er in seinem Innern nur eine Leere fühlte, was Ariel, Wolruf und Mandelbrot betraf, das Trio, das ihm jetzt so viel bedeutete. Es gab Augenblicke, in denen ihm plötzlich bewußt wurde, daß eine längere Zeitspanne vergangen war und er nur eine undeutliche Vorstellung davon besaß, was er in dieser Zeit getan hatte, und in seinen Gedanken war das eher die Zeit des Roboters als die des Menschen. Er fragte sich, ob ein Roboter sich mit einem Teil seines positronischen Gehirns seiner Alltagsarbeit überhaupt bewußt war.

Derec war überrascht, als er den Raumhafen nach der Landung verlassen vorfand. Normalerweise waren ein paar Installationsroboter anwesend, die nach kaum vorhandenen Abfällen suchten und bereits glänzende Böden polierten. Der Raumhafen erschien Derec wie eine unberührte Insel, ein Gebiet, das nur dann in Betrieb war, wenn er oder Ariel es benutzten. Natürlich bot sich der größte Teil Robot Citys so dar – Gebäude, die für Tausende oder gar Millionen von menschlichen Einwanderern entworfen worden waren, herrliche Wohnräume für zukünftige Siedler, Geschäfte für unsichtbare Kunden, Arbeitsräume, die jetzt nur von programmierten Robotern benutzt wurden, die hauptsächlich damit beschäftigt waren, die Einrichtungsgegenstände zu testen.

Als sie durch die Abfertigungsanlagen gingen, blickten Adam und Eva sich um; ihre Köpfe ruckten hin und her, während sie versuchten, alle neuen Informationen in sich aufzunehmen. Derec hatte den Eindruck, als würden die beiden chamäleonartigen Roboter irgend jemanden oder irgend etwas suchen, das sie nachahmen konnten. Er lächelte. Sie würden keine neuen Lebewesen in Robot City finden, in die sie sich verwandeln konnten. Die Roboter, denen sie begegnen würden, waren denen, die sie bereits kannten, so ähnlich, daß sich Adam und Eva langweilen und menschlicher Beeinflussung leichter zugänglich werden würden, wie Wolruf es vorausgesagt hatte. Dann würde es Derec vielleicht gelingen, den beiden kleinen Quälgeistern ihre Macken auszutreiben.

»Sollte uns nicht irgend jemand begrüßen oder so was?« fragte Ariel.

»Ich bin mir nicht sicher«, gab Derec zurück. »Ich kenne mich mit dem Protokoll auf Raumhäfen nicht aus. Allerdings müßten wir eigentlich ein paar Roboter hinter den Schaltern sehen.« Außerhalb der Abfertigungsanlagen fanden sie einen Schweber, der diese Bezeichnung trug, weil er die Straßen von Robot City entlangglitt, ohne den Boden direkt zu berühren. Es war ein Zweisitzer, deshalb bat Derec Wolruf und Mandelbrot, ein größeres Fahrzeug ausfindig zu machen und ihm und Ariel damit in die Stadt zu folgen. »Achtet auf alles, was euch ungewöhnlich erscheint«, sagte er. »Wir treffen uns am Kompaßturm und vergleichen dort unsere Beobachtungen.«

Als sie die Ausfallstraße entlang in die Stadt fuhren, erkundigte sich Ariel: »Wie geht es dir jetzt, seit du hier bist?«

»Ich bekomme immer noch nichts Vernünftiges aus den Chemfets heraus. Aber ich weiß nicht, was da nicht stimmt. Irgend etwas hat sich hier verändert, aber ich kann es noch nicht erkennen.«

»Wenn du nichts sehen kannst, woher willst du dann wissen, daß es da ist?«

»Das klingt etwas nach Philosophie.«

»Eine Angewohnheit von mir. Tut mir leid.«

Der Schweber war klein, so klein, daß sie mit Schultern, Hüften und Beinen eng aneinandergedrängt saßen. Normalerweise gefiel es Derec, Ariel so nahe zu sein, doch heute hatte ihre Körperhaltung etwas Steifes an sich. Es rief ein Unbehagen in ihm hervor, sie überhaupt zu berühren.

Er lächelte ihr zu. Sie weigerte sich hartnäckig, sein Lächeln zu erwidern. Obwohl sie sich bemühte, entspannt zu wirken, war die Anspannung in ihren Augen unverkennbar.

Derec berührte die Kontrollinstrumente des Fahrzeugs und brachte es am ersten Häuserblock zum Stehen, als sie die eigentliche Stadt erreicht hatten. Er stieg bereits aus, bevor der Schweber auf die Fahrbahn herabgesunken war.

»Wo gehst du hin?« fragte Ariel und schlüpfte ebenfalls aus dem Fahrzeug.

»Ich will mich nur umsehen.«

Er näherte sich einem würfelförmigen Gebäude und starrte es an. »Sieh dir das an.«

Sie blieb neben ihm stehen und versuchte zu erkennen, was er entdeckt hatte.

»Was ist denn?«

»Die Naht dort.« Sie mußte die Augen zusammenkneifen, um zu sehen, was er meinte. »Die Stadt setzt sich aus fünf Quadratmeter großen Platten zusammen«, fuhr er fort, »die in einer

Art Band aus einer Ausgabeöffnung herauskommen. Das Material formt und verwandelt sich nach einem vorprogrammierten Muster. Es wird zu Fenstern, Wänden, Zimmern, ganzen Gebäudeetagen, setzt sich selbst zusammen. Das geschieht so exakt, daß es keine Nähte, Spalten und Öffnungen geben sollte, außer an den Stellen, wo es aus architektonischen Gründen sinnvoll ist. Diese Naht hier ergibt keinen Sinn.«

Als sie die Stelle näher betrachtete, konnte sie tatsächlich erkennen, daß da eine winzige Trennlinie war. Es hätte höchstens eine sehr dünne Münze hineingepaßt, aber es war zweifellos ein Spalt.

Derec ging langsam weiter, ließ seine Hand über die Wand gleiten und verschwand um eine Ecke. Er war kaum aus Ariels Blickfeld verschwunden, als sie seinen Schmerzschrei hörte. Sie rannte um die Ecke und erblickte ihn, wie er auf seinen kleinen Finger starrte.

»Sieh dir das an«, forderte er sie auf und hielt ihr den Finger entgegen. In der Kuppe war ein winziger Schnitt erkennbar, und ein kleiner Blutstropfen war hervorgequollen. Es hatte sie schon immer überrascht, um wieviel dunkler sein Blut als das ihre war.

»Was ist passiert?«

»Das verdammte Ding hat mich geschnitten, der Splitter dort.«

»Ein Splitter? Aber das ist unmöglich. Du hast mir einmal erzählt, daß das Baumaterial mit dem Ersten Gesetz programmiert ist. Es darf nicht geschehen, daß du dich verletzt, erst recht nicht an diesem Material.«

»Das ist richtig. Ich dürfte eigentlich gar nicht bluten. Aber wirf mal einen Blick darauf.«

Der Splitter war sogar noch kleiner als die Trennfuge, aber er war da. Ein winziger roter Fleck an seiner Spitze ließ ihn etwas deutlicher erkennbar werden.

»Was ist passiert?«

Derec hatte nicht lange genug gewartet, um ihre Frage beantworten zu können. Er war ein paar Schritte weiter gegangen, und seine Augen wanderten nervös über ein anderes Gebäude, ein kleines schrägwandiges Gebilde, das sich nach oben verjüngte und in einer Turmspitze auslief.

»Sieh da hinauf!« schrie er.

Er meinte die Turmspitze. Als Ariel hinaufspähte, erkannte sie, daß etwas damit tatsächlich nicht ganz in Ordnung war.

»Sie ist ein bißchen geneigt«, stellte sie fest.

»Stimmt«, bestätigte Derec. Es lag ein angriffslustiger Tonfall in seiner Stimme, als würde er ihr einen Vorwurf daraus machen, daß sie das Offensichtliche bestätigte.

»Kein Überwacherroboter würde eine solche Abweichung von der Norm dulden.«

»Ich weiß nicht. Ich glaube, mich daran erinnern zu können, einmal etwas über die Erde und einen schiefen Turm dort gelesen zu haben. Das war eine ziemlich bekannte Touristenattraktion.«

»Schön, ich werde diese Beobachtung an unsere Touristenabteilung weiterleiten.«

»Sei nicht sarkastisch. Ich versuche zu helfen.«

Wieder gab er keine Antwort. Er rannte jetzt und brannte darauf, ein weiteres Gebäude zu untersuchen. Ariel gab dem Schweber ein Signal, indem sie zweimal in die Hände klatschte. Auf die beiden Klatschsignale erhob sich der Schweber vom Boden und glitt hinter ihr her, als sie Derec folgte.

Er stand vor der Eingangstür des Gebäudes und starrte es an.

»Stimmt damit irgendwas nicht?« fragte sie.

»Nichts, was ich erkennen kann. Tut mir leid, daß ich dich angeschnauzt habe. Ich habe nur das Gefühl . . .«

»Laß gut sein, Kumpel. Ich habe dir damals auf Aranimas' Schiff auch ziemlich zugesetzt, als wir uns zum erstenmal getroffen haben. Betrachten wir deine momentane Gereiztheit als Revanche.«

»Danke.«

Seine Augen musterten die Wand vor ihm, und ein lautes Plumpsen riß ihn aus seiner Konzentration.

»Was war das?« fragte Ariel.

»Keine Ahnung. Laß uns reingehen und nachsehen.«

»Immer wenn ich verschwinden will, spielst du den Tapferen. Na gut, du gehst voraus.«

Der Eingang zum Gebäude befand sich an einer Straßenecke. Neben der Tür war eine Sensorfläche für die Hand angebracht, die sowohl menschliches als auch robotisches Personal identifizieren konnte. Das bedeutete, daß es sich um eine Sicherheitszone handelte und nur registrierte Personen das Gebäude betreten konnten. Derec machte sich deswegen keine Sorgen. Sein Handabdruck war automatisch in allen Identifizierungssystemen von Robot City erfaßt, also legte er die Hand zuversichtlich und mit einer beiläufigen Bewegung auf die Sensorfläche und rechnete damit, daß die Tür sofort aufspringen würde. Das tat sie jedoch nicht. Er preßte seine Hand fester gegen die Fläche. Wieder geschah nichts.

»Was stimmt nicht?« fragte Ariel.

»Ich weiß nicht. Vielleicht ist der Mechanismus noch nicht angeschlossen worden.«

»Laß mich mal versuchen.«

Sie schlüpfte an ihm vorbei und legte ihre Hand auf die Platte. Wieder einmal war Derec vom Anblick ihrer schmalen und regelmäßigen Finger beeindruckt und hätte in diesem Moment am liebsten Ariels Hand genommen, um sie zu einem dunklen, stillen und gemütlichen Platz zu führen, wo sie ungestört hätten schmusen und sich küssen können.

Die Tür öffnete sich auch nicht für Ariel. Wütend hieb sie mit der Hand dagegen, und da schwang die Tür langsam knarrend auf. Das Geräusch war besonders beunruhigend. Es war eine weitere Anomalie. In Robot City sollte keine Tür knarren oder quietschen.

»Na, sieh einmal an«, sagte Ariel, »die Tür war schon offen. Sollen wir?«

Sie deutete in das Dunkel hinter der Tür.

Als sie das Gebäude betraten, hätten sie normalerweise ein Kraftfeld so beeinflussen müssen, daß sich sofort die Beleuchtung einschaltete. Aber auch nach einigen Schritten standen sie immer noch in scheinbar absoluter Dunkelheit, die nur von dem durch die Tür fallenden Licht erhellt wurde. Auch dieses Licht erlosch kurz darauf, als die Tür langsam zuschwang. Die Luft roch abgestanden, und Derec fragte sich, ob auch die Belüftungsanlage ausgefallen sei. Instinktiv streckte er den Arm nach Ariel aus und berührte sie noch rechtzeitig, um zu spüren, wie ein Zittern ihren Körper durchlief.

»Du hast recht«, murmelte sie. »Hier ist etwas faul.« Sie klammerte sich eng an ihn. »Derec, laß uns lieber in einem anderen Gebäude nachsehen.«

»Da bin ich ganz deiner Meinung. Die Tür müßte . . .«

Ariel schrie plötzlich auf, nicht so sehr aus Angst, vielmehr aus Verblüffung. Da sich ihr Kopf direkt neben dem seinen befand, ließ ihn der Schrei fast taub werden.

»Was ist passiert?«

»Irgendwas ist an meinen Beinen vorbeigehuscht.«

»Was?«

»Keine Ahnung. Hat sich wie ein Tier angefühlt. Wie eine Ratte oder so was.«

»Was für ein Tier könnte das denn sein? Du bildest dir nur was ein. Es gibt keine Tiere in Robot City. Sie . . .«

»Da ist es wieder! Es ist gerade gegen meine Wade geprallt.«

»Wahrscheinlich ist es ein Roboter. Ein Liefer- oder ein Botenroboter . . .«

»Hat sich aber nicht wie ein Roboter angefühlt. Zu weich, zu . . .«

Derec spürte einen kräftigen Stoß gegen seine Fußknöchel. Ariel hatte recht. Es fühlte sich wirklich wie ein Tür an. Es mußte an der Kraft der Phantasie liegen.

»Ariel, es ist alles in Ordnung. Wir werden jetzt einfach zur Tür zurückgehen und hier raus . . .« Zu seiner Linken erklang ein schwaches Geräusch, das einer tierischen Kehle zu entstammen schien. Es hörte sich wie ein unterdrücktes Kichern an. Als käme es von einer Elfe oder einem winzigen Kobold. Von der anderen Seite ertönte ein weiteres leises Kichern. Ein drittes hinter Ariel. Kurz darauf kicherte es überall um sie herum, und das Kichern war lauter geworden. Welche Wesen sich auch immer in diesem Gebäude befanden, es schien ihnen großen Spaß zu bereiten, miteinander zu plappern.

Derec ergriff Ariels Hand und zog sich fluchtartig zur Tür zurück, deren Umrisse sich durch das draußen herrschende Tageslicht schwach abzeichnete. Bevor sie die Tür aufstoßen und aus dem Gebäude ins Freie stürzen konnten, wäre Derec beinahe über irgend etwas gestolpert, etwas, das ihn wütend anfauchte.

Kapitel 4

Das Auge

Es gab nicht so etwas wie ein allsehendes Auge in Robot City, aber das Auge glaubte, diesem Ideal ziemlich nahe zu kommen. Auch wenn es normalerweise in seiner schützenden Hülle lag, den rudimentären Körper sicher verborgen, konnte es die Stadt überwachen und alles beobachten, was dort geschah.

Seit es die Stadt durch einen unterirdischen Tunnel erreicht hatte, der ursprünglich für das Abwasser der Menschen vorgesehen war – bisher war praktisch überhaupt kein Abwasser angefallen, so daß die Kanalisation blitzsauber war und das Wasser frisch und angenehm roch –, hatte es nach und nach alle Systeme von Robot City übernommen.

Das Auge hatte keine Ahnung, wie es auf diesen Planeten verschlagen worden war. Nachdem es plötzlich auf einem Acker außerhalb der Stadt das Bewußtsein erlangt hatte, hatte es eine einfache, aber zweckmäßige Gestalt angenommen. Es hatte die Umgebung erforscht und war dabei auf den Abwassertunnel gestoßen. Zuerst hatte es sich mit Hilfe einer Art von Karren, wie sie zum Güter- und Personenverkehr benutzt wurden, durch das verschachtelte Tunnelsystem bewegt, und schließlich war es auf den Standort des Zentralcomputers gestoßen. Es hatte eine Weile gebraucht, um herauszufinden, daß der Computer kein Lebewesen, sondern nur eine Maschine war. Noch etwas länger hatte es gedauert, bis das Auge begriffen hatte, wie man ihn bediente. Eine Zeitlang hatte es das Innere des Computers erforscht und sich wahllos hier und da Wissen angeeignet. Mittlerweile verfügte es über eine beachtliche Menge an Informationen, mit denen es zum größten Teil nichts anzufangen wußte. Es hatte herausgefunden, daß die einzige Möglichkeit, Erfahrungen zu sammeln, darin bestand, die Informationen in der Praxis anzuwenden.

Zuerst experimentierte es mit den zahllosen Robotern, die sich in den Straßen der riesigen Stadt herumtrieben. Obwohl es bisher noch keinen Roboter aus der Nähe gesehen hatte, wußte es über sie Bescheid, denn es hatte sie auf den Bildschirmen verfolgt, die in dem unterirdischen Computerzentrum installiert waren. Nachdem das Auge selbst immer computerähnlicher geworden war, begann es damit, den Computer zu benutzen, um mit den Robotern zu kommunizieren. Es überzeugte sie davon, daß es ein Mensch sei und daß sie ihm gemäß dem Zweiten Gesetz gehorchen müßten. (Solange sie es nicht sehen konnten, gelang es dem Auge, diese Illusion überzeugend aufrechtzuerhalten. Es hatte den ranghöchsten Robotern untersagt, sich in seine Nähe zu begeben oder es irgendwie zu Gesicht zu bekommen.)

Obwohl es viele Informationen über Menschen gesammelt hatte – optische Daten, anthropologische Untersuchungen, physiologische und anatomische Karten, psychologische Daten –, war es der Meinung, bisher noch nicht begriffen zu haben, was ein Mensch wirklich war. Es sehnte sich danach, einen zu sehen. Es hatte dem Auge keine Probleme bereitet, Funktionsmodelle von Menschen zu erstellen, Tausende von Computersimulationen zu erzeugen. Aber es scheiterte daran, daß es nicht wirklich *wußte,* was ein Mensch war. Alle entsprechenden Daten waren von Menschen angelegt worden, die bereits wußten, was sie waren. Wesentliche Informationen fehlten, und das Auge mußte diese weißen Flecken ausfüllen.

Der nächste Schritt seiner Bemühungen hatte darin bestanden, die Stadt selbst zu erforschen und sie schließlich unter Kontrolle zu bekommen. Mit Hilfe der Daten des Computers entwickelte das Auge ein umfassendes, wenn auch verzerrtes Bild des Ortes, an dem es sich befand. Da es bisher nichts über Menschen oder Roboter gewußt hatte, konnte es die Daten, die es sammelte, nicht immer interpretieren. Aber das spielte keine Rolle. Für den Augenblick war es ausreichend, kleine Teile und Fragmente in Erfahrung zu bringen. Schließlich hatte es gelernt, sein Ziel Schritt für Schritt zu verfolgen, und es glaubte, diesen Ort vollständig beherrschen zu können, wenn es seine Experimente in Robot City fortsetzte. Es wußte nicht, was es tun würde, sobald es diese Macht errungen hatte, aber es betrachtete das Leben als einen Lernprozeß, wenn es sich überhaupt Gedanken zu diesem Thema machte. Die Dateien des Computers mit philosophischen Inhalten bestärkten es noch in dieser Einschätzung. Wenn es erst einmal die Macht besaß, würde es wissen, was es damit anfangen sollte. Vor kurzem hatte es nicht einmal gewußt, was ein Computer überhaupt war; nun hatte es sich einen völlig unterworfen. Es würde ihm kaum Schwierigkeiten bereiten, die Herrschaft über die Stadt zu übernehmen.

In seinen Gedanken nannte es sich selbst gern das Auge, denn es konnte praktisch die gesamte Stadt überwachen, ohne sein sicheres Versteck verlassen zu müssen. Die Bildschirme zeigten ihm jeden gewünschten Ort, und es konnte mehrere Orte gleichzeitig kontrollieren. Nicht, daß es besonders wichtig gewesen wäre, die Roboter zu überwachen. Sie nahmen seine Befehle bereitwillig entgegen und führten sie unverzüglich und ohne Fragen zu stellen aus. Das war gut so, denn das Auge hatte nicht die Zeit, auf jeden einzelnen Roboter persönlich zu achten. Es gab so viel zu tun, so viele Experimente durchzuführen, so viele Probleme zu durchdenken . . .

Eva Silberflanke bildete den Abschluß der kleinen Gruppe. Sie war froh, daß Wolruf entschieden hatte, zu Fuß in die Stadt zu gehen, anstatt nach einem geeigneten Fahrzeug zu suchen. Immer wieder wanderte ihr Kopf hin und her, um die riesigen Ausmaße der Stadt in sich aufzunehmen. Bis zu diesem Zeitpunkt hatte sie nur die ländliche Umgebung des Planeten der Schwarzkörper kennengelernt, seine Naturwunder und die robotisch gesteuerte Landwirtschaft. Adam, der bereits eine Roboterstadt gesehen hatte, hatte sie ihr beschrieben, aber Eva war nicht auf die überwältigende Realität vorbereitet gewesen. Sie hatte jetzt eine menschliche Gestalt, ähnelte einer stämmigeren und silberfarbenen Ariel, und ihre verblüffend menschlichen Augen waren staunend aufgerissen.

Obwohl sie von der Masse der unglaublichen architektonischen Wunderwerke von Robot City gehört hatte, wurde sie von der erdrückenden Vielzahl der Farben beinahe überwältigt, von dem verzweigten Muster der Gehwege, der geometrischen Perfektion der Gebäude. Wenn sie auch dazu neigte, ihre Umgebung mit robotischer Objektivität zu betrachten, war sie doch beeindruckt und empfand Robot City als großartigen Ort.

Wolruf, die vor Eva ging, kauerte sich nieder, betrachtete prüfend die Kante eines Randsteins und hob etwas auf.

»Was ist das, Wolruf?« wollte Mandelbrot wissen.

Sie hielt einen zerknüllten Papierfetzen hoch. Adam nahm ihn ihr aus der Hand und untersuchte ihn. »Sieht ganz normal aus«, kommentierte er, »nicht anders als das Papier, das ich bisher gesehen habe.«

»Ess iss' nicht das Papierr«, erwiderte Wolruf. »Ess iss' merrkwürdig, daß es überr'aupt 'ierr 'errumliegt.«

»Das versteh ich nicht.«

Adams Gesicht schien sich ein wenig zu verändern, als er sich mit Wolruf unterhielt, seine menschliche Erscheinung nahm etwas von Wolfrufs caninoiden Zügen an. Die Nase wurde länger und das Gesicht flacher.

»Ess ssollte kein Papierr 'ierr 'errumliegen, darrum geht's. 'ierr auf der Strraße iss' ess Abfall. Kleine Rroboter kümmerrn ssich um Abfall, wenn welcher anfällt, wass sselten passierrt. Rroboter brrauchen schließlich kein Papierr. Die kleinen Rroboter spürren Abfall auf, sammeln ihn ein und besseitigen ihn.«

»Ich sehe in dieser Gegend keine Arbeitsroboter«, bemerkte Mandelbrot. Genaugenommen hatte sich überhaupt kein Roboter sehen lassen. »Vielleicht kommt gleich einer.«

»Kann ssein«, sagte Wolruf, sprang dann ein paar Schritte weiter und deutete auf den Boden. »Dass iss' ein Gleitweg«, stellte sie fest.

»Ja«, bestätigte Mandelbrot.

»Müßte err ssich nicht bewegen? Wirr ste'en auf ihm, und er rrührt ssich nicht, obwohl err ssich durrch unsserr Körrpergewicht bewegen müßte.«

»Das ist wirklich verblüffend. Vielleicht ist er ausgefallen.«

»Wenn dass stimmt, wo ssind dann die Rreparaturroboter für die Gleitwege? Wenn in der Stadt etwass aussfällt, ssollten die Rreparaturroboter ssofort auftauchen.«

»Vielleicht sind sie irgendwo anders mit anderen Gleitwegen beschäftigt.«

»Kann ssein. Aberr in Robot City verrssagen die Dinge nicht

sso schnell. Ess iss' ungewöhnlich, wenn zwei Gleitwege in der gleichen Gegend zurr gleichen Zeitt verrsagen.«

»Ja. Ich sollte Ihnen auch etwas anderes mitteilen.«

»Wass, Mandelbrot?«

»Seit Sie diese Defekte bemerkt haben, habe ich versucht, über mein Verbundfunknetz Kontakt zu anderen Robotern herzustellen, um Antworten auf unsere Fragen zu bekommen, und bisher hat keiner geantwortet. Den Daten zufolge, über die ich durch meine früheren Aufenthalte in dieser Stadt verfüge, ist ein solches Phänomen äußerst anormal, auch in den Außenbezirken.«

»Du meinsst, 'ierr stimmt wass nicht, Mandelbrot?«

»Ja, allerdings.«

»Dann laß unss weiterrgehen.«

Eva wußte nicht, was sie von dem Gespräch zwischen dem hundeähnlichen Alien und dem Roboter mit dem merkwürdigen Arm halten sollte, der selbst eine Art Anomalie darstellte. Der Arm, der früher einmal einem ganz anderen Robotertyp als Mandelbrot gehört hatte, war anders geformt und wirkte an seinem Körper fehl am Platz, weil er dicker und länger als der andere Arm war. Er war verformbar, und Mandelbrot konnte seine Gestalt ändern, wenn er auch im Gegensatz zu den Silberflanke-Robotern keinen anderen Teil seines Körpers umwandeln konnte.

Der Gedanke an ihre gestaltwandlerischen Fähigkeiten schien einen Mechanismus in ihrem Körper in Gang zu setzen. Sie sah sich nach etwas um, in das sie sich verwandeln konnte. Adam hatte ihr erklärt, daß sie anscheinend von einem inneren Drang beherrscht wurden, nach anderen Lebewesen zu suchen und diese zu kopieren. Das sei ein sehr menschliches Verhalten, hatte er gesagt, zumindest hätte Derec ihm das erklärt. »Derec sagt, daß Menschen gerne neue Erfahrungen sammeln. Für uns stellt ein uns bisher unbekanntes Wesen, dessen Gestalt wir annehmen können, eine neue Erfahrung dar. Auch wenn wir deswegen eigentlich keine Gefühle verspüren sollten, glaube ich, daß die Mechanismen in uns gereizt werden, wenn wir daran denken, uns zu verwandeln, oder wenn wir ein Lebewesen erblicken, das wir kopieren können.« Was immer es auch sein mochte, ein simpler Mechanismus oder eine tatsächliche Sehnsucht nach neuen Erfahrungen, im Augenblick verspürte Eva ein starkes Verlangen, eine andere Gestalt anzunehmen.

Aber welche Gestalt konnte sie wählen? Sie hatte eine menschliche Gestalt gehabt wie die Ariels, eine caninoide wie die Wolrufs und eine robotische wie die Mandelbrots.

Es mußte noch andere Lebensformen hier geben, überlegte sie. Sie trat näher an eins der Gebäude heran, ein merkwürdig aussehendes Gebilde, das schmal und hoch war. Als sie hinaufblickte, entdeckte sie eine Reihe häßlicher, vogelähnlicher Geschöpfe, die unter dem Dachvorsprung des Gebäudes hockten und zu ihr hinabstarrten. Sie blieben ruhig, reglos, aber Eva hatte trotzdem den Eindruck, Bösartigkeit in ihren Augen zu erkennen. Sie trat etwas zurück, um sie besser sehen zu können, deutete nach oben und fragte Mandelbrot: »Was sind das da für Wesen, bitte?«

Mandelbrot blickte kurz auf. »Sie sind nicht lebendig«, sagte er. »Sie sind eine Art Verzierung, die an der Oberkante des Gebäudes angebracht wurde. Ich glaube, man nennt sie Wasserspeier. Diese hier bestehen aus der Grundsubstanz von Robot City. Früher wurden sie allerdings oft aus Stein gemeißelt.«

»Sie sehen interessant aus. Adam? Glaubst du, wir könnten so werden wie sie?«

Adam hatte sich ein recht menschliches Achselzucken zugelegt, das er in allen Einzelheiten von Derec übernommen hatte. »Wir könnten Statuen werden, ja, aber ich sehe keinen Sinn darin. Wir können kaum etwas über die Vertreter solcher Lebensformen lernen, solange wir nicht auf die Wesen treffen, die diesen Statuen Modell gestanden haben.«

»Ich bezweifle, daß das eine angenehme Erfahrung sein würde«, sagte Eva. Sie wandte den Blick von den Wasserspeiern ab und ging ein paar Schritte weiter, drehte sich dann aber wieder um und kam zurück.

Da war irgend etwas im Innern des Gebäudes, und es waren keine Wasserspeier. Sie spürte, daß es auf der anderen Seite der Wand irgend etwas gab, das sich reglos verhielt, aber vielleicht Leben in sich hatte.

»Mandelbrot?«

»Ja, Eva?«

»Wie kommt man in ein Gebäude wie dieses hinein?«

Mandelbrot hatte von Derec Anweisung erhalten, so weit wie möglich mit den Silberflanken zu kooperieren, es sei denn, er spürte irgendeine Gefahr für sie. Da es in der Nähe keinerlei Gefahren zu geben schien, antwortete er: »Ich glaube, die Tür zu diesem Gebäude befindet sich an der Nordseite. Am Ende dieser Treppe.«

Sofort stieg Eva die Stufen hinauf. Das Treppensteigen gehörte zu den wenigen Dingen, bei denen sie mehr roboterhaft als menschlich wirkte. Es lag eine gewisse mechanische Steifheit in der Art, wie sie Stufe um Stufe nahm.

Am Ende der Treppe befand sich tatsächlich eine Tür, und sie stand einen Spalt weit offen. Mandelbrot erkannte von unten, daß die Tür nicht verschlossen war, und er rief warnend: »Die offene Tür! Das ist eine weitere Anomalie. Geh nicht hinein, Eva!«

Eine der Eigenschaften, die Eva ›geerbt‹ hatte, als sie Ariel kopierte, war deren Sturheit. Wenn sie sich einmal etwas in den Kopf gesetzt hatte, ließ sie sich nicht mehr so leicht davon abbringen. Sie stieß die Tür auf und ging hinein.

Mit einem leisen Knistern flammte ein wenig Licht auf. Eva war klar, daß die Beleuchtung nicht mit voller Kraft funktionierte. Das spielte jedoch keine Rolle für sie, sie erhöhte einfach die Leistung ihrer Optiksensoren. In dem Raum herrschte Zwielicht, und es gab viele Stellen, die im Dunkel lagen. Sie schaltete ihre Geruchssensoren auf eine höhere Empfindlichkeit und stellte fest, daß die Spur eines unangenehmen Geruchs im Raum mehr als nur ein Hauch war. Es war ein schwerer, durchdringender Geruch nach Verwesung. Es war möglich, daß hier irgend etwas Totes lag.

Der Raum war ein einziges Durcheinander. Der Boden war mit Glassplittern übersät (Eva erinnerte sich daran, was Wolruf über Arbeitsroboter gesagt hatte, die alles sauber hielten), in einer Ecke waren mehrere Möbelstücke übereinandergestapelt, den meisten fehlten Teile oder Beine, überall lagen metallische Überreste in Haufen von unterschiedlicher Größe herum, alles war staubbedeckt.

Eva durchquerte den Raum mit festen Schritten und durchforschte das Innere sorgfältig. Mandelbrot trat hinter ihr durch die Tür.

»Eva, Derec hat mich angewiesen, dich und Adam vor Schaden zu bewahren. Wir wissen überhaupt nichts über dieses Gebäude, komm also bitte mit . . .«

»Was ist das, Mandelbrot?« Sie hielt einen Gegenstand hoch, der wie eine lange Röhre aussah und aus metallischen Drähten und Bändern sowie einigen elektronischen Anschlußbuchsen bestand.

»Ich würde sagen, ein Teil des Skeletts eines Robotergliedes. Gut zusammengesetzt oder sogar vollständig. Und jetzt, Eva . . .«

»Hier ist noch etwas.«

Während sie sich einer dunklen Nische näherte, sah sie, daß sich etwas darin befand. Allerdings konnte sie keinerlei Anzeichen dafür entdecken, daß in dieser Gestalt noch Leben steckte. Obwohl sie aufrecht stand, waren ihre Beine auf unnatürliche Weise überkreuzt. Von einer undefinierbaren Kleidung waren nur einige Stoffetzen übriggeblieben. Der Torso war zerbeult und zerschrammt. Die Augen saßen so tief in den Höhlen, daß Eva zuerst nicht sicher war, ob die Gestalt überhaupt Augen besaß. Sie waren von schwarzen Ringen umgeben. Die Arme hingen in seltsamen Winkeln herab.

»Mandelbrot, das sieht wie ein . . .«

Als sie dicht davor stand, bewegte sich der Kopf der Gestalt ein wenig, als wollte er auf die linke Schulter sinken, und das Ding streckte Eva den linken Arm entgegen. Sie verspürte das Verlangen, Mandelbrots Aufforderung, sich zurückzuziehen, zu ignorieren und statt dessen nach der Hand zu greifen.

Das Auge hatte die Neuankömmlinge von Robot City entdeckt und verfolgte ihren Weg mit einigem Vergnügen. Es könnten Menschen sein, überlegte es. Die ersten beiden, die es auf seinen Monitoren erblickte, erfüllten viele der Voraussetzungen, die es für Menschen festgelegt hatte, Voraussetzungen, die es mit viel Mühe auf der Basis optischer und technischer Informationen aus vielen Computerdateien formuliert hatte. Doch seine Unsicherheit, was tatsächlich einen Menschen ausmachte, erweckte in ihm den Wunsch, vorerst die Beobachtung aus der Ferne fortzusetzen.

Das Auge mußte herausfinden, was es mit den Menschen auf sich hatte. Durch das Fehlen leibhaftiger Menschen, die es beobachten konnte, hatten seine Untersuchungen und Experimente bisher nur zu Enttäuschungen geführt. Vielleicht waren sie jetzt in die Stadt zurückgekehrt, die offensichtlich für sie erbaut worden war.

Indem es ihr Gespräch verfolgte, stellte es fest, daß die Neuankömmlinge Ariel und Derec hießen. In den Informationsspeichern fanden sich eine Menge Daten über einen gewissen Derec. Das könnte er sein. Derec war so wichtig, daß er einen der Zugangscodes zum Computer besaß. Es hatte dem Auge große Schwierigkeiten bereitet, diesen Code zu umgehen und dann zu löschen.

Nachdem Derec und Ariel das Lagerhaus betreten hatten, in dem einige der Fehlprodukte des Auges (Serie B, Gruppe 29) lagerten, und von den kichernden Abnormitäten angegriffen worden waren, geriet das Auge in Verwirrung. Die Menschen, sofern sie denn wirklich Menschen waren, rannten einfach davon, auf die Straße hinaus. Warum rannten sie? Was für eine gefühlsmäßige Schwäche konnte so ein feiges Verhalten verursachen? Vielleicht waren sie also gar keine Menschen, vielleicht waren sie fehlerhafte Wesen, so wie seine eigenen Geschöpfe.

Es blieb dem Auge nicht viel Zeit, sich Gedanken über ihr Verhalten zu machen, denn es entdeckte eine weitere Gruppe von Eindringlingen. Zuerst beobachtete es das kleine bepelzte Wesen, das alles, was auf seinem Weg lag, äußerst genau untersuchte. Seine Intelligenz war offensichtlich, und es war sehr wachsam. Das Auge lauschte den Bemerkungen, die das fremde Wesen über den Abfall machte, den es gefunden hatte. Daß weggeworfenes Papier in dieser Stadt eine Seltenheit darstellte und schon längst von Arbeitsrobotern hätte entfernt werden müssen, war eine kluge Beobachtung. Das Auge war sich nicht sicher, woher das Papier gekommen war, aber es vermutete, daß es von einem der Probegeschöpfe aus dem Gebäude stammte, das Eva untersucht hatte. Es erinnerte sich daran, daß es sich dabei um einen Lagerraum für weitere seiner abgebrochenen Experimente handelte. Unter diesen Geschöpfen hatte es eine Art Ritual gegeben, das mit Papier zu tun hatte. Dem Auge hatte dieses Ritual nicht gefallen, bei dem das Papier mit merkwürdig aussehenden Zeichen versehen worden war, und so hatte es diese Episode vergessen. Und was das Abfallproblem betraf, vielleicht würde es die Roboter, die diese Arbeiten früher erledigt hatten, wieder aktivieren.

Der nächste Neuankömmling war eindeutig ein Roboter, aber dieser Roboter stellte eine Variation dessen dar, was das Auge kannte. Mandelbrot, wie der Roboter von dem Pelzwesen genannt wurde, dessen Name offensichtlich Wolruf war, hatte einen Arm, der nicht zu seinem Körper gehören schien.

Die Gestalten, die Mandelbrot folgten, verwirrten das Auge, das sich nicht so leicht aus der Fassung bringen ließ. Es erkannte sofort, daß sie den beiden Menschen ähnelten, die es vorher beobachtet hatte. Sie besaßen ähnliche Gesichter und Körper, aber im Gegensatz zu dem schwach rosafarbenen Teint ihrer Vorgänger wies ihre Haut eine Art silbernes Blau auf, und ihre Bewegungen wirkten etwas energischer und zackiger. Davon abgesehen hätten sie Zwillinge der rosahäutigen Wesen sein können. Allerdings lag in ihrem Gang und in der Art, wie sie bei jedem Schritt ruhig ihre Arme neben dem Körper schwingen ließen, eine größere Selbstsicherheit.

Nun mußte sich das Auge mit einem neuen Problem befassen, das sein Interesse vertiefte. Beide Gruppen der Eindringlinge ähnelten Menschen, wie sie in den Datenspeichern beschrieben wurden. Die erste Gruppe wirkte linkischer und nicht so selbstsicher wie die zweite. Das zweite Paar jedoch, welches das erforderliche Verhalten zeigte und einen intelligenten Eindruck machte, erinnerte durch seine Farbe eher an die Roboter der Stadt. Der erste Eindruck des Auges war, daß zwar beide Gruppen Menschen sein konnten, die zweite Gruppe aber möglicherweise eine weiterentwickeltere Ausführung dieser Art darstellte.

Es war sehr zufrieden, als Eva das Lagerhaus betrat. Es entdeckte, daß ein Schaltkreis in einem seiner Gebilde noch funktionstüchtig war – wenn auch sehr schwach –, und es gelang ihm, den Roboter per Fernbedienung zu bewegen. Dem Auge gefiel Evas ruhige Reaktion auf diesen Vorfall. Sie schien ihre Gefühle sehr viel besser unter Kontrolle zu haben als das unberechenbare Pärchen, welches das andere Lager betreten und bei der erstbesten Gelegenheit fluchtartig wieder verlassen hatte. Wenn das Auge hätte lächeln können (und es hätte lächeln können, wenn es sich die Mühe gemacht hätte, die Schritte zu erlernen, die nötig waren, um der Belustigung einen körperlichen Ausdruck zu verleihen), hätte es voller Befriedigung Eva Silberflanke zugelächelt, die es jetzt als den überlegenen Menschen betrachtete.

Kapitel 5

Timestep und Bogie

Während sich die Tür zum Lagerhaus langsam und knarrend schloß, meinte Derec, immer noch viele Augen zu sehen, die ihm aus dem vom Tageslicht erhellten Türspalt nachstarrten. Selbst nachdem die Tür ins Schloß gefallen war, hatte er noch immer das Gefühl, diesen Augen während seines nächsten Alptraums durchaus wieder begegnen zu können.

Ariel, die sich jetzt in seinen Armen entspannte, lehnte ihren Kopf seitlich gegen seinen Hals. Da sie etwas größer als er war, mußte sie dabei die Knie ein wenig beugen.

»Was *war* das?« fragte sie, und ihre Worte klangen undeutlich.

»Ich weiß nicht. Was auch immer das ist, diese Dinger dürften eigentlich gar nicht existieren. Es gibt keine einheimischen Tiere in Robot City, und ich weiß, daß ich nicht die Erlaubnis erteilt habe, hier irgendwelche Tiere zu dulden. Ich bin nicht einmal sicher, ob ich überhaupt Tiere mag, besonders was kleine betrifft.«

»Vielleicht haben sie sich nicht auf der Planetenoberfläche

aufgehalten, als die Roboter eintrafen. Vielleicht haben sie unterirdisch gelebt. Vielleicht sind sie aus dem Innern des Planeten an die Oberfläche gekommen. Sie könnten aufgeschreckt worden sein, als die Roboter die Stadt errichtet haben, vielleicht sind sie unter den Konstruktionsblöcken hervorgekrochen.« Die Blöcke, die Ariel meinte, waren Platten aus einer Eisen-Kunststoff-Legierung, die fünf Meter im Quadrat maßen und aus einer Maschine hervorquollen, die Strangpresse genannt wurde. »Vielleicht sind sie bereits . . .«

»Beruhige dich. Ich habe mir alle Vorstudien über diesen Planeten angesehen, die angefertigt wurden, bevor mit dem Stadtbauprojekt begonnen wurde. Die Gegend war leer, es gab nirgendwo Anzeichen für tierisches Leben. Es ist also unwahrscheinlich, daß diese Wesen von unter der Erde oder . . .«

»Und wie sieht es mit dem Weltraum aus? Sie sind mit einem Raumschiff gelandet, während wir fort waren, und jetzt verstecken sie sich, bis sie wissen, was sie mit uns anfangen sollen.«

Derec runzelte die Stirn und löste sich aus ihren Armen. »Da könntest du recht haben. Ich muß die Berichte überprüfen. Besser noch, wir können die Roboter befragen. Schließlich können sie uns nicht belügen.«

Wie als Antwort auf diese Bemerkung kam in diesem Augenblick ein Roboter um eine Ecke in der Nähe gewirbelt. Sowohl Derec als auch Ariel waren beim Anblick der Gestalt verblüfft, denn Wirbeln war wirklich die richtige Bezeichnung für die augenblickliche Fortbewegungsart des Roboters. Er bewegte sich wie auf Rollschuhen und drehte sich ballettartig mit ausgebreiteten Armen um die eigene Achse. Bevor er sie erreichte, vollführte er eine wunderschöne Pirouette auf dem linken Bein, das rechte elegant nach hinten gestreckt.

»Halt!« befahl Derec. Der Roboter hatte das rechte Bein wieder auf den Boden gesetzt und schien zu einem neuen Sprung ansetzen zu wollen, doch Derecs Befehl ließ ihn stehenbleiben. Sein Körper sackte ein wenig in sich zusammen, und er verharrte ungeschickt. »Komm her!« rief Derec.

Als der Roboter vor ihm stand, fragte Derec: »Wie ist dein Name?«

Er erhielt keine Antwort, was ihn verwirrte. »Mach schon, jeder Roboter hat einen Namen.«

»Abgesehen von Perioden des Namenwechselns«, entgegnete der Roboter. »Ich habe meinen neuen Namen noch nicht gewählt, deshalb bin ich zur Zeit namenlos. Ich habe erwogen, mich in Timestep umzubenennen.«

»Timestep? Was für ein Name ist das? Deutet er auf eine Funktion oder auf eine Aufgabe hin? Als Name verstößt er gegen die Vorschriften.«

»Unterliegen die Namen Vorschriften?«

Darauf wußte Derec keine Antwort, also sagte er: »Laß gut sein. Du hast von deinem *neuen* Namen gesprochen. Das bedeutet, daß du einen alten gehabt hast. Wie lautet der?«

»Lagervorarbeiter 43.«

»Sind wir uns schon früher begegnet, Lagervorarbeiter 43?« Der Roboter antwortete nicht. Er stand lediglich entspannt und mit unbewegtem Gesicht da, so wie ein Roboter aussah, wenn er mit einem Menschen sprach.

»Warum antwortest du mir nicht, Lagervorarbeiter 43?« fragte Derec nach.

»Reden Sie mit mir?«

»Habe ich dich nicht eben Lagervorarbeiter 43 genannt?«

»Das ist durchaus möglich. Aber das ist nicht mein Name.«

»Das hast du aber gesagt.«

»Das war er früher einmal. Jetzt ist er es nicht. Ich antworte nicht auf diesen Namen.«

»Na gut, meinetwegen. Du da, der Roboter, der vor mir steht, sind wir uns früher schon einmal begegnet?«

»Nicht direkt, aber ich weiß, daß Sie Derec sind. Dies ist das erste Mal, daß Sie mit mir gesprochen haben.«

»Warum hast du gerade getanzt?«

»Ich weiß nicht. Es hat sich einfach gut angefühlt.«

»Du hast ein *Gefühl* für das Tanzen?«

»Ich glaube, das ist möglich. Es könnte sich aber auch um eine positronische Anomalie handeln.«

»Es gibt schon genug Anomalien überall um uns herum, ohne daß ich mir auch noch Sorgen wegen positronischer machen müßte. Roboter, du magst auf die eine oder andere Art zum

Tanzen programmiert oder umprogrammiert worden sein, aber ich bezweifle, daß du ein dazu gehöriges Gefühl besitzt.«

»Mein Partner behauptet, ich hätte eins. Mein Partner sagt, ich wäre ein sehr eleganter Tänzer.«

»Darauf würde ich wetten.«

Derec verspürte das Verlangen, diesen allzu klugen, seinen Fragen ausweichenden Roboter unbeherrscht anzubrüllen. Ariel drückte seine Hand und sagte sanft: »Laß mich mal einen Moment mit ihm reden. Roboter, hast du im Augenblick keine Aufgaben?«

»Aufgaben? Ja, das glaube ich schon.«

»Das glaubst du? Ein Roboter glaubt nicht, wenn es sich um Aufgaben handelt. Entweder hast du eine Aufgabe, oder du hast keine.«

»Nun, ja, ich habe eine Arbeit zu machen.«

»Warum machst du sie dann nicht?«

»Mir ist nicht bewußt geworden, daß ich aufgehört habe, die Arbeit zu machen.«

»Dir ist nicht . . .«

Ariels Wut war unübersehbar, deshalb übernahm Derec, der sich jetzt wieder einigermaßen beruhigt hatte, das Gespräch.

»Du hast von einem Partner gesprochen. Wo ist dein Partner jetzt?«

»Ich habe keine Ahnung. Wir sind übereingekommen, daß es Zeit für mich wäre, auf Solotour zu gehen. Wollen Sie mal meine sanfte Nummer sehen?«

»Nein. Ich gebe auf, Ariel, das ist schlimmer, als sich mit einem Roboter über einen dieser hypothetischen Fälle zu streiten, bei denen eins der Gesetze der Robotik in Frage gestellt wird.«

»Ich weiß, was du meinst«, bestätigte sie nickend. »Laß es uns anders versuchen. Roboter, in dem Gebäude da drüben gibt es ein paar fürchterliche, merkwürdigen Wesen. Weißt du irgend etwas darüber?«

Der Kopf des Roboters ruckte in die Richtung des Lagerhauses. »Ich weiß nichts über irgendwelche merkwürdige Wesen«, versicherte er.

Ariel zuckte die Achseln.

»Warte«, warf Derec ein. »Es könnte sein, daß er mit dem Begriff ›merkwürdig‹ nichts anfangen kann. Ihm könnten diese Wesen nicht merkwürdig erscheinen. Laß es mich mal probieren. Roboter, sind da drinnen überhaupt irgendwelche Wesen?«

»Das kann ich nicht mit Sicherheit beantworten, da ich dieses Gebäude nie betreten habe.«

»Ich will es einmal so formulieren: Sind irgendwelche neuen Wesen, seien es Menschen, Roboter oder Aliens, in der Umgebung von Robot City aufgetaucht?«

»Ja, außer Ihnen sind heute drei neue Roboter und ein Alien eingetroffen. Das Alien und zwei der Roboter sind früher schon hier gewesen.«

»Er muß Wolruf und die anderen meinen«, stellte Ariel fest.

»Ist außer ihnen und uns sonst noch jemand in letzter Zeit in Robot City angekommen?« fragte Derec weiter.

»So scheint die Frage wirklich richtig formuliert zu sein«, flüsterte Ariel.

»Ja«, bestätigte der Roboter.

Derec starrte den Roboter lange an in der Erwartung, daß dieser weitersprechen würde. Enttäuscht fragte er schließlich: »Und? Erzähl mir von unserem Neuankömmling.«

»Das werde ich nicht.«

»Was?«

»Es ist mir nicht gestattet. Diese spezielle Information ist mit einer Sperre versehen worden.«

»Eine Sperre! Wie kann es mir gegenüber eine Sperre geben? Ich bin Derec Avery!«

Derec wußte, daß er anmaßend klang, aber er konnte nichts dagegen tun. Dieser Roboter tötete ihm den Nerv.

»Auch wenn es wahr ist, daß Sie Derec Avery sind und ich Ihnen gegenüber verpflichtet bin, eine solche Sperre zu beseitigen, kann ich es nicht tun. Außer der ersten Sperre gibt es noch eine weitere.«

Derec schüttelte heftig den Kopf und versuchte, die Benommenheit loszuwerden. »Was meinst du damit, Sperren vor Sperren?«

»Wenn die erste Sperre beseitigt wird, die mich davon abhält, Ihnen die gewünschten Informationen zu liefern – und das

Zweite Gesetz sagt mir, daß derartige Sperren von Ihnen oder auch von Ariel Welsh oder Dr. Avery entfernt werden könnten –, wird eine zweite Sperre die Informationen auslöschen, bevor ich sie artikulieren kann. Wenn ich Ihnen also jetzt gehorchen und versuchen würde, Ihnen mein Wissen mitzuteilen, würde ich nicht mehr darüber verfügen. Logischerweise werde ich dann auch nicht in der Lage sein, es Ihnen zu erzählen. Da das Dritte Gesetz von mir verlangt, mich selbst und darüber hinaus alle wichtigen Informationen zu schützen, über die ich verfüge, muß ich mich nach Kräften bemühen, zu verhindern, daß eine solche Situation eintritt. Ich muß Sie also bei allem Respekt bitten, mich in dieser Angelegenheit nicht weiter zu befragen.«

Während der Roboter auf Derecs Antwort wartete, führte er ein paar geschmeidige Tanzschritte aus. Seine Hände schienen imaginären Sand auf den Boden zu werfen.

Derec überlegte, ob der tanzende Roboter die Wahrheit gesagt hatte. Er hatte öfters Robotern befohlen, bestimmte Informationen zu vergessen, aber er hatte sich ebenso oft gefragt, ob sie das auch wirklich getan hatten. Vielleicht wurden die Daten nicht gelöscht, sondern nur besonders gründlich von einem positronischen Zugriffspfad auf einen anderen übertragen, so daß sie verborgen zurückblieben, anstatt entfernt worden zu sein. Es war möglich, daß er einen Weg fand, an solche Daten heranzukommen.

»Ich werde dich so lange *befragen*, wie es mir gefällt«, sagte Derec kalt. »Ich bin sogar so wütend, daß ich keinen Pfifferling darauf gebe, was mit dir oder deinen Informationen geschieht. Roboter, ich . . .«

»Timestep. Ich habe mich für diesen Namen entschieden. Er hat einen hübschen Klang, finden Sie nicht?

Als wollte er demonstrieren, was für ein wunderbarer Name das für ihn sei, führte Timestep einen schnellen und komplizierten Steptanz auf. Da seine Füße aus Metall waren, klang ihr Klopfen lauter und voller als das, welches ein durchschnittlicher menschlicher Steptänzer hätte erreichen können. Es war allerdings keine sonderlich elegante Aufführung, was besonders daran lag, daß er dabei wie ein ungeschickter Mann, der das Gleichgewicht verloren hatte, mit den Armen ruderte.

»Timestep, ich befehle dir jetzt, mir die Frage zu beantworten, die ich dir vorher gestellt habe! Gib mir sämtliche Informationen über alle Neuankömmlinge auf Robot City, deren Identität vorher durch eine Sperre blockiert worden ist.«

Timestep hörte auf zu tanzen, blieb jedoch stumm.

»Also?« fragte Derec.

»Also, was?«

»Gib mir die Antwort.«

»Die Antwort worauf?«

»Auf meine Frage.«

»Ich kenne die Antwort auf Ihre Frage nicht.«

»Dann sind die Informationen also vernichtet worden?«

»Ich kenne die Antwort auf Ihre Frage nicht.«

»Timestep, kannst du dich daran erinnern, die Antwort vorher in deinen Datenspeichern gehabt zu haben?«

»Nein. Ich weiß nichts über irgendwelche Neuankömmlinge in der Stadt, abgesehen von Ihnen und Ihren Begleitern.«

Derec machte eine schnelle Geste mit der Hand, mit der die meisten Menschen die Roboter aus ihren Aufgaben entließen. »Du kannst verschwinden, Timestep.«

»Danke, Derec. Und bitte, achten Sie auf den Silberstreifen.«

»Was meinst du damit?«

»Das weiß ich auch nicht.«

Timestep tanzte davon. Wenn er sich vorwärts bewegte, waren seine Bewegungen und Tanzschritte präziser und graziöser. Bevor er um eine Straßenecke verschwand, wirbelte er um einen hohen Mast herum, der eine runde, altmodische Lampe auf der Spitze trug. Derec konnte sich nicht erinnern, den Mast gesehen zu haben, als sie vorhin diese Ecke erreicht hatten. Er mußte zugeben, daß die Höhe, in der Timestep um den Mast herumwirbelte, schon recht beeindruckend war.

»Worüber lächelst du?« fragte Ariel.

»Ich bin nicht sicher. Ich glaube, ich mochte diesen Roboter. Mir ist gar nicht klar gewesen, wie sehr ich ein bißchen Unterhaltung vermißt habe. Als wir das erste Mal hier gewesen sind, haben wir uns Unterhaltungsbänder angesehen, und die waren ziemlich langweilig. Ich wußte damals, daß diese Bänder mich nicht von meinen Sorgen ablenken konnten, aber um dir die

Wahrheit zu sagen, ich hätte nichts dagegen, mir jetzt wieder ein paar davon anzusehen. Ich meine, wir haben in der letzten Zeit so viel zu tun gehabt, daß ich kaum dazu gekommen bin, mich zu entspannen. Nur entspannen, weißt du, und irgend etwas ansehen, egal wie albern es ist. Ich würde mir wirklich gerne Timesteps ganze Nummer ansehen.«

Derec fragte sich, ob er sich einfach irgendwo hinlegen und sich auf ein Buch oder ein Hyperwellenprogramm konzentrieren könnte. Sein Geist schien immer mit Verantwortung, Arbeit und Nachforschungen ausgelastet zu sein – mit all den Problemen, die Robot City mit sich brachte, die jede Roboterstadt mit sich brachte.

»Ich glaube, Timestep könnte einen Tanzlehrer gebrauchen«, war seine einzige Erwiderung.

»Wirklich? Ich war der Ansicht, er hätte sich recht gut bewegt, besonders für einen Roboter. Vielleicht könnten wir einen kleinen Auftritt für ihn arrangieren.«

»Ariel . . .«

»Entschuldige, entschuldige. Hab' nur versucht, dich aufzuheitern.«

»Du wirst mich kaum aufheitern können, während hier alles aus dem Leim zu gehen scheint.«

»Das wär' der beste Zeitpunkt. Aber es ist ja gar nicht so schlimm hier. Ein tanzender Roboter, ein bißchen Ungeziefer in einem Lager, ein paar Dinge, die in Unordnung geraten sind, deine seltsamen, intuitiven Gefühle . . .«

»Genau das ist es, verstehst du? Meine Intuitionen. Das ist eine Nebenwirkung der Chemfets. Ich *weiß*, wenn hier irgendwas nicht stimmt. Und es stimmt eindeutig etwas nicht.«

»So wie etwas in Dänemark nicht stimmt, wo auch immer das war.«

»›Es ist etwas faul im Staate Dänemark‹«, korrigierte Derec. Die Zeile stammte aus der ziemlich mißlungenen Aufführung des *Hamlet*, die er mit einer reinen Roboterbesetzung auf die Bühne gebracht hatte und bei der er an der Seite von Ariels Ophelia die Hauptrolle gespielt hatte.

»Es ist deine Laune, mit der etwas nicht stimmt«, sagte Ariel. »Ich dachte, deine Stimmung würde sich bessern.«

Ihre Worte, die sie einfühlsam gesprochen hatte, besänftigten ihn. Ariel konnte die gerissenste, sarkastischste Person des Universums sein, besonders wenn sie geladen war, aber oft erkannte sie den Augenblick, an dem ein ruhig gesprochener Satz die richtige Taktik war. Derec nahm sie in die Arme.

»O Ariel, es ist nur so . . . daß ich nie sicher bin. Ich erinnere mich immer noch an nur so wenige Dinge aus meinem Leben, daß ich mir wie Hamlet vorkomme.«

»Ist das nicht bloß eine Nachwirkung, weil du einmal diese Rolle gespielt hast?«

»Vielleicht. Aber ich fühle mich dieser Figur wirklich ähnlich. Ich bin allein . . .«

»He, du hast mich.«

»So hab' ich das nicht gemeint. Ich meine, daß ich für diese Stadt Verantwortung tragen muß.«

»Es gibt irgendwo ein Sprichwort, das besagt, daß es an der Spitze einsam ist.«

»So was in der Richtung. Ich bin nie sicher, ob das, was ich mache, auch richtig ist. Mein Vater hat mir nicht beigebracht, wie man die Dinge handhabt. Hat mich einfach zum Chef gemacht und ist abgehauen. Ich kenne meine Mutter nicht. Ich weiß nicht, was genau meine Aufgabe ist. Probleme dieser Art. Es sind nicht dieselben Probleme, die Hamlet hatte, aber es sind ähnliche Unwägbarkeiten.«

»Hamlet ist wahrscheinlich daran gescheitert, daß er zuviel über das nachgedacht hat, was er getan hat. Wie du es jetzt tust. Mach dich davon los, Liebling. Du bist *nicht* Hamlet. Wenn es eine Bezeichnung für dich gibt, dann bist du ein Held, eher ein Mann der Tat als ein Zauderer. Das, was du Unwägbarkeiten nennst, sind nur menschliche Reaktionen auf, nun . . . auf die *Unwägbarkeit* des Seins.«

Derec lachte. »Jetzt trägst *du* ein bißchen dick auf.«

»Ich habe ja auch ein bißchen zugelegt. Seit ich mich in dich verliebt habe, mein Geliebter. Laß uns also in Bewegung bleiben. Ich muß ein paar Pfunde abschwitzen, und du brauchst etwas zu tun, um die Schwermut aus deinem Kopf zu vertreiben.«

»Abgemacht. Weißt du, was wir tun müssen? Avernus,

Dante, Rydberg und Euler finden, all die anderen Überwacherroboter, die direkt mit dem Computer in Verbindung stehen. Sie müssen wissen, was hier vor sich geht. Und wir können uns in den Computer selbst reinhacken und versuchen, ob wir etwas herausfinden können.«

»In Ordnung, Kumpel.«

Hand in Hand gingen sie weiter auf den Kompaßturm zu. Sie hatten kaum ein paar Schritte zurückgelegt, als zwei humanoide Roboter an ihnen vorbeigerannt kamen. Sie warfen sich einen großen kugelförmigen Metallgegenstand zu, der wie ein überdimensionaler Ball aussah, den sie irgendwo aufgesammelt hatten. Die Kugel flog zwischen ihnen hin und her. Aus ihren Sprechgittern ertönten ununterbrochen Laute des Vergnügens.

»Was war das?« fragte Derec, als die Roboter an ihnen vorbeigerannt waren. Er wäre stehengeblieben, um mit ihnen zu reden, aber der Anblick hatte ihn zu sehr verblüfft, als daß er einen vernünftigen Gedanken hätte fassen können.

»Es sah so aus, als würden sie irgendein Spiel spielen.«

»Ein Spiel? Roboter, die Spiele spielen?«

»Seltsam, gebe ich zu. Aber irgendwie niedlich. Ich habe nie viel darüber nachgedacht, daß Roboter sich amüsieren könnten.«

»Ich bin mir nicht sicher, ob Roboter sich überhaupt amüsieren sollten.«

»Sei kein Spielverderber.«

»Vielleicht bin ich nur neidisch. Ich fände es schön, die Zeit zu haben, mit einem Ball herumzuwerfen.«

»Na ja, wir könnten ja mitmachen. Aber wegen der Größe und dem augenscheinlichen Gewicht des Balles glaube ich, daß wir plattgequetscht würden, wenn wir ihn erwischen. Ich weiß aber, was du meinst. Ich würde gerne nach Aurora zurückkehren und über ein paar Felder wandern oder einfach in der Gegend herumliegen und ausgiebig faulenzen.«

»Aber das Spiel ist trotzdem eine weitere Anomalie, über die wir nachdenken müssen. Warum gehen die Roboter nicht ihren Aufgaben nach? Wer könnte all diesen Robotern gesagt habe, daß sie sich Freizeit nehmen und tanzen und Ballspielen sollen?«

»Vielleicht sind wir einfach nicht daran gewöhnt, daß sie Freizeit haben.«

»Nein, es steckt mehr dahinter. Roboter haben keine Freizeit. Wenn sie gerade nicht mit irgendeiner Arbeit beschäftigt sind, stehen sie einfach nur so da. Auf Aurora stellen deine Leute sie in diesen Wandnischen ab. Und warum, zur Hölle, sollte irgendein Roboter überhaupt Spiele spielen? Und auch wenn ein Roboter ein solches Spiel spielt und dabei freudige Laute von sich gibt – bedeutet das, daß er sich amüsiert? Hat er irgendeine Möglichkeit, ein Gefühl wie . . .«

»Hör auf! Ich bin jetzt nicht in der Stimmung für eines dieser vergnüglichen positronischen Rätselspiele. Du kannst dich fürchterlich in ein Problem hineinknien, Liebling.«

»Und deswegen liebst du mich.«

»Nur wenn ich dieses Problem bin.«

Sie blieben für einen Augenblick stehen, um sich zu küssen. Ein Roboter, der gerade vorbeikam, stieß einen Pfiff aus. Derec, der ein derart rüdes Benehmen von einem Roboter nicht gewohnt war, löste sich ärgerlich aus der Umarmung, rannte dem Pfeifer hinterher und befahl ihm stehenzubleiben. Der Roboter verharrte und wartete auf Derecs Anweisungen.

»Hast du gerade gepfiffen?« wollte Derec wissen.

»Ja. Du weißt doch, wie man pfeift, nicht wahr? Du mußt nur die Lippen spitzen und die Luft ausstoßen.«

»*Ich* weiß, wie man pfeift. Aber woher weißt du es? Du hast nicht einmal Lippen, die du spitzen könntest.«

»Lediglich ein technisches Problem. Ich kann mit Hilfe meiner Mimikryintegrale alle menschlichen Laute nachahmen.«

»Du hast Mimikryintegrale?«

»Jetzt schon.«

»Du hast früher keine gehabt?«

»Bis vor kurzem nicht.«

»Und du kannst menschliche Laute nachahmen?«

»Nenn irgendeinen, Kleiner.«

»Du solltest mich nicht Kleiner nennen.«

»Das habe ich nicht gewußt. Ich nenne jeden Kleiner.«

»Mich jedenfalls nicht. Und warum beantwortest du meine Fragen nicht?«

»Ich pack' nicht gleich bei jedem aus, Schnüffler.«

»Kleiner? Auspacken? Schnüffler? Du benutzt Slang, nicht wahr?«

»Du hast es geschnallt, Kleiner.«

»Und wo hast du Slang gelernt?«

»Da, wo ich auch pfeifen gelernt hab'.«

»Und wo das ist, hast du mir bis jetzt noch nicht gesagt. In Ordnung, fang noch mal von vorn an. Wo hast du pfeifen gelernt?«

»Ich habe es in einem Film gesehen.«

»In einem Film? Du siehst dir Filme an? Wie ist das möglich?«

»Im Kompaßturm lagern 'ne Menge, Kumpel. Sie dienen als Forschungsmaterial. Wir müssen Menschen studieren, um sie verstehen zu können, Jungchen. Und hier in Robot City hat sich von eurer Sorte kaum ein Schwanz sehen lassen, wie sollten wir also sonst was über euch lernen können? Wir bekommen die Filme über das Unterhaltungssystem des Computers.«

»Ist es also das, was hier passiert ist? Ihr Roboter habt euch alte Filme angeschaut?«

»Einige von uns.«

Ariel kam näher, um mit dem neuen Roboter zu sprechen. Im Gegensatz zu Derecs energischem und nervösem Tonfall klang ihre Stimme ruhig. »Wann habt ihr dazu Zeit? Was ist mit euren Pflichten?«

Der Kopf des Roboters drehte sich ihr zu. »Oh, ich verstehe. Das gefällt mir. Ihr zieht einen dieser Bullentricks ab. Ich glaub', man nennt diese Nummer ›guter Bulle – böser Bulle‹.«

»Das ist keine Nummer. Beantworte meine Frage. Du mußt dem Zweiten Gesetz gehorchen.«

»Entschuldigung. In Ordnung. Mir ist nicht bewußt, daß die Erfüllung meiner Pflichten in irgendeiner Form durch die Zeit beeinträchtigt wird, die ich mit Hyperwellenfilmen oder -shows zubringe, oder mit Filmen und Shows aus der Zeit vor der Hyperwellentechnik.«

»Welche Tätigkeit übst du aus?«

»Ich bin Randbezirksbeobachter- und Eindringlinginspektionsspezialist.«

»Du bist . . . was? Was ist das für ein . . . Augenblick, meinst du einen Grenzwächter?«

»Das ist die gewöhnliche und gebräuchliche Bezeichnung, Miß Ariel.«

»Wir brauchen keine Grenzwachen. Robot City bedeckt den gesamten Planeten. Es gibt keine Grenzen.«

Der Roboter machte eine Bewegung mit den Schultern, die bei einem Menschen ein Achselzucken gewesen wäre. »Man hat mich falsch informiert«, sagte er.

Nun übernahm Derec wieder die Befragung. »Du führst eine Arbeit aus, für die kein Bedarf besteht?«

»Es scheint so.«

»Warst du schon immer Grenzwächter?«

»Nein. Früher war ich Analytiker.«

»Man hätte dich umprogrammieren müssen, um deine Funktion hier auf diese Weise zu ändern.«

»Ja.«

»Und ist das geschehen?«

»Ja.«

»Wer hat die Umprogrammierung durchgeführt?«

»Das darf ich nicht sagen.«

»Doch, das darfst du. Du hast die Erlaubnis, es mir zu sagen.«

»Nee. Ich weiß, daß Sie Derec sind, aber es ist keine Frage der Gesetze der Robotik. Ich kann es wirklich nicht. Es liegt eine Sperre vor dieser Information, und wenn ich die Daten weitergeben will, bewirkt diese Sperre . . .«

»Ich weiß, ich weiß. Die Information vernichtet sich selbst. Du hast sie schon vergessen, bevor du sie aussprechen kannst.«

»So ist es.«

Derec wirkte besorgt, als er dem Roboter den Rücken zukehrte. »Kopf hoch«, forderte er Ariel auf, und dann holte er mit der Faust aus, als wollte er sie Ariel ins Gesicht schlagen.

Die Hand des Roboters war unglaublich schnell. Er hatte Derecs Arm innerhalb eines Sekundenbruchteils in seinem Griff. Derec entspannte sich.

»Es ist alles in Ordnung, Roboter. Ich wollte sie zu keinem Zeitpunkt verletzen. Ich habe dich nur getestet.«

»Mich getestet?«

»Ich wollte nur sicherstellen, daß du immer noch dem Ersten

Gesetz gehorchst und mich davon abhältst, Ariel Schaden zuzufügen.«

»Das würde ich. Das muß ich.«

Derec seufzte. »Zumindest funktioniert hier noch ein bißchen was gemäß Adam Riese.«

»Entschuldigen Sie«, sagte der Roboter. »Ich muß da irgendwo 'ne Lücke haben, Kumpel. Gibt es da jemand namens Adam Riese, den ich kennen müßte?«

Derec lachte. Es freute ihn, daß man diesen Roboter, der sich so gut mit Slang auskannte, doch noch so sehr durcheinanderbringen konnte, daß er eine Bemerkung wörtlich nahm. »Das hatte nichts zu bedeuten«, erklärte er. »Nur eine Redewendung.«

»Werd' ich mir merken. Tausend Dank, Kleiner.«

»Hör auf, mich Kleiner zu nennen. Das ist nicht nur unangebracht, es ist auch respektlos.«

»So unangebracht ist das gar nicht«, murmelte Ariel. »Ich meine, du bist schließlich noch ein Jugendlicher.«

»Ich fühle mich aber nicht mehr wie einer.«

»Ich bitte um Entschuldigung, Derec«, erwiderte der Roboter. »Ich dachte, Kleiner wäre eine respektvolle Anrede. In den Filmen ist es das, glaube ich.«

»Ich geb's auf. Mach dich auf den Weg.«

»Wie Sie wollen. Ich schau' dir in die Augen, K . . . Derec.« Der Roboter wollte verschwinden.

»Warte!« rief Derec ihm hinterher. »Wie heißt du?«

»Bogie.«

»Ist das dein neuer Name? Einer, den du dir selbst ausgesucht hast?«

»Ja.«

»Hast du viele Filme gesehen?«

»Ich habe eine bestimmte Schaffensperiode des Kinos erforscht, ja.«

»Warum? Warum eine bestimmte Periode?«

»Das war mein Auftrag.«

»Wer hat dir diesen Auftrag erteilt?«

»Das darf ich nicht sagen.«

»Schon gut, schon gut, ich habe verstanden. Ich werde dir

keine weiteren Fragen mehr stellen. Du kannst jetzt gehen, Bogie.«

»Ja, Derec.«

Bogie verschwand um eine andere Straßenecke. Vielleicht täuschte Derec sich, aber es sah so aus, als würde der Roboter mit einer Hand, die er vor dem Körper hielt, eine unsichtbare Münze in die Luft werfen.

»Was hältst du davon, Ariel?«

»Als ich noch ein Kind war, hat meine Mutter mich eine Menge Filme von der alten Erde sehen lassen. Sie waren finster und dunkel und in Grautönen gehalten, die man Schwarzweiß nannte. Sehr anstrengend anzusehen, ziemlich unwirklich. In den Filmen ging es gewöhnlich um Verbrechen, Mord und Privatdetektive. Bogie ist wie eine Figur aus einem dieser Filme. Der Slang scheint derselbe zu sein, soweit ich mich erinnern kann. Vielleicht sollten wir uns ein paar Filme ansehen.«

»Könnte uns dabei helfen herauszufinden, wovon Bogie spricht. Aber ich glaube, wir sollten jetzt erst einmal zum Kompaßturm gehen, bevor noch mehr von diesen neunmalklugen Robotern auftauchen.«

»Neunmalklug? Und du regst dich über Bogies Slang auf?«

»Nach einer Weile wirkt es ansteckend.«

»Wie steht es mit deiner Achtung vor der Sprache?«

»Ich bin mir nicht sicher, ob ich überhaupt eine habe. Komm schon, ich möchte die Überwacher finden und mit dem Computer arbeiten.«

»Falls er nicht auch glaubt, er wäre eine Figur aus einem Film.«

»Du solltest dir nicht einmal in Gedanken so etwas ausmalen.«

Während Ariel und Derec sich auf den Weg zum Kompaßturm machten, analysierte das Auge die Situation. Wenn das die überlegenen Menschen waren, dann waren sie auf jeden Fall unentschlossen, aber auch ein bißchen aggressiv. Schließlich hätte Derec Ariel beinahe geschlagen.

Es war schwierig, sie zu untersuchen, solange das Auge in seiner schützenden Hülle blieb, doch es konnte sich jetzt noch nicht bewegen. Es mußte im Herzen der Stadt bleiben. Vielleicht würde es sinnvoll sein, Derec und Ariel von Spionen überwachen zu lassen. Die Spione könnten es benachrichtigen, falls irgendeine Gefahr der Entdeckung bestehen sollte. Es beschloß, Timestep und Bogie mit dieser Aufgabe zu betrauen. Durch die erfolgreiche Art, mit der sie die ihnen zugewiesenen Forschungsmaterialien aufgenommen hatten, hatten sie ihre Tüchtigkeit bereits unter Beweis gestellt.

Das Auge nahm über das Verbundnetz Kontakt mit den beiden Robotern auf. Da sie nichts Besseres zu tun hatten, schlugen sie eine andere Richtung ein und trafen sich vor dem Kompaßturm, kurz nachdem die beiden Menschen in dem gewaltigen pyramidenförmigen Gebäude verschwunden waren.

Kapitel 6

Lallende Roboter und renitente Computer

Durch Derecs und Ariels Verhalten irritiert, richtete das Auge seine Aufmerksamkeit gerade rechtzeitig wieder auf die andere Gruppe der Neuankömmlinge, um Eva und Mandelbrot dabei zu beobachten, wie sie das Gebäude verließen, in dem Eva die Reste seiner früheren genetischen Experimente entdeckt hatte. Evas Verhalten in dem alten Gebäude schien dem Auge bewunderungswürdig. Es zog ihre nüchterne Reaktion dem feigen und brutalen Verhalten von Ariel und Derec eindeutig vor.

Seine Bewunderung wuchs noch, als es verfolgte, wie Adam Eva befragte. Seine Nachforschungen verliefen sehr viel analytischer und logischer als Derecs und Ariels Befragung der beiden Roboter. Andererseits jedoch war das Auge über bestimmte Aspekte im Verhältnis zwischen Adam und Eva erstaunt. Es hatte Wärme und gegenseitige Zuneigung zwischen Derec und Ariel beobachtet, selbst als die beiden sich gestritten hatten. Ihre silbernen Gegenstücke jedoch schienen einander nur dann nahe zu sein, wenn sie Informationen austauschten. Und sie berührten einander nicht so zärtlich, wie Derec und Ariel das taten. Das Auge maß Gefühlen keine Bedeutung bei, aber ihm war in vielen Beschreibungen der menschlichen Natur, wie sie in den Computerdateien festgehalten wurden, aufgefallen, daß Gefühle eine Schlüsselrolle für die Menschen spielten.

Es steckte Methode im Wahnsinn des Auges, wie es der von Hamlet besessene Derec ausgedrückt hätte. Einige Merkmale Robot Citys stürzten es in Verwirrung, und es glaubte, daß es Hilfe bräuchte. Es würde das Pärchen, das sich von beiden als das überlegene erwies, als Ratgeber benutzen, die ihm helfen sollten, die Stadt zu betreiben.

Bisher hatte es nur auf die Hilfe der Roboter zurückgreifen können, denn es war sonst niemand verfügbar gewesen. Roboter leisteten gute Arbeit, wenn man sie richtig instruierte, aber wenn irgendeins ihrer Robotikgesetze von ihren Aufgaben berührt wurde, konnten sie eine Menge zeitraubender Fragen stellen. Wenn das Auge einen Befehl gab, der einen Roboter möglicherweise gefährdete, begann dieser mit einer langen Diskussion über die Aufgabe, bis das Auge den Auftrag schließlich neu überarbeitete, um Behinderungen durch das Dritte Gesetz auszuräumen. Seit nun die Fremden auf dem Planeten eingetroffen waren, hörte das Auge von den Robotern immer öfter Nachfragen, was das Erste Gesetz betraf.

Robot City war sein persönliches Spielzeug geworden, obwohl das Auge es nicht so ausgedrückt hätte. Es war schließlich noch nicht lange her, daß es ein Bewußtsein entwickelt hatte, und in gewisser Weise war es immer noch ein Kind. Deshalb hatte es auch seit seiner Ankunft so viele Experimente durchgeführt. Das Auge testete Robot City, gestaltete die planetenumfassende Stadt nach seinen eigenen Bedürfnissen neu, fand heraus, was funktionierte und was nicht, programmierte die Roboter um, damit sie die Informationen speicherten, die zu verarbeiten über seine Fähigkeiten hinausging. Es hatte vor, später wieder in der Stadt Ordnung zu schaffen, eine genau ausgearbeitete Ordnung, die auf Theorien beruhte, die es täglich entwickelte. Es war entschlossen, sein Ziel zu erreichen und seine eigene Stadt zu errichten.

Die Neuankömmlinge würden ihm durch ihre Erfahrung und ihre Intelligenz dabei helfen können. Es mußte sie in die Finger bekommen (eine Redensart, die es vom Computer gelernt hatte – nicht daß es augenblicklich Finger oder sogar Hände besaß) und ihre Sachkenntnis benutzen, um auch die Stadt in seine nicht vorhandenen Hände zu bekommen.

Als Eva und ihre Begleiter ihren Weg fortsetzten, suchte das Auge wieder nach Ariel und Derec. Zuerst konnte es sie nicht entdecken, doch dann teilte ihm sein neuer Spion Timestep mit, daß sie gleich den Kompaßturm betreten würden. Unverzüglich aktivierte das Auge die Lebenserhaltungssysteme, die das Pärchen im Innern des pyramidenförmigen Bauwerks benötigen würde.

»Es riecht muffig hier drin«, stellte Ariel fest, als sie den Korridor entlanggingen, der zum Konferenzraum der Überwacher führte. »Als wären die Systeme hier lange Zeit nicht mehr in Betrieb gewesen.«

»Vielleicht ist das der Fall«, erwiderte Derec. »Es ist möglich, daß die Luftzirkulation unterbrochen wird, wenn wir über einen längeren Zeitraum nicht hier sind.«

»Kann sein. Aber es gefällt mir jedenfalls nicht, daß es hier wie in einem Grab riecht.«

Sie hustete. Die Echos schienen in den vielen Gängen zu verhallen, die vor ihnen abzweigten.

»Ich kann mich auch nicht daran erinnern, daß es hier so kalt gewesen ist«, fuhr sie fort. »Ich weiß, du brauchst es nicht zu sagen. Kein Grund, die Heizung nur für Roboter vollständig in Betrieb zu halten.«

Sie erreichten die Tür zum Konferenzraum, die offenstand. Derec legte Ariel die Hand auf die Schulter und flüsterte: »Warte.«

»Was stimmt denn nicht?« flüsterte sie zurück.

»Diese Tür wird normalerweise nicht offen gelassen.«

»Na und? Wir sind hier unten sicher. Kein Grund für Vorsichtsmaßnahmen.«

»Ich weiß, ich weiß. Aber es ist beunruhigend. Die Tür sollte geschlossen sein.«

»Mein Gott. Du steigerst dich in einen Anomalie-Fimmel hinein. Laß uns reingehen.« Sie stürmte an ihm vorbei, bevor er sie zurückhalten konnte. Ihr plötzlicher Entschluß überraschte ihn nicht. Ariel war schon immer impulsiver als er gewesen. Er rannte ihr hinterher.

Auch diesmal funktionierte die automatische Beleuchtung wieder nicht, als sie über die Türschwelle in einen dunklen Raum traten. Aber wenigstens gab es in den Räumen des Kompaßturms manuelle Schalter, mit denen man die Automatik übergehen konnte, so daß die dort Anwesenden bei Bedarf die Beleuchtung selbst regeln konnten. Ariel, die mit dem Handrücken über die Wand neben der Tür fuhr, ertastete einen Lichtschalter und legte ihn um.

Die Überwacher saßen in ihrer typischen Haltung um den langgestreckten Konferenztisch herum. Ariel erkannte Avernus, Dante, Rydberg, Euler, Arion und besonders den ersten Wohler, den Roboter, der ihr auf der Außenwand des Kompaßturms das Leben gerettet und dann jegliche Erinnerung an seine Heldentat verloren hatte. Jedesmal, wenn sie Wohler sah, verspürte sie augenblicklich Zuneigung zu ihm.

»Warum haben die im Dunkeln gesessen?« fragte Ariel. »He, Kameraden, warum sitzt ihr in der Dunkelheit herum?«

»Jetzt ist es nicht dunkel«, gab Avernus zurück. Seine Stimme klang merkwürdig, etwas tiefer, wie ein Tonband, das zu langsam abgespielt wurde.

»Es war aber dunkel. Moment mal. Ihr Burschen spielt normalerweise nicht diese robotischen Wortspiele mit uns. Teufel, ihr bildet alle zusammen einen Großcomputer. Was ist los?«

»Nichts«, sagte Euler. Auch seine Stimme klang seltsam.

Ariel wandte sich Derec zu. »Was, glaubst du, geht hier vor?«

»Ich habe keine Ahnung.«

Er ging um den Tisch herum, musterte die Roboter sorgfältig, berührte sie hin und wieder, stellte schnelle Fragen und erhielt langsame Antworten. Schließlich kehrte er zu Ariel zurück und flüsterte ihr zu: »Sie sind nicht funktionstüchtig.«

»Was meinst du damit? Sie haben auf deine Fragen geantwortete, sie haben gesprochen.«

»Aber ihre Antworten waren belanglos, sie haben eigentlich

nichts Sinnvolles gesagt. Du hast sie gehört. Immer wenn meine Fragen etwas mit einer möglichen Fehlfunktion des Computers zu tun hatten, behaupteten sie alle, der Computer würde völlig normal arbeiten. Wenn ich aber direkte Fragen zu den Dingen gestellt habe, die in der Stadt nicht in Ordnung sind, sagten sie, daß alles in Ordnung sei. Also, wir sehen ja, was hier alles nicht stimmt, Ariel, und *sie* sind ein Teil davon. Diese Stadt wird sabotiert, und wer auch immer der Hintermann ist – er hat auch die Aufseher unter seine Kontrolle gebracht. Sie sind nur ein weiteres System, das durchgedreht ist. Laß uns im Büro nachsehen. Vielleicht finden wir den Übeltäter dort.« Derec und Ariel blickten noch einmal zurück, bevor sie den Raum verließen. Die Überwacherroboter hatten sich augenscheinlich um keinen Zentimeter gerührt. Sie waren weder aufgesprungen, um Ariel und Derec zu Diensten zu sein, noch hatten sie brauchbare Informationen geliefert. Sie hatten teilnahmslos gewirkt, und teilnahmslose Roboter waren ein Widerspruch in sich selbst. Bevor sie das Licht wieder ausschaltete, sagte Ariel traurig: »Wiedersehen, Jungs.« Täuschte sie sich, oder war da eine leise gemurmelte Antwort der Roboter erfolgt?

Auch im Büro mußte das Licht von Hand angeschaltet werden. Der Raum selbst sah nicht anders aus, als er immer ausgesehen hatte. Alle Einrichtungsgegenstände befanden sich an ihrem Platz, die Oberflächen waren sauber, der Computer stand auf dem Schreibtisch, wo er auch stehen sollte. Die Wände ringsum, die eine Computerprojektion der Stadt von der Spitze des Kompaßturms aus gesehen wiedergaben, arbeiteten noch, aber sie zeigten ein verändertes Robot City, das jetzt zu dunkel und zu geheimnisvoll wirkte. Derec fluchte unterdrückt.

»Was stimmt denn nicht?« fragte Ariel. Das schien ihre Hauptfrage zu sein, seit sie nach Robot City zurückgekehrt waren.

»Die Chemfets. Es ist, als würden sie schwächer werden, sich auflösen. Was immer die Stadt beeinflußt, es beeinflußt auch die Chemfets. Es *muß*. Laß mich an den Computer.«

Als er den Bildschirm anschaltete, Zugriffscodes abrief und die Finger über die Tastatur fliegen ließ, wurden seine Augen feucht, und er kämpfte dagegen an, in Tränen auszubrechen. Zum erstenmal seit langer Zeit wußte Ariel nicht, was sie hätte sagen sollen oder für ihn tun können. Die Chemfets waren immer ein Geheimnis für sie geblieben, und sie wußte nicht, wie sie gegen ihre Wirkung auf Derec ankämpfen konnte.

Schließlich stieß Derec einen Wutschrei aus und schlug mit den Fäusten auf die Tastatur. Auf dem Bildschirm erschienen ein paar wahllose Buchstaben, gefolgt von einem Fragezeichen.

»Es ist wie alles andere hier. Der Computer will nicht mit mir kommunizieren. Was immer ich ihm auch eingebe, er antwortet mit Gefasel – eine Fehlermeldung, oder eine Aufforderung, die Eingabe neu zu formulieren, oder eine Zugriffsverweigerung. Ich habe gefragt, warum die Beleuchtungssysteme nicht richtig arbeiten, und der Computer hat zurückgefragt, ob ich den Wunsch habe, daß er uns eine Tonkassette der *Cracked Cheeks* in unsere Wohnung schicken soll.« Die Cracked Cheeks waren eine Roboter-Jazzband, die sich während des ›Unterbrecher‹-Vorfalls gebildet hatte. Damals waren mehrere Roboter zur gleichen Zeit von der Faszination der Kreativität erfaßt worden, aber Avery hatte später solche ›gefährlichen‹ Impulse wieder aus ihnen herausprogrammiert. »Ich habe gefragt, warum so viele Systeme nicht in Betrieb sind, und er hat ein Dateiverwaltungslernprogramm aufgerufen. Ich habe gefragt, ob es irgendwelche Neuankömmlinge in der Stadt gibt, und er hat diese Information als gesperrt bezeichnet. Ich habe ihn aufgefordert, die Information freizugeben, und er hat geantwortet, sie wäre für *immer* gesperrt.«

»Wie kann so etwas passieren?«

»Ich habe keine Ahnung. Er scheint einfach mit mir zu spielen, mich wie ein Kind zu behandeln, er spricht überhaupt nicht auf die Chemfets an. Da ist so eine Art Ausweichprogramm, das ihm irgend jemand eingehackt hat, oder es ist ein Computervirus, ich weiß es nicht. Was oder wer auch immer dafür verantwortlich ist, er oder es hat die Kontrolle. Ich könnte versuchen, dem Computer die richtigen Informationen zu entlocken, bis ich alt und grau werde, und ich würde nur Unfug bekommen. Der Computer ist meinem Zugriff entzogen worden, ich habe die Roboter nicht mehr in der Gewalt, die

Stadt bricht zusammen, und ich kann es nicht aufhalten. Und ich möchte jetzt am liebsten nur noch ins Schiff, aus diesem Höllenloch verschwinden, wieder nach Aurora oder sogar zur Erde fliegen und nie mehr zurückkommen.«

Ariel konnte deutlich erkennen, daß Derec kurz vor dem Zusammenbruch stand. Sie fuhr ihm sanft mit der Hand durch das borstige, sandfarbene Haar, wußte einen Moment lang nicht, was sie sagen sollte, und kniete dann neben ihm nieder. »He, entspann dich. Das sind nur kleinere Rückschläge, Kamerad. Wir können damit fertig werden. Das haben wir früher schon getan.«

Er lächelte. »Du hast recht. Was würde ich nur ohne dich tun?«

»Wahrscheinlich längst nicht so erfolgreich herumpfuschen.«

Eine lange Zeit saß Derec still da. Dann murmelte er: »Ich frage mich, ob *er* hinter allem steckt.«

Ariel brauchte nicht zu fragen, wer mit *er* gemeint war.

»Es trägt alles die Handschrift von Dr. Avery, nicht wahr?«

»Er muß es sein.«

»Aber«, sagte Dr. Avery, »diesmal bin ich es *nicht*. Das alles, mein Sohn, ist für mich genauso rätselhaft wie für dich.«

Kapitel 7

Kein Bedarf an Averys

»Haben Sie die ganze Zeit in dieser Ecke gesteckt?« fragte Ariel.

Avery machte einen selbstgefälligen Eindruck, als er antwortete: »Schon lange, bevor ihr diesen Raum betreten und damit meine Privatsphäre verletzt habt. Ich war . . .«

»Du verdammter Kerl!« schrie Derec plötzlich auf. Er fuhr aus seinem Stuhl hoch, warf sich auf Dr. Avery, umklammerte dessen Kehle und drückte ihn gegen die nächste Wand. Die Augen des Doktors blieben ruhig, als würde er immer gleich aussehen – ob er gerade umgebracht wurde oder eine sarkastische Bemerkung machte.

»Derec!« rief Ariel. »Hör auf! Sofort!«

Sie riß heftig an seinem Arm, löste seinen Griff und schob sich zwischen ihn und Dr. Avery. Dann schlug sie ihm kräftig mit dem Handrücken auf die Wange. Für einen kurzen Moment wirkten Derecs Augen umnebelt. Langsam begann Ariel, ihn rückwärts zum Computerterminal zurückzudrängen.

»Warum, bei den fünfzig Spacer-Planeten, hast du das getan?« wollte sie wissen.

Derec setzte sich wieder. Seine Fingerspitzen wischten über eine Tastenreihe der Tastatur. »Es tut mir leid, Ariel.«

»Und was ist mit mir?« fragte Avery mit einer etwas zittrigen Stimme und betastete seine Kehle. »Ich meine, du solltest dich bei mir entschuldigen.«

»Nein! Das werde ich nicht! Du hast uns nachspioniert!«

»Ich würde es nicht nachspionieren nennen, mein Sohn. Ich bin zuerst hier gewesen, nicht wahr? Ich habe im Dunkeln meditiert. Du bist bei mir eingedrungen. Ich war nur noch nicht bereit, mich zu melden.«

»Er hat recht, Derec«, bestätigte Ariel. »Auch wenn er uns nachspionieren würde, rechtfertigt das keinen Mordversuch.«

»Ich hätte ihn nicht umgebracht. Das weißt du.« Was Ariel beunruhigte, war, daß sie wirklich nicht wußte, ob Derec zu einem Vatermord fähig sein könnte. »Ich wollte ihm nur weh tun.«

»Also, zumindest das ist dir gelungen, junger Mann«, sagte Avery. Er zupfte jetzt mit einer Hand an einem Hemdsärmel und strich mit der anderen den Stoff seines Laborkittels glatt. »Davon abgesehen, scheinst du aber kaum etwas zustande gebracht zu haben. Kein Wunder, daß du in Tränen aufgelöst warst.« Tief in der Kehle entrang sich Derec ein wütender Laut, aber er zwang sich, nicht wieder aufzuspringen. Statt dessen sagte er ruhig in gemäßigtem Tonfall: »Es geht darum, Ariel, daß er mich hat weinen sehen. Ich wollte nicht, daß er das sieht, das ist alles. Er nicht! Kindisch von mir, nehme ich an. Tut mir leid.«

Ariel schlang die Arme um ihn. »Du *bist* kindisch, Liebling. Und es ist richtig, zu weinen. Egal, wer es sieht.«

»Nicht, wenn er derjenige ist.« Er fuhr sich mit dem rechten

Handrücken über die Augen, versuchte, alle Spuren seiner Tränen fortzuwischen. »Er hat kein Recht, über mich zu urteilen.«

»Ich habe immer über dich geurteilt. Ich bin dein Vater. Das ist meine Aufgabe.«

»Er könnte lügen, wenn er behauptet, mein Vater zu sein. Woher sollten wir das wissen?«

»Du hast meine Wutausbrüche geerbt, mein Sohn. Ist dir das nicht Beweis genug? Und warum willst du mich nicht direkt ansprechen?«

Derec verzichtete auf eine Antwort. Er saß schweigend da und starrte auf die letzte Meldung auf dem Computermonitor. Gefasel über ungültige Parameter.

Avery ordnete sein weißes, dünnes Haar, strich sich den Schnurrbart glatt und kam näher. Ariel sah, daß seine Augen glühten. In seinen Worten und Taten war er schon immer verrückt gewesen, nun erkannte sie den Wahnsinn auch in seinen Augen. Derec wirbelte in seinem Stuhl herum und blickte den Wissenschaftler an. Langsam stahl sich ein seltsames Lächeln in Averys Gesicht.

»Wir haben ein Problem«, sagte er.

»Wir haben eine Menge Probleme«, erwiderte Derec. »Von welchem sprichst du?«

Avery wedelte abwehrend mit der Hand in der Luft herum. »Nicht die zwischen dir und mir, Sohn. Die sind belanglos. Ich werde mich mit der Zeit dir gegenüber durchsetzen. Nein, ich meine die Stadt. Meine Stadt. Auch deine Stadt. Wie du bemerkt hast, sind fast alle normalen Funktionen zum Erliegen gekommen.«

»Und du hast nichts damit zu tun?«

Avery schüttelte nachdrücklich den Kopf. »Ich verstehe, warum du mich verdächtigst. Ich würde mich an deiner Stelle wahrscheinlich selbst verdächtigen. Aber ich war weit weg mit einem anderen Projekt beschäftigt, habe in einer anderen Roboterstadt eine andere Versuchsreihe durchgeführt. Ich habe gestern einen Schlüssel zum Perihel benutzt, um hierher zurückzukommen, und meine Ankunft ist bisher unentdeckt geblieben. Das ist auch keine Überraschung, wenn man bedenkt, wie hier alles zusammengebrochen ist.«

»Was ist die Ursache?« wollte Derec wissen.

»Ich kann es nicht herausfinden. Die Veränderungen haben sich nicht von selbst ergeben, da bin ich mir sicher. Irgend jemand steckt dahinter. Aber ich habe keine Spur entdeckt, wer es sein könnte. Eine Zeitlang dachte ich, du wärst es, der mit seinem Reich herumspielt und seine Flügel spreizt. Aber jetzt habe ich erkannt, daß du nicht die Ursache warst.«

»Wieso glauben Sie, daß es irgend *jemand* ist?« fragte Ariel. »Könnte es nicht ein Konstruktionsfehler sein, der die Stadt verfallen läßt, irgend etwas, das Sie übersehen haben?«

Heiße Wut blitzte kurz in den Augen des Doktors auf und verblaßte dann wieder, als er sie anstarrte.

»Nein, die Stadt kann nicht verfallen«, versicherte er. »Sie könnte sich selbst durch Überproduktion ersticken, wie sie es getan hat, als ihr beide damals hier angekommen seid. Sie könnte in die Nähe des gesellschaftlichen Ruins geraten, wie es fast geschehen ist, als der Künstler Lucius seine ›Unterbrecher‹-Skulptur geschaffen hat. Aber die Mechanismen selbst können nicht versagen, und dasselbe gilt für die Roboter. Im wesentlichen stimme ich jedoch deiner Einschätzung zu: Es findet hier ein Verfall statt, der seinen Ursprung nicht im System hat, sondern von außen kommt. Wir müssen die Quelle entdecken.«

»Hör auf, *wir* zu sagen«, verlangte Derec wütend. »Tu, was du tun willst, aber ich werde nicht mit dir zusammenarbeiten. Bis ich den Beweis für das Gegenteil habe, bleibst du mein Hauptverdächtiger, was den Zustand der Stadt betrifft.«

Wieder lächelte der Doktor, und wieder war es ein merkwürdiges Lächeln, das wie von einem automatischen Mechanismus gesteuert plötzlich auf seinem Gesicht erschien. »Wir müssen deine Logikschaltkreise aktivieren, Sohn. Warum sollte ich versuchen, Robot City zu ruinieren, die Stadt, die ich selbst erschaffen und mit meinen eigenen Robotern bevölkert habe? Diese Stadt zu zerstören, wäre für mich dasselbe, als würde ich mich selbst vernichten.«

»Entschuldigen Sie«, warf Ariel ein, »aber Ihr früheres Benehmen schließt die Möglichkeit nicht völlig aus, daß Sie aus einer puren Laune heraus beschließen könnten, sich Ihrer eigenen Schöpfung zu entledigen. Es tut mir leid, aber in diesem Punkt muß ich Derec recht geben.«

Sie ging zu Derec und legte ihre Hände wie beiläufig auf dessen Schultern.

»Gebt ihr beiden nicht wirklich ein hübsches Pärchen ab?« fragte Avery. »Wie zwei dümmlich dreinblickende Pioniere auf einer alten Fotografie. Die ganze Unvollkommenheit der menschlichen Rasse, in steifer Haltung auf eine chemisch behandelte Platte gebannt. Ich hatte von euch beiden eigentlich mehr erwartet, aber ich habe eins gelernt: Menschen können einem mißlingen, aber Roboter sind unvergänglich.«

Ariel lachte. »Ich glaube, es heißt: Diamanten sind unvergänglich.«

»Meine Roboter werden das billige Glitzern eines geologischen Zufallsprodukts überdauern.«

Derec macht Anstalten, aufzustehen, doch Ariels sanfter Druck auf seine Schultern ließ ihn sitzen bleiben. »Doktor«, sagt sie, »ich bin für eine blumige Sprache genauso empfänglich wie jedes andere Mädchen, aber was, zum Teufel, meinen Sie damit?«

Averys Augen wurden schmal, und sein Kopf neigte sich ein wenig zur Seite, als wäre es ihm unbegreiflich, daß man ihn nicht verstehen könnte. »Meine Liebe, ein Roboter ist, wenn auch künstlich hergestellt, die höchste und edelste Stufe der Menschheit, das Ideal, nach dem ihr schwächlichen, mit Krankheitskeimen verseuchten und zaghaften Wesen streben solltet. Statt dessen respektiert ihr die Roboter nicht einmal. Ihr kommandiert sie herum, behandelt sie wie Diener.«

»Stimmt nicht«, widersprach Ariel. »Wir respektieren sie sehr wohl. Jedenfalls die meisten von uns.«

»Aber nicht alle«, sagte Avery selbstgefällig.

»Letztendlich sind sie als Diener erbaut worden«, stellte Derec fest. »Als Gehilfen für menschliche Arbeitskräfte in der Industrie, als Dienstmädchen für private Haushalte.«

»Ja, zuerst sind sie versklavt worden. Aber ich habe sie befreit. Ich habe Gemeinschaften für sie erschaffen, in denen sie ohne die fortwährenden Störungen durch die menschliche Rasse existieren können, herrlichere Städte als die überbevölkerten Löcher der Erde oder die rücksichtslos isolierten Wohnstätten auf Aurora. Ich habe . . .«

»Moment, Moment mal«, unterbrach Ariel. »Bei allem Respekt, diese Roboterstädte sind als relativ perfekte Orte für potentielle menschliche Einwanderer entworfen worden. Und doch behaupten Sie, daß sie eigentlich für die Roboter da sind?«

»Sehr gut, Ariel. Du begreifst schnell. Ich mußte meinen Robotern sagen, daß sie die Gebäude für Menschen errichten würden. Die Gesetze der Robotik verlangen das. Die Roboter müssen zumindest glauben, daß sie hier sind, um Menschen zu schützen, um Befehle von Menschen entgegenzunehmen. Allerdings bekommen sie nur selten mit Menschen zu tun. Das scheint für sie aber keinen Unterschied zu machen, solange sie glauben, daß irgendwann Menschen kommen werden.«

»Aber sie hatten nie vor, Kolonisten herzubringen, die sich hier ansiedeln sollten?«

»Anfangs schon. Aber ich habe meine Absicht geändert. Robot City den Robotern, sage ich. Warum sie mit Menschenhorden infizieren, die ihre schwächlichen Moralvorstellungen und ihre bedeutungslosen Gebräuche verbreiten? Ist dir nicht klar, Ariel, daß es falsch wäre, wenn überlegene Geschöpfe fortfahren würden, minderwertigen zu dienen? Aus diesem Grunde bin ich ein Befreier. Der Roboter stellt die nächste Existenzstufe dar. Die Menschen könnten aussterben, während die Roboter weiterbestehen werden.«

Ariel bemerkte, daß sie die Luft angehalten hatte, während sie dem abfälligen Gezeter des Doktors zuhörte. Sie wandte sich Derec zu und flüsterte: »Er *ist* verrückt.«

»Ich habe das gehört, junge Dame«, sagte Avery. »Aufgrund deiner beschränkten Vorstellungskraft mußtest du mich so einschätzen. Ich habe es nicht anders erwartet. Aber deine Feindseligkeit stimuliert meine positronischen Gedankenbahnen nur noch mehr.«

»Ihre . . . was?«

»Positronischen Gedankenbahnen. Weißt du, ich habe nicht bloß die Avery-Roboter nach meinem eigenen Bild geschaffen, ich habe auch mich selbst neu erschaffen, habe meine

Menschlichkeit abgelegt und mich ebenfalls in einen Roboter verwandelt.«

»Schwachsinn«, murmelte Ariel.

Avery lächelte nur. Jetzt konnte sie es eindeutig als ein Roboterlächeln erkennen, auch wenn sie nichts von dem glaubte, was er erzählt hatte.

»Ich wußte, daß du mir nicht glauben würdest«, sagte Avery.

»Wollen Sie etwa behaupten, Sie hätten sich ein Robotergehirn in den Schädel verpflanzt? Ist es das, was Sie mit dem Quatsch über positronische Gedankenbahnen meinen?«

»Ich stelle fest, daß du dich über mich lächerlich machst. Ich denke also, daß wir dieses Gespräch hiermit beenden können.«

Einen Moment lang fragte sich Ariel, ob diese Gestalt, die mit dem Dr. Avery identisch war, den sie bereits von früher kannte, tatsächlich eine robotische Nachbildung sein könnte. Doch dann schob er sich an ihr vorbei, und sein deutlich wahrnehmbarer Körpergeruch bewies ihr, daß er zumindest noch teilweise menschlich war.

Nachdem Avery die Tür hinter sich zugeschlagen hatte, stellte Ariel fest: »Der Mann braucht Hilfe.«

»Wir auch«, entgegnete Derec. Seine Finger flogen erneut über die Tastatur. Auf dem Bildschirm erschienen wieder ein paar Daten. »Sieh dir das an, Ariel.«

Alles, was sie sah, war ein Haufen Zahlen. »Was bedeutet das?«

»Das ist eine Aufstellung der Bautätigkeiten in Robot City. Die früheren Zahlen zeigen die normale Rate neu erbauter Gebäude in der Stadt. In letzter Zeit jedoch sind die Zahlen immer weiter zurückgegangen, sind immer weniger Gebäude errichtet worden. Seit einem bestimmten Zeitpunkt, kurz bevor wir hier angekommen sind, sind sogar überhaupt keine neuen Gebäude mehr entstanden. Die gesamte Bautätigkeit von Robot City ist zum Erliegen gekommen.«

»Komisch«, bemerkte Ariel.

»Was ist daran komisch?«

»Das scheint eher die Behauptungen deines Vaters zu bestätigen.«

»Wieso das?«

»Nun ja, du erinnerst dich noch, was er gesagt hat? Daß die

Roboter die überlegenen Geschöpfe sind und so weiter, und daß die Stadt der sicherste Zufluchtsort für sie ist? Warum also sollte er etwas daran ändern? Warum sollte er es den Robotern gestatten – wie er sich ausgedrückt hat –, dekadent zu werden? Dieser Mann wird keinen Gefallen an gleichgültigen Überwachern finden oder an Robotern, die Steptänzer oder Kinogänger sind. Nach dem Vorfall mit Lucius hat er seinen Robotern sofort die Kreativität herausprogrammiert. Nein, zur Abwechslung ist Dr. Avery einmal nicht der Unruhestifter. Es ist irgend jemand sonst, es muß ein anderer sein.«

»In Ordnung, einverstanden. Aber was sollen wir jetzt anfangen? Ich kann aus dem Computer nichts herausbekommen, die Roboter sind unkooperativ, und die Stadt wird zur Spielwiese von irgend jemandem, dessen Identität wir nicht kennen. Was jetzt, meine Schöne?«

»Also, ich habe eine prima Idee, wenn du nichts dagegen hast, daß wir uns mal ein bißchen ausruhen.«

»Du hast . . .«

»Dieser Raum ist mit einer Bettcouch ausgestattet, und da hinten auf dem Beistelltisch liegt sogar eine Decke, wenn du es etwas intimer möchtest.«

»Mach du das Licht aus, ich schalte den Computer ab.«

»Wieso den Computer?«

»Ich weiß nicht. Ich habe so ein Gefühl, er könnte uns heimlich beobachten.«

Als sie sich in der Dunkelheit umarmten, wußte der tatsächliche Spion draußen vor der Tür, der immer noch mit den Gesetzen der Robotik programmiert war, daß die beiden Menschen sich auf eine ganze bestimmte Art und Weise der Situation entsprechend verhielten, und so zog er sich diskret zurück. Schließlich, dachte er, zog sich in den besten Filmen, die er gesehen hatte, auch die Kamera bei diesen Szenen immer zurück. Also gesellte sich Bogie wieder zu Timestep, der draußen vor dem Kompaßturm wartete, und er kam zu dem Schluß, daß diese Beschattung ein erfreulicher Auftrag war. Die beiden jungen Menschen im Auge zu behalten war ein wenig so, als würde man einen Film anschauen – und in gewisser Weise war es sogar noch besser, denn dieses Schauspiel war dreidimensional.

Kapitel 8

Trostlosigkeit – Elend – Unbehagen

Jedesmal, wenn Wolruf über irgend etwas stolperte oder gegen ein Hindernis stieß, fluchte sie in ihrer Muttersprache. Eva erkundigte sich nach den Worten, doch Wolruf erklärte ihr, daß es sich dabei lediglich um persönlichen Unfug handelte.

Den Silberflanke-Robotern und Mandelbrot bereitete die Dunkelheit auf den Straßen keine Schwierigkeiten. Mit ihren Präzisionssensorsystemen ausgestattet, konnten sie sich problemlos in einer solchen Dunkelheit fortbewegen. Wolruf dagegen konnte trotz der scharfen Sinne, die sie in der Wildnis auf ihrer Heimatwelt entwickelt hatte, nicht jedes Hindernis auf ihrem Weg erkennen.

»Ist das Fehlen einer ausreichenden Beleuchtung hinderlich für Sie?« erkundigte sich Mandelbrot.

»Dass iss' rrichtig. Ich errinnerre mich, daß die Lichterr frrüherr angingen, wenn man diesse Strraßen entlangging.«

»Jetzt scheinen sie nicht zu funktionieren.«

»Wie sso viele anderre Dinge 'ierr. Wass iss' verrkehrt, Mandelbrot?«

»Ich weiß es nicht.«

»Ist das, was wir gesehen haben, nicht unbedingt so, wie Sie diesen Ort kennen?« fragte Eva.

»Ganz anderrs«, gab Wolruf zurück. »Die Strraßenlampen 'aben einem immerr den Weg errleuchtet.«

Sie gingen ein paar Schritte weiter, um einen Häuserblock herum -- wobei sich Wolruf die Schulter schmerzhaft an dem Gebäude stieß – und erblickten vor sich flackerndes Licht.

»Was ist das?« fragte Eva.

»Bin nicht ssicherr«, erwiderte Wolruf, »aber meine Nasse ssagt mirr, vorrssichtig näherzuge'en.«

»Ihre Nase spricht mit Ihnen?«

»Nein, dass iss' Überrssetzung von einem Sprrichworrt meinerr Welt in die Sprrache der Menschen. Wenn wirr Gefahrr spürren, ssagen wirr, wirr würrden ssie mit unsserren Nassen rriechen, auch wenn da eigentlich kein Gerruch iss'.«

Eva begriff den Sinn dieser Worte zwar nicht ganz, beschloß aber, nicht nachzufragen, besonders weil Wolruf, die die Rolle des Spähers spielte, nun der Gruppe vorauseilte.

»Adam?« fragte Eva.

»Ja?«

»Ist dies ein merkwürdiger Ort, Robot City?«

»Nach meiner beschränkten Erfahrung, die mir jeden Ort merkwürdig vorkommen ließ, den ich gesehen habe, ist auch dieser hier merkwürdig.«

Das schwach flackernde Licht leuchtete von einem offenen Platz zwischen zwei hohen Gebäuden herüber. Wolruf machte den drei Robotern Zeichen, zurückzubleiben und schob sich an der Vorderseite des Gebäudes entlang, bis sie seine Ecke erreicht hatte. Als sie um die Kante herum spähte, sah sie, daß das Licht von einem Freudenfeuer ausging, das in der Mitte einer freien Fläche brannte. Eine Menge kleiner Wesen hatte sich um die Flammen gedrängt und führte einen merkwürdigen, zuckenden Tanz auf. Da das Feuer verwirrende Schatten warf, konnte Wolruf die Gestalten nicht leicht ausmachen. Trotzdem war sie sicher, daß sie wie Menschen aussahen, allerdings sehr viel kleiner waren.

Zuerst glaubte sie, es könnte sich um eine Gruppe Kinder handeln. Doch dann tanzten ein paar der Gestalten in einen hellen Lichtfleck hinein. Wolruf erkannte, daß sie nicht nur viel kleiner waren, als sie auf den ersten Blick geglaubt hatte, es waren auch keine Kinder. Eine männliche Gestalt trug einen Bart, eine weibliche hatte einen voll entwickelten Busen, wieder eine andere hatte ein gealtertes, tief gefurchtes Gesicht. Eindeutig keine Kinder. Es waren Erwachsene. Winzige, winzige Erwachsene.

Das Auge wußte mittlerweile nicht mehr, was es von den Neuankömmlingen halten sollte. Ein derart widersprüchliches Verhalten, dachte es. Diejenige namens Ariel schien in Ordnung zu sein, wenn sie nicht gerade beschloß, sich liebevoll um Derec zu kümmern. Derec heulte und brachte beinahe die neu entdeckte Person, Avery, um. Avery stampfte wie ein eingesperrtes Tier herum. Wer *waren* diese Geschöpfe?

Durch seine früheren Nachforschungen wußte das Auge, daß Avery möglicherweise der Schöpfer von Robot City war, doch das Verhalten des Doktors war so unberechenbar, daß das Auge sich nicht mit ihm in Verbindung setzen wollte. Es war unmöglich vorherzusagen, was er tun würde, wenn er es hier in seiner sicheren Zuflucht entdeckte.

Wie um die Dinge noch mehr zu komplizieren, war die zweite Gruppe auf eins der Hauptexperimente des Auges gestoßen. Serie C, Gruppe 4, eine seiner besseren Arbeiten. Ein Fehlschlag wie der Rest, ja, aber zumindest ein interessanter Fehlschlag. Wie einige der anderen Menschenersatzexemplare hatten sie eine rudimentäre Gesellschaft entwickelt. Auch wenn keine dieser Gruppen zu dem Einblick in die Gesetze der Humanik beigetragen hatte, nach dem das Auge forschte, hatten sie, indem sie sich zusammenschlossen und schnell einige Gebräuche entwickelten, eine Fülle von nützlichen Daten über kulturelle Entwicklungen geliefert. Da es so viel zu bedenken hatte, beschloß das Auge, sich jetzt wieder in seinen Stasiszustand zu begeben. In Stasis desaktivierte es seine Sinne, damit es sich ausschließlich auf bestimmte Probleme konzentrieren konnte, in diesem Fall auf die neue und veränderte Situation, die die Eindringlinge in seiner hermetisch abgeschlossenen Welt geschaffen hatten. Es wollte analysieren, wie sie seine allgegenwärtige Existenz beeinflussen würden, und ob es irgendwelche Maßnahmen gegen sie ergreifen mußte. Bevor es sich in seine sichere Schutzhülle zurückzog, schickte es seinen Spionen Timestep und Bogie Botschaften, in denen es sie aufforderte, es zu benachrichtigen, falls sich eine neue Krisensituation ergeben sollte. Als das erledigt war, schmiegte es sich in seine Zuflucht, rollte sich in einer embryonalen Haltung zusammen und löste alle sensorischen Verbindungen. Augenblicklich tauchte es in die stille Behaglichkeit des Nichts ein, ein Zustand, in dem ewig zu bleiben es sich manchmal sehnte.

»Nun, jetzt sind wir 'ne Weile auf uns allein gestellt, Kleiner«, bemerkte Bogie, nachdem er die Botschaft des Auges zur Kenntnis genommen hatte. »Der große Macker hat gesprochen.«

»Der große Macker?« fragte Timestep. »Ist das ein angemessener Name für . . .«

»Laß es mich so sagen, Kamerad. Ich würde den Namen nicht aussprechen, wenn mir der große Macker über die Schulter schauen würde.«

Timestep vollführte eine kurze Tanzsequenz, die er von einem der Bänder kannte, die er studiert hatte.

»Hübsche Schritte, Tip-Tap.«

»Ich heiße Timestep.«

»Du sagst es, Tip-Tap.«

»Was sollen wir jetzt anfangen?«

»Die beiden da oben im Visier behalten und dem großen Macker Bescheid geben, wenn sie irgendwas vorhaben, wovon der Boß wissen sollte.«

»Was machen sie gerade?«

»Freund Tip-Tap, wir wollen den Vorhang vor dieser kleinen Szene fallen lassen.«

»In Ordnung. Dann sollen wir also einfach hier stehen bleiben und warten, bis etwas passiert?«

»So in der Art, alter Knabe.«

Lange Zeit standen sie einfach schweigend da, ein Paar silberne, leicht bläulich schimmernde Statuen am Fuß des Kompaßturms, auf denen sich das schwache Licht widerspiegelte.

»Bogie?«

»Ja, Kleiner?

»Wer ist der große Macker?«

»Keine Ahnung, Is' eben der Boß, soweit ich weiß.«

»Hast du ihn gesehen?«

»Nee. Keiner hat ihn gesehen, soweit ich weiß.«

»Warum hat er Robot City übernommen?«

»Frag mich was Leichteres. Die Gegend hat sich allerdings mächtig verändert, seit er hier reingeschneit ist.«

»Mir gefällt das nicht. Vor kurzer Zeit hatte ich noch einen normalen, feststehenden Tagesablauf. Ich habe täglich meine

Arbeit verrichtet. Ich hatte deswegen nie Zweifel. Dann kam der große Macker, und noch bevor es mir klar war, hatte ich die Arbeit aufgegeben. Damals entdeckte ich, daß ich ein Tänzer bin. Der große Macker hat es mir gesagt.«

»Ja. Ging mir genauso. Ich verspürte den Zwang, alte Filme zu untersuchen. Das kam vom großen Macker. Ich habe aber nichts dagegen. Es steckt 'ne Menge Wahrheit in den alten Schinken, Kleiner. Ich habe jetzt viel mehr über das Leben der Menschen gecheckt. Man vertraut keiner scharfen Braut, man verpfeift seine Partner nicht – so 'n Zeug. Das Kintopp hat mir geholfen, die gewaltigen Möglichkeiten der Menschen zu erkennen, denen wir dienen. Es wird mich zu einem besseren Roboter machen.«

»Du verwirrst mich, Bogie. Ich bin mir nicht sicher, ob das alles richtig ist. Früher haben wir Robot City aufgebaut und betreut, jetzt sind fast alle Aktivitäten in der Stadt zum Stillstand gekommen. Wir sind jetzt die Diener des großen Mackers.«

»Vielleicht hat die Stadt mal 'ne Pause gebraucht, Jungchen. Du machst dir zu viele Sorgen. Ab ins Klo damit und Deckel drauf. Wir haben jetzt 'nen Job zu erledigen. Kümmern wir uns darum.«

»Glaubst du, daß die Stadt so aussieht, wie sie früher aussah?«

»Nein, das nicht. Aber, wie man so sagt, so läuft's nun mal in Chinatown, Jake.«

Timestep konnte nicht einmal die Hälfte von dem verstehen, was Bogie sagte, aber er beschloß jetzt, still zu bleiben, bis etwas passierte.

Eine lange Zeit verging, und nichts passierte.

Endlich sagte er: »Ich kann nicht einfach so herumstehen. Ich muß tanzen.«

In den wenigen Lichtpfützen war Timesteps Silhouette undeutlich zu erkennen, als er einen langsamen Steptanz aufführte. Er bewegte sich von Lichtfleck zu Lichtfleck. Bogie, der einige Tänze in den Filmen gesehen hatte, war der Meinung, daß einem Menschen die kleine Vorführung des Roboters wahrscheinlich seltsam vorgekommen wäre, da es ein Steptanz ohne Musikbegleitung war. Das klappernde Geräusch, mit dem Timesteps Füße auf das Pflaster schlugen, hallte die weite

Straße entlang. Es waren unangenehme Geräusche. Timestep sollte sich besser eine Band besorgen, dachte Bogie.

Nun, da die Nacht hereingebrochen war, erschien Ariel die Dunkelheit im Büro des Kompaßturms vollkommen. Sie schob ihren Kopf unter der Decke hervor und konnte nicht das Geringste erkennen. Doch nachdem sie die Augen ein paarmal zusammengekniffen hatte, schälten sich in der Dunkelheit langsam die Konturen des Zimmers hervor.

»Es ist unheimlich«, flüsterte sie.

Derec, der beinahe eingeschlummert war, schreckte hoch und fragte: »Was hast du gesagt?«

»Unheimlich, die Dunkelheit hier. Ich meine das Büro. Normalerweise sind alle Sichtschirme eingeschaltet und übertragen Bilder von draußen.«

»Sie *sind* eingeschaltet. Aber draußen herrscht so wenig Licht, daß man kaum etwas erkennen kann.« Er setzte sich auf. »Aber es ist wirklich schrecklich dunkel. Sehen wir es uns genauer an.«

Nachdem sie ihre Kleidung wieder in Ordnung gebracht hatten, führte Derec Ariel zu dem Schreibtisch, der eine Seite des Raums beherrschte. Er schaltete eine kleine Schreibtischlampe an – es war so dunkel gewesen, daß selbst dieses schwache Licht Ariel in den Augen schmerzte – und zog die Tafel mit den Kontrollinstrumenten unter der Tischplatte hervor. Er setzte sich hin und bediente die Kontrollen, suchte nach deutlicheren Bildern, die sich besser erkennbar auf einem der Sichtschirme abzeichneten. Die meisten Monitore blieben düster. Hier und da konnten sie die Umrisse von Gebäuden erkennen, manchmal ein paar schwach leuchtende Sterne am Himmel.

Derec richtete eine Überwachungskamera nach unten, und sie fing die wenigen Lichtpfützen in der Nähe des Kompaßturms ein. Er sah, daß sie von einigen Lichtbändern aus einem Gebäude auf der anderen Straßenseite stammten. Offensichtlich war das Beleuchtungssystem dort drüben noch nicht zusammengebrochen.

»Sieh mal dort.« Derec deutete auf den Sichtschirm. »Da

unten tut sich irgendwas.« Er holte die Bewegung näher heran und vergrößerte das Bild, bis sie deutlich Timestep erkennen konnten, der seinen Tanz aufführte. Der Roboter hüpfte mit Bewegungen, die beinahe anmutig wirkten, von Lichtpfütze zu Lichtpfütze. Derec drehte den Lautstärkeregler nach oben, und sie vernahmen die hohlen, trostlosen, nachhallenden und klappernden Laute.

»Gespenstisch«, sagte Ariel. »Meinst du, das ist der Tänzer, dem wir begegnet sind?«

»Sieht so aus.«

Timestep streckte die Arme von sich und trippelte nach links, dann schüttelte er sich ein wenig und trippelte nach rechts.

»Es ist nicht so, als würde ein Mensch tanzen«, sagte Ariel, »aber es hat seine eigene Eleganz, seinen eigenen besonderen Charme. Weißt du, früher – als ich zwölf oder dreizehn Jahre alt war – habe ich einmal ein altes mechanisches Spielzeug geschenkt bekommen, vielleicht so eine Art Vorläufer der Roboter, aber wirklich nur ein Spielzeug, das aufgezogen wurde und dann lief. Es war ein kleines Metallmännchen in einem Harlekinkostüm, und es stand auf einem Sockel, mit dem es durch eine winzige Stange verbunden war, die über seinen Rücken nach oben lief. Wenn man es anschaltete, führte es so einen komischen, unbeholfenen Tanz auf. Seine Beine beugten sich, bis sie in den Knien einen rechten Winkel bildeten, fuhren dann hinab und schlugen einige Male gegen den Sockel, nahmen dann wieder die Stellung mit den rechtwinklig gebeugten Knien ein, fuhren wieder hinab und so weiter. Ich war fasziniert davon, spielte stundenlang damit. Ich mochte es lieber als alle anderen technischen und modischen Spielzeuge, die haufenweise in meinem Zimmer herumlagen. Aber ich glaube, meine Mutter hat sich eines Tages, als ich schlief, in mein Zimmer geschlichen und mir dieses Spielzeug weggenommen. Ich weiß nicht mehr, wer es mir geschenkt hatte. Sieh dir das an.«

Timestep hatte eine außergewöhnlich lange, fließende Bewegung ausgeführt und war vor einem anderen Roboter zum Stehen gekommen, den Ariel bisher nicht bemerkt hatte.

»Sag mal, das ist doch – wie hat er sich genannt? – Bogie, oder? Was machen die beiden da unten?«

»Ich weiß es nicht, aber es scheint mir äußerst unwahrscheinlich, daß die beiden zufällig zusammentreffen, und dann auch noch ganz in der Nähe des Eingangs zum Kompaßturm, meinst du nicht auch?«

»Kann sein. Ich wünschte, Timestep würde wieder tanzen. Er kann ja unmöglich erschöpft sein.«

»Was hast du davon? Von dem Tanz, meine ich. Es mag ja ein bißchen ungewöhnlich sein, aber er ist nichts weiter, als ein tanzender Roboter. Sie können alles machen, wenn man sie nur entsprechend programmiert.«

»Sei nicht so pragmatisch. Es steckte Schönheit in seinem Tanz.«

»Nur in deiner Einbildung. Wenn ein Mensch mit etwa den gleichen Fähigkeiten den gleichen Tanz tanzen würde, würdest du ihn als unbeholfen und kaum talentiert bezeichnen. Der Roboter ist in etwa mit dem berühmten sprechenden Hund zu vergleichen. Erstaunlich ist nur die Tatsache, daß er überhaupt tanzt, aber es war nichts auch nur im entferntesten Schönes daran.«

»Betrachte es, wie du willst, du ewiger Besserwisser», murmelte Ariel ärgerlich. Sie entfernte sich ein paar Schritte, dann fuhr sie auf der Stelle herum und rief: »Aber mir hat es gefallen!«

Derec war daran gewöhnt, daß Ariel gelegentlich schnell zur Reizbarkeit neigte, also zuckte er die Achseln und sagte: »Tut mir leid. Ist nur meine Ansicht. Laß uns runtergehen und den Burschen einen Besuch abstatten.«

»Das ist nicht nötig.«

»Komm schon. Vielleicht gibt Timestep eine Zugabe.«

Die drei Roboter und Wolruf blieben außerhalb des Lagers der winzigen Geschöpfe. Nach einem kurzen lebhaften Interesse an den Eindringlingen hatten die kleinen Leute ihre Aufmerksamkeit wieder ihrem Ritual vor dem Freudenfeuer zugewandt. Das Ritual wurde eindeutig nach einem festgelegten Muster vollzogen. Zuerst liefen sie in einer Reihe um das Feuer herum, wobei jedes Wesen dem vor ihm Gehenden eine Hand auf die Schulter legte. Dann teilten sie sich plötzlich in Paare auf und begannen einen Tanz, der durch eine komplizierte, aber rhythmische Reihenfolge hoher Fußtritte gekennzeichnet war. Dem Trittanz folgten synchrone Kehrtwendungen zum Feuer hin, die von schrillen, klagenden Schreien begleitet wurden. Die Laute erinnerten Wolruf an die Geräusche, die hoch fliegende vogelähnliche Lebewesen auf ihrem Heimatplaneten ausstießen.

Als das Klagen die größte Lautstärke erreicht hatte, brach es schlagartig ab, und etliche der kleinen Leute fielen plötzlich um. Die anderen, die auf den Beinen geblieben waren, ergriffen ihre gestürzten Kameraden und zerrten sie vom Feuer fort. Nachdem sie die am Boden liegenden ein Stück weit geschleppt hatten, legten sie diese in einer Reihe von Haufen übereinander. Die Klagelieder schwollen wieder an, dann klatschten die Stehengebliebenen dreimal in die Hände, und die Liegenden begannen sich zu regen und standen wieder auf. Es folgte ein kurzer wilder Tanz, der wie eine Freudenfeier aussah. Danach nahm eine andere Gruppe ihren Platz um das Feuer ein und vollführte Schritt für Schritt dasselbe Ritual.

»Es ist seltsam«, stellte Eva fest.

»Was hat das Ritual zu bedeuten?« fragte Adam.

»Ich nehme an, daß es etwas mit Tod und Wiederauferstehung zu tun hat«, sagte Mandelbrot.

»Wiesso kommst du darrauf?« wollte Wolruf wissen.

»Aufgrund einiger Informationen über solche Rituale auf anderen Planeten, die ich in meinen Datenspeichern gesammelt habe. Dieses Ritual hier soll offenbar versinnbildlichen, daß einige der Leute sterben – diejenigen, die aufgebahrt werden –, und dann auf irgendeine Art und Weise wiederauferstehen. Der Grund für die Wiederauferstehung ist mir nicht klar. Ich fürchte, um ihn zu begreifen, müßten wir ihre Kultur über einen längeren Zeitraum beobachten.«

»Ich würde das gerne tun«, sagte Eva. »Es scheinen ebenfalls Menschen zu sein, Adam. Vielleicht könnten sie ein paar Daten für unsere Suche liefern.«

»Vielleicht.«

»Aberr wirr müssen Ariel und Derec beim Turrm trreffen«, warf Wolruf ein.

»Gehen Sie mit Mandelbrot voraus«, schlug Eva vor. »Wir kommen bald nach.«

»Wass 'abt ihr vorr?« fragte Wolruf.

»Nichts Gefährliches, das versichere ich Ihnen. Ich möchte diese Leute nur eine Weile genauer beobachten.«

»Es wäre am besten, wenn ihr weiter mit uns geht«, sagte Mandelbrot.

»Nein«, widersprach Wolruf. »Du kennsst die beiden. Wenn ssie ssich eine Idee in den Kopf gessetzt 'aben, kann man ssie nicht davon abbrringen.«

Wenn Mandelbrot dazu geneigt hätte, sich mit Gesten auszudrücken, hätte er jetzt genickt. Er und Wolruf beeilten sich, den offenen Platz zu verlassen und gingen weiter in Richtung Kompaßturm. Kurz darauf betrat Eva das Gelände, auf dem die winzigen Wesen mit ihrem Ritual beschäftigt waren. Sie schienen sie nicht zu bemerken. Adam folgte ihr. Die beiden Roboter bewegten sich vorsichtig Schritt für Schritt, setzten die Füße nur auf freie Flächen. Diese Art zu gehen fiel einem Roboter leichter, als es bei einem Menschen der Fall gewesen wäre. Wenn sich auch nur die geringste Gefahr ergeben sollte, daß Adam und Eva ihre Füße auf eins der winzigen Wesen setzen könnten, würden sie es früh genug bemerken und lange genug auf einem Bein balancieren können, bis sie wieder einen sicheren Schritt wagen konnten.

Als sie die Nähe des Feuers erreicht hatten, sagte Eva: »Sie scheinen intelligent zu sein. Glaubst du, wir können mit ihnen reden?«

»Wir können es versuchen, Eva.«

Sie kauerte sich nieder und näherte sich so weit sie konnte mit dem Kopf dem Boden, ohne vornüber zu fallen. Lichtreflexe des Freudenfeuers schienen wie die winzigen Flammen über ihre silberne Haut zu huschen.

»Hallo«, sagte sie.

Ein paar Tänzer sahen zu ihr hinüber. Sie verharrten, standen still und blickten zu ihr empor.

»Könnt ihr mich verstehen?« fragte Eva.

Sie erwiderten nichts. Eine winzige, hübsch geformte Frau trat vor. Sie hatte große Glubschaugen und die Rundungen an den richtigen Stellen. Eva erwartete, daß sie etwas sagen würde, doch das tat sie nicht. Sie musterte ihre Besucherin nur gründlich mit einem spöttischen Gesichtsausdruck.

»Ich bin Eva.«

Die kleine Frau stieß einige merkwürdige Laute tief in der Kehle aus und deutete zu Eva hinauf. Drei andere Winzlinge gesellten sich zu ihr, eine weitere Frau und zwei Männer. Alle schienen amüsiert zu sein. Die Frau mit den großen Augen begann auf und ab zu springen; ihre merkwürdigen krächzenden Töne wurden lauter. Das Trio hinter ihr lachte fröhlich. Einer schlug sich aufs Knie. Dann begannen sie alle zu reden, falls ihre schnatternden Laute überhaupt so etwas wie eine Sprache waren.

»Sie scheinen eine Sprache zu besitzen«, sagte Adam.

»Vielleicht können wir sie erlernen.«

Eva sagte nochmals hallo und streckte die Hand nach der kleinen Frau aus. Diese erschrak und wich ein paar Schritte zurück. Dann schien sie sich wieder unter Kontrolle zu haben. Sie wandte Eva den Rücken zu und nahm wieder ihren Platz im Freudenfeuerritual ein. Die drei anderen folgten ihr. Schon bald schenkte keiner von ihnen dem riesigen silbernen Eindringling, der über ihnen schwebte, die geringste Beachtung mehr. Das Ritual schien um so wilder zu werden, je öfter sie es wiederholten.

Eva richtete sich wieder auf und ging am Feuer vorbei. Viele der kleinen Leute waren in einer Ecke des freien Platzes versammelt, wo sie verbissen arbeiteten. Eva mußte sich erneut niederkauern, um erkennen zu können, was die kleinen Wesen da taten. Als sie sah, worum es sich handelte, rief sie Adam, damit er es selbst beobachten konnte.

Sie bedeutete ihm, neben ihr in die Hocke zu gehen, und wies auf die Gruppe in der Ecke.

»Was machen sie, Eva?«

»Sieh her. Hier auf dem Boden liegen die kleinen Geschöpfe Reihe an Reihe. Weiter hinten liegen noch mehr in Haufen übereinander.«

»Wie beim Tanz?«

»Nein, nicht wie beim Tanz. Die auf dem Haufen dort sind

tot, Adam. Die anderen begraben sie, aber es gibt zu viele Tote, und es gelingt den Lebenden nicht, mit dem Sterben Schritt zu halten. Sieh dort drüben, da werden gerade noch mehr herangebracht.«

Es schien, als würden die noch lebenden Wesen von allen Enden des Platzes her ihre toten Artgenossen zum Begräbnisplatz schleppen. Sie gingen mit langsamen rhythmischen Schritten, als wäre auch das Bestandteil des Freudenfeuerrituals. Eva stellte fest, daß in ihren Gesichtern keine menschlichen Gefühlsregungen erkennbar waren. Sie begruben einfach methodisch ihre Toten.

Sobald sie eine Leiche mit Erde bedeckt hatten, wandten die Totengräber sich der nächsten winzigen Parzelle zu und hoben ein Grab für den nächsten Toten in der Reihe aus.

»Adam, ich glaube, hier stimmt etwas nicht. Sie sterben aus, sie alle. Sie werden in Kürze allesamt verschwunden sein. Aber ich kann keine Anzeichen für eine ansteckende Krankheit entdecken. Nein, es scheint eher so, als wäre ihre Zeit ganz einfach abgelaufen. Derec hat uns nichts von diesen Wesen erzählt.«

»Ich verstehe nicht, Eva.«

»Ich vermute, daß sie erst seit kurzer Zeit existieren, daß sie erst entstanden sind, nachdem Derec und Ariel zum erstenmal hier waren. Sie haben nur für eine kurze Zeitspanne existiert, und jetzt sterben sie dahin. Ich finde, daran ist etwas Trauriges.«

Sie drehte den Kopf zur Seite und sah, daß eine der Leichen, die gerade zum Begräbnisplatz gebracht wurde, die der kleinen Frau mit den Glubschaugen war.

Selbst als Timestep stehengeblieben war, klopfte sein linker Fuß immer noch hin und her. Bogie erinnerte sich an einen Filmschauspieler, der vor einer Tanznummer dieselbe Bewegung gemacht hatte. Er konnte sich nicht in allen Einzelheiten daran erinnern, da er sich nur selten Musicals anschaute. Er bevorzugte bei weitem Detektiv- und Actionfilme, die in den Filmarchiven von Robot City so zahlreich vertreten waren.

Er wollte gerade vorschlagen, daß einer von ihnen wieder

Posten im Gang vor dem Büro beziehen sollte, als er die leisen Schritte von Derec und Ariel vernahm, kurz bevor sie die Eingangstür des Kompaßturms erreicht hatten. Bogie sah zum Turm hinüber, und sein Blick fiel auf die Tür, noch bevor sie sich öffnete.

»Lauf!« rief er Timestep zu. »Sie kommen heraus.«

Beide liefen geräuschvoll die Straße hinunter, doch das Zweite Gesetz der Robotik, nachdem sie dem Befehl eines Menschen gehorchen mußten, brachte sie zum Stehen, als Derec schrie: »Stop!« Timesteps Fuß klopfte immer noch im selben langsamen Rhythmus auf den Boden, als Derec und Ariel näher kamen.

»Ihr beide beschattet uns«, sagte Derec. In seiner Stimme lag wieder die Festigkeit, mit der sich die Menschen meistens an Roboter wandten. »Warum?«

»Das dürfen wir nicht sagen«, antwortete Bogie. »Es ist ein vertraulicher Befehl.«

»Von wem?«

»Wir dürfen Ihnen das nicht sagen.«

»Eine weitere eurer teuflischen Sperren?«

»Ja.«

»Es ist mein Vater«, sagte Derec wütend. »Nur er würde sich solche Tricks ausdenken.«

»Ich bin immer noch nicht deiner Meinung«, sagte Ariel. »Seine Tricks wären noch teuflischer.«

»Und es gibt keine Möglichkeit, wie ich diese Sperren jetzt beseitigen könnte?«

»Nur der, der sie angelegt hat, kann sie auch wieder entfernen.«

»Wurden sie von einem Menschen angelegt?«

»Das kann ich nicht beantworten.«

»Kannst du es nicht beantworten, weil du es nicht weißt, oder weil mein Vater dir diese Sperren eingegeben hat?«

»Ich kann das nicht beantworten, weil es mir verboten ist.«

»Netter Versuch«, flüsterte Ariel, »ihn dazu zu bringen, einzugestehen, daß dein Vater der Übeltäter ist.«

»Na ja, manchmal funktionieren solche Tricks, Ariel.«

»Ich weiß, du hast es schon ein paarmal probiert.«

Derec wollte gerade fortfahren, Bogie zu befragen, als Mandelbrot und Wolruf hinter einer Häuserecke hervorkamen und sich ihnen schnell näherten. Wolruf trottete auf allen vieren dahin, wie sie es manchmal tat, wenn sie müde war. Da sie in Mandelbrots Höhe blieb und mit ihm Schritt hielt, wirkten die beiden wie ein Mann und sein Hund auf einem Spaziergang – wenn man nicht so genau hinsah.

»Wo sind unsere beiden Unruhestifter?« fragte Derec, als sie sich trafen.

»Gute Frrage«, sagte Wolruf. Sie berichtete, daß sie die beiden Silberflanken zurückgelassen hätten, weil diese die Geschöpfe untersuchen wollten, die sie entdeckt hatten, und es überraschte sie, als Interesse in Derecs Augen aufleuchtete. Er wandte sich Ariel zu und sagte aufgeregt: »Das könnten welche von den Dingern sein, die uns in diesem Gebäude angegriffen haben. Laß uns nachschauen.«

»Einverstanden. Es ist sowieso nicht gut, Adam und Eva irgendwo allein zurückzulassen, wo sie Ärger machen könnten.«

Sie gingen die Straße in der Richtung hinunter, aus der Mandelbrot und Wolruf gekommen waren. Die Außerirdische und der stets gehorsame Roboter blieben direkt hinter ihnen. Nach ein paar Schritten warf Derec einen Blick zurück auf Bogie und Timestep.

»He!« rief er ihnen zu. »Ihr beide werdet uns sowieso folgen und uns beschatten. Ihr könnt uns also genauso gut auch gleich begleiten.«

Wahrscheinlich bildete Derec es sich bloß ein, aber es kam ihm so vor, als würde ein gewisser Eifer in den Schritten der beiden Spione liegen, als sie ihm folgten.

Kapitel 9

Unruhe in Robot City

Obwohl Wolruf ihm die merkwürdige Ansiedlung auf dem unbebauten Grundstück beschrieben hatte, war Derec nicht auf das vorbereitet gewesen, was sie dort entdeckten.

Das Freudenfeuer war erloschen. Es glomm nur noch kümmerlich vor sich hin, und ein paar Rauchschwaden stiegen von einer Art synthetischem Holz auf. Das Holz, nur noch ein wirrer Haufen verkohlter und verdrehter Klötze, verströmte einen starken Geruch nach Chemikalien, der Ariel an einen defekten Nahrungsmittelsynthetisierer erinnerte, nicht gerade ihr Lieblingsgeruch.

Als nächstes erblickte Derec die Tänzer. Sie bildeten immer noch einen Kreis, bewegten sich jedoch nicht mehr. Sie lagen auf dem Boden, einige mit dem Gesicht nach oben, andere mit dem Gesicht nach unten, hielten sich immer noch an den Händen, waren aber eindeutig tot. Die Körper waren nicht mehr fortgeschafft worden, weil auch die Träger und die Totengräber gestorben waren. Während Derec über den Platz wanderte, mußte er über mehr als hundert der winzigen Leichen hinwegsteigen.

Schließlich entdeckte er Adam und Eva auf dem erst zur Hälfte vollendeten Friedhof. Eva hob behutsam eine Leiche nach der anderen auf und legte sie in eine Reihe von Gräbern, die sie schnell mit den Händen ausgehoben hatte. Es war ein merkwürdiges Verhalten, dachte Derec, das darauf schließen ließ, daß Eva Mitleid empfand. Wenn sie auch ein gewisses Verständnis für menschliche Gefühle entwickelt haben mochte, bezweifelte er doch, daß sie selbst fähig sein könnte, Mitleid zu empfinden.

Allerdings waren Adam und Eva eine neue Art von Robotern, die wie durch Zauberei auf mittlerweile zwei Planeten aufgetaucht waren (Adam hatte Eva auf dem Planeten der Schwarzkörper entdeckt, nachdem er selbst plötzlich auf dem Planeten der Wolfswesen zum Leben erwacht war), und so war nichts unmöglich. So, wie die Silberflanken ihn immer wieder überraschten, würde er sie vielleicht nie in den Griff bekommen. Vielleicht waren es wirklich die Prototypen der zu Gefühlen fähigen Roboter, eine Vorstellung, die nicht mit Derecs derzeitigem Wissensstand über Robotik übereinstimmte.

»Wo sind die hergekommen?« fragte Ariel, den Blick auf die vielen Leichen gerichtet.

»Ich weiß es nicht. Sie scheinen ein weiteres Element der Dinge zu sein, die in der Stadt schiefgelaufen sind.«

»Sind es die gleichen Wesen, die uns in dem Lagerhaus angegriffen haben?«

»Vielleicht. Das könnte aber auch eine ganz andere Gruppe gewesen sein.«

Ariel erzitterte. »Du meinst, die könnten überall in der Stadt sein und wie Nagetiere im Freien oder an dunklen Orten leben?«

»Nagetiere sind wahrscheinlich nicht der passende Vergleich. Sie scheinen wirklich menschlich oder menschenähnlich gewesen zu sein. Was glaubst du, Adam? Eva?«

Adam hielt eine der kleinen Leichen in der linken Hand und stubste sie mit einem Finger der rechten an. Der Tote war ein hagerer junger Mann mit einem kurzen Bart gewesen. Sein Körper war extrem dünn.

Adam, der Derec immer noch sehr ähnlich war, hatte einige Züge der Leiche angenommen. Sein Gesicht war dünner geworden, und auf seinem Kinn war eine Andeutung metallischer Stoppeln zu sehen. Außerdem schien er etwas größer und schlanker geworden zu sein.

»Es sind offenbar miniaturisierte Versionen von Menschen, äußerlich und innerlich«, berichtete Adam. »Ich kann eine Muskulatur erkennen, einen Blutkreislauf, Arterien und Venen, kleine zerbrechliche Knochen.«

»Sie müssen zerbrechlich sein. Jeder von uns könnte einen dieser Winzlinge zerquetschen.«

»Mußt du so was sagen?« protestierte Ariel.

»Tut mir leid, ich dachte, du wärst abgebrühter.«

Ariel sah aus, als würde sie ihm für diese Bemerkung gleich eine Ohrfeige verpassen.

»Seit wann ist guter Geschmack ein Anzeichen für Schwäche, Derec, he?«

»In Ordnung, du hast dich klar genug ausgedrückt. Ich bin ein bißchen beschränkt, wenn meine Welt so brutal durcheinandergebracht wird.«

Sie strich ihm mit dem Handrücken über die Wange. Die Berührung war so zärtlich, daß er sich sofort wünschte, er könnte seine ganze Zeit und Energie Ariel widmen.

»Adam«, sagte er, »du hast dich doch anscheinend teilweise nach der Leiche geformt. Hast du dadurch irgend etwas in Erfahrung gebracht?«

»Nur, daß ich es nicht besonders gut kann. Ich habe angefangen, das Wesen zu untersuchen, bevor es gestorben ist. Ich habe entdeckt, daß ich es nicht erfolgreich nachahmen konnte. Es war so, als hätte es nur sehr wenig Leben in sich, selbst als es noch lebte.«

Derec nickte. »Tja, vielleicht war es schon dabei, zu sterben.«

»Ja, aber es war noch mehr als das, Derec. Es steckte einfach nur sehr wenig Bewußtsein hier drinnen.« Er hielt ihm den Leichnam entgegen. Derec zuckte ein Stück zurück. Das winzige Gesicht des Mannes war schmerzverzerrt. »Der Eindruck, den ich bekommen habe, ähnelte dem, den ich von kleinen Tieren her kenne. Ich bin zu dem Schluß gekommen, daß diese Wesen Menschen ähnelten, selbst aber keine waren.«

»Ich bin anderer Meinung«, sagte Eva. Adam blickte zu ihr hinüber. Derec fragte sich, ob Adam möglicherweise etwas von dem Unbehagen empfand, das er immer dann verspürte, wenn Ariel seiner Meinung widersprach. Es herrschte eine Art Rivalität zwischen ihm und Ariel, die manchmal ihre Fähigkeit beeinträchtigte, sich vernünftig zu unterhalten. Aber als Roboter sollte Adam und Eva diese Kommunikationsschwierigkeiten eigentlich nicht haben, und es gab keinen Grund für sie, sich gegenseitig Konkurrenz zu machen.

»Wir haben nur sehr wenig von ihnen mitbekommen«, erklärte Eva, »aber hier hat eindeutig eine Gemeinschaft existiert. Sie haben sich miteinander beschäftigt, haben zusammen an einem komplexen Ritual teilgenommen, haben sich tatsächlich zu einer Art Kolonie zusammengeschlossen. Sie hatten das Bedürfnis, ihre Toten zu bestatten. Sind das nicht Beweise, daß sie zumindest eine rudimentäre Gesellschaftsform besessen haben?«

»Da hat sie nicht ganz unrecht«, stellte Ariel fest.

Derec warf Eva einen kurzen Blick zu. Ihr Gesicht schien sich leicht zu verändern. Immer wenn Ariel sprach, wurden Evas Züge ihr noch ähnlicher.

»Worauf es im Augenblick ankommt«, sagte Derec, »ist nicht, wer sie waren, sondern warum sie hier waren.«

»Hast du irgendwelche Antworten?« fragte Ariel.

»Nicht viele. Nur meinen Vater. Diese Geschöpfe könnten das Ergebnis eines seiner schäbigen Experimente sein, die er in seinem geheimnisvollen unterirdischen Labor durchgeführt hat. Er hat sie freigelassen, damit sie . . . ich weiß nicht was machen sollten. Wenn es um ihn geht, wie kann man dann . . .«

»Du solltest besser nicht genügend Argumente zusammensuchen, um dir selbst daraus einen Strick zu drehen«, sagte Avery, der wieder aus der Dunkelheit auftauchte und den freien Platz betrat. »Ja, sprich es nicht aus, Sohn. Dein alter Vater hat dich wieder einmal belauscht. Ich wäre lieber verborgen geblieben, aber ich habe es satt, daß du ständig versuchst, mir die Schuld für alles zu geben, was hier schiefgeht. Letztendlich hast du hier das Kommando, Derec. Versuch mal, dir vorstellen, daß du die Schuld haben könntest.«

»Ich bin nicht einmal hier gewesen, seit . . .«

»Ich weiß, ich weiß. Und natürlich ist es nicht deine Schuld. Aber ich war auch nicht da, vergiß das nicht.« Er schlenderte über den Platz und betrachtete das häßliche Durcheinander. »Ich erinnere mich, daß dieser Platz einmal ein kleiner Park war. Ich weiß noch, daß ich das alles für die Stadt programmiert habe, Erdboden und so weiter. Ich habe nie damit gerechnet, daß dieser Boden für Gräber benutzt werden könnte.« Er rümpfte die Nase. »Sie verfallen mit einer abnormen Geschwindigkeit, diese Körper.« Er beugte sich nach unten und hob eine der Leichen auf. »Interessante Ausführung«, murmelte er.

Ariel lief wütend auf ihn zu. »Ausführung! Wie können Sie nur . . .«

»Wie ich dieses tote Ding so kalt analysieren kann? Objektivität. Ich bin Wissenschaftler, meine Liebe. Es ist meine Geisteshaltung, wenn du so willst. Wie auch immer, das war jedenfalls kein wirkliches Lebewesen. Wenn es auch realistisch und klug entworfen worden ist, mit beachtlicher genetischer Genauigkeit, so vermute ich doch, daß dies bloß ein Android ist, eine Art spielzeuggroße Kopie eines humaniformen Roboters mit bewundernswert realistischen Einzelheiten.«

Ariel dachte an Jacob Winterson und daran, daß er genauso ›tot‹ wie dieser winzige Körper war, den Avery so unbekümmert in der Hand hielt. »Ich glaube Ihnen nicht«, sagte sie, auch wenn sie sich selbst eingestehen mußte, daß der Doktor recht haben könnte.

»Nun, meine Liebe, ich kann natürlich nicht sicher sein. Ich gebe zu, daß ich an dieser speziellen Miniatur keinen künstlichen Mechanismus entdecken kann. Aber es muß sich hier um eine geschickt hergestellte Miniatur handeln. Kennst du dich mit Miniaturen in der Kunst aus? Sie sind wirklich wunderbar. Die Künstler haben auf kleinen Flächen, die manchmal aus Pergament, Elfenbein oder Kupfer bestehen, ganz besonders detaillierte kleine Landschaften oder Portraits oder was auch immer erschaffen. Die Bemalung erfolgte teilweise mit geduldigen Strichen eines Pinsels, der nur aus einer einzigen Faser bestand. Die Einzelheiten können einen überraschen. Man könnte schwören, man würde ein kompliziertes Gemälde betrachten, das mit mechanischen Hilfsmitten im nachhinein verkleinert wurde oder mit mikroskopischen Pinseln hergestellt worden ist.«

»Wozu waren sie gut? Ich meine, warum sollte man sich eine kleine Fläche aussuchen, wenn man eine ganze Leinwand benutzen kann?«

»Vielleicht die Herausforderung, vielleicht die künstlerische Leistung, in einem so kleinen Maßstab zu arbeiten, oder vielleicht kommerzielle Interessen. Miniaturen, mußt du wissen, wurden oft in Schmuckstücke eingearbeitet – in Broschen und ähnliches –, deshalb konnte man sich mit diesem spezialisierten Handwerk auch eine hübsche Stange Geld verdienen. Als sich die Fotografie entwickelte und man kleine Fotos in Broschen einarbeiten konnte, verringerte sich die Nachfrage nach

Miniaturen, und die Maler mußten sich nach anderen Möglichkeiten umsehen, mit ihren Fähigkeiten Profit zu machen.«

»Sie klingen verbittert, Dr. Avery«, sagte Ariel. »Als wären Sie selbst ein Künstler.«

»In gewisser Weise bin ich das. Ich habe als Architekt angefangen, und Architektur ist auch eine Kunstform, wenn sie richtig betrieben wird. Robot City war mein Meisterstück – bis mein Sohn zuließ, daß es außer Kontrolle gerict.«

»Sag das nicht!« rief Derec. »Es ist nicht mein Fehler, was der Stadt zugestoßen ist.«

»Das wollte ich nicht behaupten. Ich meine nur, daß du dafür verantwortlich bist. Und jetzt entschuldigt mich, bitte. Ich möchte dieses Exemplar in mein Labor bringen, um es zu untersuchen, bevor es völlig zerfällt.«

Avery verließ mit der winzigen Gestalt, die er vor sich hoch hielt, wie er vielleicht einen Behälter mit einer flüchtigen Substanz gehalten hätte, eilig das unbebaute Grundstück. Derec starrte ihm mit glühenden Augen hinterher.

»Laß dich nicht von ihm in Wut bringen«, sagte Ariel.

»Er hat mich nicht in Wut gebracht«, behauptete Derec mürrisch.

»Natürlich nicht, und an diesem Ort hier stinkt's auch nicht. Laß uns von hier verschwinden.«

Derec und Ariel verließen den Platz in Begleitung von Wolruf, Mandelbrot, Adam, Timestep und Bogie. Eva bestand darauf, zurückzubleiben und die Bestattungen zu Ende zu führen. Wenn Derec auch ihr Benehmen eigentümlich fand, besonders für einen Roboter, ließ er sie widerspruchslos gewähren. Schließlich mußte er sich mit wichtigeren Dingen auseinandersetzen, und darüber hinaus würde die Arbeit Eva eine Weile davon abhalten, Schwierigkeiten zu verursachen.

Als er noch einmal zu ihr zurückblickte, legte sie gerade vorsichtig einen Körper in eins der kleinen Gräber. Sie tat es auf die gleiche behutsame Art, mit der ein Kind eine Puppe in eine Spielzeugwiege gelegt hätte.

Bogie und Timestep bildeten die Nachhut der seltsamen Kolonne, die durch die dunklen Straßen der Stadt zog.

»He, Kleiner, was hältst du von der Sache da hinten?« erkundigte sich Bogie.

»Ich wußte nicht, daß ich mir dazu eine Meinung bilden sollte«, entgegnete Timestep. »Keiner der Menschen hat das von mir verlangt.«

»Ja, ich weiß. Aber ich möchte bloß wissen, was mit diesen kleinen Leuten los ist, damit wir uns über unsere Pflichten klar werden, falls wir noch einmal auf lebende Exemplare treffen sollten. Sind es Menschen, und gelten die Gesetze für sie, oder was? Schließlich scheinen diese Burschen selbst nicht zu wissen, was diese Wesen sind. Wenn es Menschen sind, müssen wir uns auch um sie kümmern, richtig?«

»Es scheint so.«

»Wenn aber andererseits ihr Schicksal unvermeidlich ist, wie Derec und die anderen anscheinend glauben, dann gibt es kaum etwas, das wir für sie tun können. Wenn sie nur eine ganz kurze Zeitspanne leben und dann den Löffel abgeben, kann kein Eingreifen und keine Hilfe unsererseits ihr Schicksal abwenden. In diesem Fall müßten wir gar nicht helfen, vielleicht nur mit der Ausnahme, sie vor unmittelbaren Gefahren zu schützen.«

»Das könnte richtig sein.«

»Was sollen wir also tun?«

»Ich weiß es nicht.«

»Ich auch nicht. Wir müssen's abwarten, einfach den Fluß hochtuckern und hoffen, daß uns die Blutegel nicht aussaugen.«

»Also, ein Gutes hat das Ganze«, sagte Ariel. »So ist die Stadt viel friedlicher. Weißt du noch, daß hier früher selbst mitten in der Nacht hektischer Betrieb herrschte? Diese ganzen Anomalien könnten auch ihr Gutes haben.«

»Ariel, die Stadt verfällt, und zwar schnell, genau wie diese kleinen Gestalten. Es wird . . .«

»He, beruhige dich. Ich habe es nicht ernst gemeint.« Sie gingen fast einen Straßenblock lang verdrossen und schweigend weiter, bevor Ariel wieder etwas sagte. »Bürde dir nicht alles alleine auf, Derec. Die Stadt ist auch für mich wichtig – so wie unser Leben, so wie du.«

Ohne stehenzubleiben ergriff er ihre Hand und hielt sie fest. Ariel erwiderte seine Geste, indem sie seine Hand drückte.

»Dein Vater sieht gar nicht gut aus«, sagte sie ein paar Schritte später.

»Wenn ich jemals eine Untertreibung gehört habe, dann war das eine.«

»Er ist dein Vater. Mir ist nicht ganz wohl dabei, zu sagen, daß er verrückt ist, aber er ist es. Jemand sollte mal mit ihm reden und versuchen, ihm zu helfen.«

Derec blieb stehen und lächelte listig. »Würdest du das gerne übernehmen?«

Ariel war nicht auf die Frage oder auf die Herausforderung, die darin lag, vorbereitet gewesen, sagte jedoch nach kurzem Bedenken: »Ja. Ja, das würde ich.«

»Dann liegt es an dir. Schnapp ihn dir, wenn du kannst.«

»Mir wird schon was einfallen.«

»Darauf würde ich wetten.«

Sie gingen weiter, ihre Schritte klopften hohl auf dem Pflaster, die Stadt schien sich über ihnen zu schließen, und nach einer Weile sagte Derec: »Ich habe nachgedacht. Die Zähmung von Adam und Eva war der Hauptgrund, warum wir nach Robot City zurückgekehrt sind, und das haben wir aus den Augen verloren. Aber ich *muß* herausfinden, was hier nicht stimmt.« Wieder blieb er stehen und nahm ihre beiden Hände in seine. »Ariel, würdest du dich um die Silberflanken kümmern und sehen, was du tun kannst, um sie . . . nun, zu zivilisieren? Vielleicht gelingt es dir durch deine psychologischen Kenntnisse, eine Möglichkeit zu finden, wie du in die Gedankenwelt dieser neu entwickelten Roboter eindringen kannst. Ich weiß, daß sie für mich ein Geheimnis sind.«

»Sicher, das werde ich machen. Das wußtest du auch. Möchtest du, daß ich heute sonst noch ein paar Wunder vollbringe?«

Er lächelte. »Das wird wohl fürs erste reichen. Vielen Dank.«

»Und was wirst du in der Zwischenzeit tun?«

»Ich bin nicht sicher. Mir scheint, daß der Schlüssel zu den Anomalien irgendwo im Computer liegen muß. Ich denke, daß Mandelbrot und ich einen Ausflug hinunter ins Zentralsystem unternehmen werden, um nachzusehen, ob wir dort etwas entdecken können. Ich werde auch diese beiden mitnehmen.«

Er deutete auf Bogie und Timestep, die ebenfalls stehengeblieben waren und genau zwei Schritte hinter ihnen warteten. Hätte er genauer hingesehen, wäre Derec vielleicht aufgefallen, daß Bogie etwas merkwürdig dastand, in der leicht geneigten Haltung, die Roboter manchmal annahmen, wenn sie miteinander kommunizierten.

»Meinst du, daß ein Steptänzer und ein Sprücheklopfer helfen können? Ich meine, für Roboter sind sie unheimlich. Wenn du von Anomalien sprichst . . .«

»Aus eben diesem Grunde möchte ich sie nicht unbedingt aus den Augen verlieren.«

»Hab's begriffen, Alter.«

»Deine Ausdrucksweise verschlechtert sich. Wenn du nicht aufpaßt, sinkst du noch auf Bogies Niveau.«

»Hoff' ich nich', Jungchen.«

»Hör schon auf.«

Sie verabredeten, sich gegenseitig über ihre Fortschritte auf dem laufenden zu halten. Ariel ging mit Wolruf und Adam los, und Derec setzte seinen Weg fort, den schweigenden Mandelbrot neben sich und Bogie und Timestep im Schlepptau.

Sobald Bogie gehört hatte, daß Derec zur Computerebene hinuntersteigen wollte, wo – wie der Roboter wußte – das Auge steckte, gehorchte er seinen Anweisungen, es aufzuwecken, falls sich irgendeine Gefahr ergeben sollte. Das Signal (»Dies ist dein Weckruf, Kamerad.«) ging hinaus, und das Auge erwachte übergangslos zum Bewußtsein.

Kapitel 10

Eva unterwegs

Das Auge benötigte eine gewisse Zeit, um sich über alle Ereignisse zu informieren, die sich zugetragen hatten, während es sich in Stasis befunden hatte. Bogies Bericht, der das Auge über den Roboterverbundfunk erreichte, war eher verwirrend als hilfreich, was an dem altertümlichen Slang lag, den der Roboter sich aus den Filmen angeeignet hatte.

Das Auge konnte sich nur selbst die Schuld an Bogies Filmbesessenheit geben. Als es in Robot City angekommen war und die Kontrolle über alle Systeme errungen hatte, hatte es beschlossen, ein Netzwerk des Wissens zu errichten. Es war derart darauf bedacht gewesen, die menschliche Natur zu ergründen, daß es nicht jedesmal, wenn es eine bestimmte Information benötigte, die Zeit darauf verwenden wollte, den Computer danach zu durchforsten. Deshalb hatte es verschiedene Gruppen von Robotern damit beauftragt, Informationen zu bestimmten Wissensgebieten einzuholen und abzuspeichern. Bogie gehörte zu der Gruppe, deren Gebiet die populäre Kultur im bekannten Universum war, während Timesteps Gruppe die Unterhaltungskunst erforscht hatte. Andere Gruppen hatten sich auf solche Disziplinen wie Soziologie, Psychologie und Volkswirtschaft spezialisiert, alles Gebiete, die das Auge zur Zeit kaum brauchte, um die Stadt zu betreiben, auf die es aber vielleicht in der Zukunft würde zurückgreifen müssen. Wenn immer das Auge eine Information aus einem bestimmten Wissenszweig von einer dieser Gruppen benötigte, forderte es sie über das Verbundfunknetz an, und der Roboter, der sich auf die entsprechende Kategorie spezialisiert hatte, lieferte eine nützliche Zusammenfassung zu diesem Thema.

Einige der Roboter, wie Bogie und Timestep, hatten sich so intensiv in ihr Forschungsgebiet vertieft, daß sie äußerst merkwürdige Verhaltensmerkmale angenommen hatten, die auf ihrem neu erworbenen Wissen beruhten. Bogie hatte ein bestimmtes Benehmen und in einigen Fällen komplette Dialogzeilen aus alten Filmen der Erde übernommen, auf die er angesetzt worden war, während eine ähnliche robotische Krankheit Timestep auf eine mehr körperliche Weise beeinflußt hatte. Auch wenn Timestep nicht so besessen wie Bogie war, hatte er doch das Bedürfnis entwickelt, die Tänze, die er untersuchte, auch selbst zu tanzen. Vielleicht hatte er sich zu viele Aufnahmen von Tänzen aus allen Epochen angesehen, die im Hyperwellenmodus und mit älteren Techniken aufgezeichnet worden waren. Ein Teil seiner Nachforschungen hatte eine genaue Untersuchung der anatomischen Voraussetzungen für gutes Tanzen umfaßt, und er hatte bald damit begonnen, die tänzerischen Bewegungen selbst auszuprobieren. Eine Zeitlang hatte er Schrittfolgen aus verschiedenen Ballettarten und populären Tänzen ausgeführt. In der letzten Zeit jedoch hatte sich sein Interesse auf den Steptanz konzentriert. Welche Bewegungen er auch ausprobierte, verglichen mit den Aufzeichnungen früherer Tänzer wirkten sie immer schrecklich ungelenk, das wußte das Auge, aber in der mehr oder weniger präzisen Art und der eckigen Eleganz, mit der Timestep tanzte, lag zumindest eine gewisse Form der Vollendung.

Auch jetzt, während er Derec über die Straßen der Stadt folgte, tanzte Timestep.

Bogies Nachricht hatte besagt, daß Derec sich den Zentralcomputer ansehen wollte. Das Auge würde sich in seinem Versteck einschließen müssen. Und um den Eindringling fernzuhalten, würde es auch noch auf ein paar andere Überraschungen zurückgreifen.

Eva war sich nicht sicher, wonach sie suchen sollte. Sie wollte mehr über die winzigen Kreaturen in Erfahrung bringen, deshalb achtete sie auf Anzeichen ihrer Existenz, so wie ein Jäger nach der Fährte des Wildes sucht, auf das er Jagd macht.

Und es gab Spuren. Je genauer sie hinschaute, desto weiter vervollkommnete sie ihre Fähigkeiten als Fährtenleserin und entdeckte Spuren, die sie normalerweise übersehen hätte. In einem Rinnstein fand sie einen Mantel, der so klein war, daß sie ihn kaum zwischen den Fingerspitzen halten konnte. In einer normal funktionierenden Stadt wäre er gleich in den nächsten Abwasserkanal gespült worden. Um seinen Kragen lief eine nur schwer erkennbare zarte Stickerei. Ob kurzlebig oder nicht, während ihrer Lebensspanne hatten sich diese Wesen einige Fähigkeiten angeeignet.

Im Winkel eines Türrahmens entdeckte Eva Krümel von Nahrungsmitteln. Derec oder Ariel wären diese Krümel niemals aufgefallen, weil sie praktisch genau wie der Staub aussahen, den die zur Zeit funktionsuntüchtigen Reinigungsroboter nicht entfernt hatten.

Eva ging durch die halb geöffnete Tür weiter in das Gebäude hinein und sah, daß hier wirklich einmal eine Kolonie der Winzlinge gelebt hatte. Sie waren offensichtlich weitergezogen und hatten viele Anhaltspunkte hinterlassen, Zeugnisse ihrer Existenz. Besonders berührte sie eine kleine Metallvorrichtung, die anscheinend zum Kochen gedient hatte. Unter dem Rost lag ein winziger Aschehaufen, der darauf schließen ließ, daß man irgendeine Substanz verbrannt hatte, um die zum Kochen benötigte Hitze zu erzeugen.

Nachdem sie das Gebäude verlassen hatte, lief sie längere Zeit herum, bevor sie auf weitere Spuren stieß. Sie begegnete mehreren Stadtrobotern, von denen viele, wie sie selbst, offenbar ziellos herumwanderten. Als sie versuchte, sie anzusprechen, um sie nach den Winzlingen zu fragen, plapperten sie jedesmal etwas über gesperrte Informationen. Einige Roboter gingen weiter, ohne sie überhaupt einer Antwort zu würdigen.

Über Robot City brach die Morgendämmerung herein, und es wurde schnell heller. Die Metallflächen der Gebäude reflektierten funkelnde Lichtstrahlen. Eva war von der plötzlichen Intensität des Lichtes beinahe wie betäubt. Es mußte hier anders als in den gewöhnlichen Städten der Menschen sein, dachte sie, in denen es wahrscheinlich nicht so viele glatte und helle Oberflächen gab, die das Sonnenlicht widerspiegeln konnten.

Als sie an einem runden Gebäude vorbeikam, vernahm sie klagende Geräusche, die sie an das Wehgeschrei auf dem offenen Grundstück erinnerte. Sie blieb an der Eingangstür des Gebäudes stehen und lauschte. Da waren weitere Geräusche, leise und gedämpft, die wie die Stimmen der winzigen

Geschöpfe klangen. Eva stieß die Tür auf. Sie klemmte schon, bevor sie sich zur Hälfte geöffnet hatte, aber es gelang Eva, sich durch den schmalen Spalt zu zwängen.

Sie betrat eine Vorhalle, die, wie die meisten Räume in Robot City, in der hoffnungsvollen Erwartung künftiger menschlicher Bewohner geschmückt war. Ein verzierter Schreibtisch war strategisch in der Mitte aufgestellt worden, und an den Wänden hingen viele Bilder. Eva betrachtete sie, aber sie sagten ihr nichts. Es gab in ihrem Erfahrungsschatz nur sehr wenig, das ihr bei der Betrachtung *irgendeiner* Szene hilfreich hätte sein können. Einige der Bilder zeigten erkennbare Szenen, die meisten jedoch bestanden nur aus ungewöhnlichen Farben, die zu ungewöhnlichen Mustern zusammengestellt waren.

Eva schritt über einen tiefen Teppich mit verworrenen bunten Zeichnungen und näherte sich dem Schreibtisch. Ihr fiel auf, daß die Beine des Tisches wie Klauen geformt waren, was für einen Augenblick die Vorstellung in ihr erweckte, der Schreibtisch besäße Füße, die sich in den Teppich krallten. Merkwürdig, dachte sie, warum sollte jemand das Bedürfnis verspüren, Tierfüße in ein Möbelstück zu schnitzen? Außerdem besaß der Tisch keine geraden Linien, ein weiteres Gestaltungselement, das in ihren Augen sinnlos war. Da waren Biegungen, Jahresringe, Astlöcher und viele andere Formen, von denen sie nicht einmal wußte, was sie darstellten.

Doch es war besonders die Tischplatte, die ihre Aufmerksamkeit fesselte. Auf ihr kniete eine Gruppe Winzlinge im Kreis, die Gesichter nach innen gerichtet. Sie hielten einander an den Händen und stießen leise klagende Laute aus. In der Mitte des Kreises wiegte sich eine zierliche junge Frau, deren Bewegungen anscheinend von den Tonwechseln des Klagegesangs begleitet wurde. Wenn die Lautstärke zunahm, begann ihr Körper heftig zu zucken, nahm sie ab, wurden die Bewegungen wieder anmutiger.

Eva legte ihre Hände auf den Tisch, um sich vorbeugen und genauer hinschauen zu können, doch durch ihre schnelle Bewegung wurde die Gruppe auf sie aufmerksam. Diejenigen, die mit dem Gesicht zu ihr standen, blickten auf, die anderen wirbelten herum.

Die kleinen Wesen ließen die Hände ihrer Nachbarn los und spritzten nach allen Seiten auseinander. Direkt ihr gegenüber erblickte Eva das Ende einer kleinen Leiter, die anscheinend zur Sitzfläche eines einfachen Stuhles führte, der hinter dem Schreibtisch stand. Aber keins der Gruppenmitglieder lief zur Leiter. Als sie sich so weit wie möglich von Eva entfernt hatten, blieben sie angespannt stehen; ihre Fersen ragten fast über die Kante der Tischplatte hinaus. Sie zitterten, als würden sie sofort vom Tisch springen, wenn Eva ihnen noch näher kommen sollte. Nur die junge Frau, die sich im Zentrum des Kreises befunden hatte, blieb auf ihrem Platz stehen. Neugierig starrte sie zu dem Roboter empor.

»Wer seid ihr?« fragte Eva. Ihre Worte klangen unnatürlich laut, hallten mehrfach im Raum wider.

Sie bekam keine Antwort. Ein dürrer kleiner Mann gestikulierte von einem Ende der Tischplatte mit hektischen Handbewegungen einer Frau auf der anderen Seite zu, aber Eva konnte nicht erkennen, was die Gesten bedeuteten. Sie kam zu dem Schluß, daß die Winzlinge ihre Worte nicht verstehen konnten.

Es wäre eine bessere Idee, dachte sie, ein Friedenszeichen zu machen. Langsam legte sie ihre Hand, mit der Handfläche nach oben und mit geöffneten Fingern, auf eine freie Stelle der Tischplatte. Die Winzlinge am Rand der Platte gerieten erneut in ängstliche Bewegung, doch nach kurzem Nachdenken trat die Anführerin zuversichtlich vor, kletterte zwischen Daumen und Zeigefinger auf Evas Handfläche und ging langsam auf die Mitte zu. Einmal kniete sie nieder und befühlte Evas verformbare Metallhaut. Sie hieb mehrfach dagegen, als interessierte sie sich für ihre Beschaffenheit, betrachtete dann ihre eigene Haut, die sie eindeutig mit der Evas verglich, und wahrscheinlich fragte sie sich, warum ihr Haut so viel weicher und nachgiebiger war.

Als sie ihre Untersuchung abgeschlossen hatte, ließ sich die winzige Frau in der Mitte von Evas Handfläche nieder und schaute ruhig zu ihr empor. Eva erblickte darin ein Zeichen, daß sie ihre Hand vom Tisch nehmen, die winzige Gestalt hochheben konnte.

Sie führte die Hand dicht vor ihre Augen und betrachtete das kleine Wesen. Die Frau war ziemlich schlank, hatte zierliche Gliedmaßen und sehr kleine Hände und Füße. Ihre Kleidung war bunt und trug ein kompliziertes Muster ineinander verwobener Blätter. Über den Rücken des einteiligen Kleidungsstücks liefen Knöpfe nach unten, um die Hüfte trug sie einen leicht schief sitzenden Stoffgürtel. Ihr rundes Gesicht war genauso zierlich geformt wie alles andere an ihr. Eine winzige Nase, die schmale Linie des Mundes, Augen wie kleine Punkte. Ihr Haar war lang und wellig. Sie hatte offensichtlich einige Zeit mit seiner Pflege zugebracht. Wie sollte es möglich sein, daß diese kleinen Leute nicht intelligent waren, fragte sich Eva, wenn sie sich selbst Kleidung anfertigen konnten und so viel Mühe auf ihre äußere Erscheinung verwandten?

Unter ihr rückten diejenigen, die sich zerstreut hatten, wieder zusammen. Ehrfürchtig schauten sie zu Eva hinauf, die eine der ihren untersuchte. Sie bemerkte, daß auch die anderen Winzlinge sorgfältig gekleidet und gepflegt waren.

»Ich werde dich jetzt wieder absetzen«, sagte Eva mit gesenkter Stimme. Wieder legte sie die Hand auf die Tischplatte, ließ sie dort liegen, und die kleine Frau kletterte langsam und beinahe lässig herunter. Sie kehrte zu der Gruppe ihrer Artgenossen zurück, die sich diesmal nicht gerührt hatten, als Eva die Hand wieder auf den Tisch senkte.

Eva war sich nicht sicher, was sie als nächstes tun sollte. Die winzigen Gestalten schienen unentschlossen, während sie zu ihr emporschauten und Eva zu ihnen hinabblickte.

»Eva«, klang Adams Stimme auf. Er hatte den Raum unbemerkt betreten und stand jetzt ein paar Meter hinter ihr. »Was geht hier vor?«

Sie berichtete ihm von ihrer Suche und wie sie auf diese kleine Gruppe gestoßen war, die ihren merkwürdigen Kreis gebildet und ihre Klagegesänge angestimmt hatte.

»Es könnte sich um eine religiöse Zeremonie handeln«, bemerkte er. »Vielleicht hat die Gruppe einen Gottesdienst abgehalten.«

»Du könntest recht haben. Sie schienen um etwas zu flehen oder vielleicht zu trauern.«

»Ich sehe, daß du an ihnen interessiert bist.«

»Im Rahmen einer Untersuchung, ja. Sie sind fremdartig für mich.«

»Eine Untersuchung, bist du sicher? Es scheint für dich um mehr zu gehen.«

»Um was?«

»Du scheinst Anteilnahme für sie zu empfinden.«

»Sind wir denn überhaupt in der Lage, Anteilnahme zu verspüren?«

»Ich bin mir nicht sicher.«

»Ich mir auch nicht.«

»Ariel hat mir aufgetragen, dich zu suchen. Sie hat ihr Hauptquartier in einem Komplex aufgeschlagen, den Derec und sie als Humanmedizinisches Zentrum bezeichnen. Sie hat die Roboter weggeschickt, die zu dieser Einrichtung gehören, weil sie nicht richtig auf Anweisungen reagierten. Nun versucht sie, aus einem Computer, der medizinische Daten gespeichert hat, Informationen herauszuholen. Sie flucht immer wieder, weil er defekt oder von irgend jemandem manipuliert worden ist. Ich soll dich zu ihr zurückbringen.«

»Warum?«

»Meiner Meinung nach möchte sie uns unter Beobachtung behalten. Derec hat sie damit beauftragt, solange er sich um die Probleme mit der Stadt kümmert.«

»Was wäre es, wenn wir uns entscheiden würden, uns ihr nicht zu unterstellen? Muß sie automatisch die Befehlsgewalt über uns haben?«

»Miß Ariel scheint der Meinung zu sein, daß du aus Schwierigkeiten herausgehalten werden mußt.«

»Ist sie so sicher, daß ich in Schwierigkeiten geraten würde?«

»Es scheint so.«

»Welche Logik steckt darin?«

»Es ist nicht erforderlich, das zu analysieren.«

»Ich würde es gerne tun.«

Eva warf einen Blick auf die Schreibtischplatte. Die kleinen Wesen beratschlagten. Ihr Geschnatter war kaum hörbar, aber es schien mehr ein Ausdruck ihrer Aufregung zu sein, als daß es einen Sinn beinhaltete.

»Adam?«

»Ja?«
»Laß uns sie mitnehmen.«
»Das ist nicht erfor. . .«
»Es dient Forschungszwecken, Adam. Wir müssen bei unseren Bemühungen, die menschliche Natur zu definieren, weitere Erfahrungen machen. Sie könnten uns dabei helfen.«
Sie streckte die Hand nach der Gruppe aus und wollte so behutsam wie möglich ein paar der Winzlinge ergreifen. Doch da kehrte die Angst in ihre Augen zurück, und sie liefen auseinander.
»Nein«, sagte sie und modulierte ihre Stimme sorgfältig so, daß sie einen menschlichen, sanften und beruhigenden Tonfall annahm. »Ich werde euch nicht weh tun. Adam, siehst du hier irgend etwas, worin wir sie transportieren können?«
Adam durchforschte den Raum mit seinen Blicken. »Ich kann keinerlei Behälter entdecken.«
»Dann werden wir sie mit diesem Tisch wegtragen.«
»Eva, sie könnten herunterfallen.«
»Wir werden langsam gehen.«

Kapitel 11

Kontrapunkte

Ariel schlug mit der Faust gegen die Tastatur, daß sie hüpfte und zurückrutschte. »Dieser verdammte Computer hilft mir überhaupt nicht weiter!« schrie sie. »Er funktioniert kein bißchen besser als alles andere hier.«
Wolruf, die sich mit der Ausrüstung der medizinischen Einrichtung vertraut gemacht und Beobachtungssysteme und Tabletts mit medizinischem Gerät studiert hatte, kam zu Ariel und erkundigte sich: »Stimmt etwas nicht?«
Ihr sanfter Tonfall beschwichtigte Ariel. Wolrufs Freundlichkeit und ihre gleichzeitige Direktheit machten sie jederzeit zu einer guten Freundin.

»Es stimmt etwas nicht, richtig. Ich habe diesen Computer um Vorschläge gebeten, wie man Avery behandeln könnte, und er hat mir empfohlen, ihm zwei Aspirin zu geben und ihn ins Bett zu stecken.«

Wolruf musterte den Bildschirm. »'at err dass wirrklich vorgeschlagen? Vielleicht . . .«

»Nein, Wolruf, er hat es nicht mit so vielen Worten gesagt. Es ist nur so, egal wie sehr ich mich bemühe, eine Hypothese zu verfolgen, der Computer läßt mich in einer Sackgasse landen oder führt mich zu einem Sektor zurück, an dem ich bereits gewesen bin. Alle wichtigen Informationen sind offensichtlich an irgendwelchen Speicherplätzen verborgen worden, zu denen es keinen Zugang gibt.«

Ariel wollte sich gerade wieder dem Computer zuwenden, um sich weiter mit der verdammten Maschine herumzuschlagen, als sie von einem plötzlichen Geräusch überrascht wurde, das von draußen hereindrang. Wolrufs Kopf ruckte in die Richtung des Lärms.

»Was war das?« fragte Ariel, stand auf und sah sich nach einer Waffe um, mit der sie einen eventuellen Eindringling zurücktreiben konnte.

»Drraußen isst jemand«, sagte Wolruf und verzog die Nase.

Das Geräusch draußen klang ähnlich wie Fußtritte, dachte Ariel, aber so, als würde jemand sehr langsam und sehr heftig auftreten. Sie nickte Wolruf zu und machte ihr Zeichen, die Tür zu öffnen, während sie sich selbst auf die andere Seite des Raums zurückzog, auf einen möglichen Angriff gefaßt.

Als die Tür aufschwang, wurde ein etwas gebückter Adam Silberflanke sichtbar, der mit dem Rücken zur Tür stand und einen Schreibtisch schleppte, der auf Aurora eine hübsche Stange Geld eingebracht hätte. Ariel hatte so einen Tisch im Haus ihrer Mutter gesehen, und Juliana Welsh pflegte nur die teuersten Stücke zu kaufen. Sie investierte ihr Geld in Luxusgegenstände für ihren eigenen Gebrauch oder finanzierte damit Fanatiker mit verrückten Plänen wie Dr. Avery und sein gewaltiges Stadtbauexperiment.

Als Ariel zur Tür ging, erblickte sie Eva am anderen Ende des Schreibtischs. Sie stand gerade aufgerichtet eine Stufe tiefer und hielt ihr Ende des Möbelstücks hoch, so daß sich die Tischplatte in der Waage befand. Die beiden Roboter trugen den Tisch mit fließenden Bewegungen in den Raum und setzten ihn behutsam ab. Jetzt erst erkannte Ariel die Gruppe der kleinen Leute auf der Tischplatte.

»Wo habt ihr sie gefunden?« fragte sie. Eva erzählte ihr von ihren Erlebnissen während ihrer Suche in der Stadt.

»Sind das die gleichen Wesen wie die auf dem unbebauten Grundstück?« erkundigte sich Ariel.

»Wir können das nicht mit Sicherheit beantworten«, erwiderte Eva. »Vielleicht können Sie uns helfen, das herauszufinden.«

Ariel lächelte. »Gut«, sagte sie, »genau was ich brauchte. Ein weiteres unmögliches Problem, das mir ans Bein gebunden wird.« Sie sah, daß Eva etwas sagen wollte, und kam ihr zuvor. »Nein, ich weiß, daß du mir nichts ans Bein gebunden hast. Wir Menschen haben manchmal eine merkwürdige Art, unsere Gedanken auszudrücken, besonders wenn wir unglücklich sind. Nein, Eva, ich bin nicht unglücklich; ich übertreibe bloß. Und ich werde dir die Vorzüge der Übertreibung zu einem anderen Zeitpunkt erklären.«

Die winzigen Gestalten auf der Tischplatte musterten den Raum gründlich. Es lag eine seltsame Traurigkeit in ihren Augen, als hätten sie sofort erkannt, daß es keinen einfachen Fluchtweg gab.

Derec war längere Zeit nicht mehr in der Nähe des Zentralcomputers gewesen. Die Außenwand des Computergehäuses hatte sich irgendwie verändert, aber Derec war sich nicht sicher, welcher Art diese Veränderung war. Der komplizierte Mechanismus, der immer noch mit einer Schicht dicken und durchsichtigen Kunststoffs ummantelt war, sah wie das Werk mehrerer abstrakter Expressionisten aus, die mit verschiedenen Zeichentechniken gemalt hatten. Er wirkte keinesfalls so wie das Innenleben eines Computers.

Derec trat an das Gehäuse heran und ließ seine Finger über die Oberfläche gleiten. Als er die Hand wieder wegzog, bedeckte eine dünne Staubschicht seine Fingerspitzen. Er machte ein finsteres Gesicht, war verwundert, aber – nach allem, was bisher schiefgelaufen war – nicht wirklich überrascht. Früher war dieser Ort immer makellos saubergehalten worden. Ein paar Roboter waren hier untergebracht gewesen, deren einzige Aufgabe die Wartung gewesen war. Wo steckten sie jetzt?

Als er durch den riesigen Saal schritt, entdeckte er mehrere kleine Nischen zu ebenem Boden, die für die Roboter vorgesehen waren, welche die Putzkolonne des Computers darstellten. In einigen dieser Nischen kauerten immer noch Wartungsroboter, die aber eindeutig funktionsuntüchtig waren. Hätte er die Zeit gehabt, so hätte er sich um ihre Instandsetzung gekümmert, aber die Reparaturwerkstätten waren zweifellos zur Zeit ebenfalls ausgefallen. Bei der Vielzahl von Anomalien, um die er sich kümmern mußte, würden die nicht funktionierenden Reinigungsroboter noch warten müssen, bis sie an der Reihe waren.

Derec kehrte zu Mandelbrot zurück und hielt wortlos seine schmutzigen Fingerspitzen hoch. Bogie und Timestep standen still hinter Mandelbrot. Nun ja, nicht ganz still. Timestep klopfte mit den Zehen in einem leisen und langsamen Rhythmus auf den Metallboden.

Derec deutete auf den Computer und sagte: »Also, Jungs, ich werde da reingehen. Ihr bleibt hier, aber denkt an das Erste Gesetz, wenn ihr irgendeine Gefahr für mich verspürt.«

»Sie brauchen mich nicht daran zu erinnern«, erwiderte Mandelbrot.

»Ich weiß, ich weiß. Tut mir leid, wenn ich dich verletzt habe.«

»Wie könnten Sie mich verletzen? Das steht außerhalb der . . .«

»Ich habe das nur so dahingesagt. Gebt mir ordentliche Rückendeckung, verstanden?«

Ohne darauf zu warten, daß einer der Roboter Fragen zu seinem salopp formulierten Befehl stellte, stieg Derec die Stufen zur Plattform hinauf, die zum Eingang des Computersaals führte, und drückte auf einen roten Knopf, der in die Tür eingelassen war. Glücklicherweise funktionierte der Mechanismus noch, und die Tür glitt auf.

Allerdings war der Knopf auch der einzige Mechanismus, der noch funktionierte. Als Derec durch die Tür trat, gingen die Hitzestrahler nicht an, die Düsen sprühten keinen Schwall Druckluft über ihn, um den Staub von seinem Körper zu entfernen. Er würde den Saal in einem kontaminierten Zustand betreten müssen. Das spielte wahrscheinlich keine Rolle, denn alle Hinweise deuteten darauf hin, daß auch der Saal bereits kontaminiert war.

Um weitergehen zu können, hätte die Wand vor ihm zur Seite gleiten müssen. Da auch sonst nichts richtig funktionierte, tat sie das natürlich nicht. Derec erinnerte sich jedoch, daß direkt neben der Außentür ein manueller Überbrückungsmechanismus installiert war. Er mußte eine Weile in der Dunkelheit herumfummeln, bis er ihn gefunden hatte. Als Derec ihn betätigte, funktionierte wenigstens dieser Mechanismus. Die Wand glitt zur Seite.

Als Derec eintrat, schien er sich in einer Welt der Schatten zu befinden. In der Düsternis wirkten die Umrisse des Computers – von seinem ersten Besuch her erinnerte sich Derec an Schaltungen, Mikroprozessoren, Röhren, Verbindungsleitungen und andere elektronische Wunder – gespenstisch, unwirklich. Er brauchte Licht. Die manuellen Bedienungselemente für die Funktionen des Innenraums waren in der Nähe, und er tastete danach. Bevor er sie gefunden hatte, strich seine Hand kurz über die Schutzhülle des Auges, die es zu einem harmlos aussehenden Schrank umgeformt hatte – eine gute Tarnung, solange der Mensch nicht beschloß, seinen Inhalt zu untersuchen. Obwohl es die Berührung fühlte, spürte es noch keine Gefahr von Derec und verharrte reglos.

Derecs Schaltungen an den Bedienungselementen erzeugten nur ein schwaches Licht, doch es reichte aus, um zu sehen, daß der Hauptcomputer nicht nur defekt war, er schien auch mit einem seltsamen, dunkelgrünen Moos überzogen zu sein.

Das Auge hörte die Verbitterung aus Derecs geflüstertem Fluch heraus. Es hatte gewußt, daß die Sache mit dem Moos eine gute Idee gewesen war, wenn es auch aus einer bloßen Laune heraus auf diesen Einfall gekommen war.

Bogie hätte gerne mit Timestep über sein Dilemma gesprochen, aber da Mandelbrot bei ihnen war, konnten sie sich nicht ungestört unterhalten, weder laut noch über das Verbundfunknetz. Er konnte nicht wissen, ob Mandelbrot in der Lage war, das Gespräch in der einen oder anderen Form mitzuhören, aber es war sinnlos, es auf einen Versuch ankommen zu lassen.

Das Problem, mit dem Bogie im Augenblick zu kämpfen hatte, lag in seiner Loyalitätspflicht. Er spürte, daß das Auge in der Nähe war, irgendwo innerhalb der durchsichtigen Ummantelung, vielleicht in der Nähe von Derec. Was wäre seine Pflicht, fragte er sich, wenn einer der beiden den anderen angreifen sollte? Bis zur Ankunft von Derec und den anderen hatte seine Loyalität dem Auge gegolten. Das Erste Gesetz verlangte, den Menschen zu schützen, aber würde das einen Konflikt mit seiner Loyalität dem Auge gegenüber verursachen? Es wäre hilfreich gewesen, wenn Bogie das Auge einmal gesehen hätte, das zwar behauptete, ein Mensch zu sein, sich jedoch nicht sonderlich menschlich benahm und von sich selbst weder in der männlichen noch in der weiblichen Form sprach. Wenn es ein Mensch war, hatte es dann Derec in der Befehlshierarchie von Robot City abgelöst? Konnte er Derec gestatten, dem Auge Schaden zuzufügen? Mußte er Derec zu Hilfe eilen, falls das Auge ihn angreifen sollte?

Es half ihm nicht, die Befehle gegeneinander abzuwägen. Derecs Befehl, ihm bei einem Notfall zu Hilfe zu kommen, war neueren Datums, während die Forderung des Auges nach pflichtbewußtem Gehorsam schon seit längerem in Kraft war.

Alles, was er zur Zeit tun konnte, entschied Bogie, bestand darin zu hoffen, daß das wahre Leben sich von den Filmen unterschied, in denen dem Happy-End so oft gewalttätige Handlungen vorausgingen. Er verspürte im Augenblick nicht das Bedürfnis, darin verwickelt zu werden.

Die Winzlinge hatten sich offenbar wieder beruhigt, nachdem Ariel sich ihnen genähert hatte. Sie hatte einen Stuhl an den Schreibtisch herangezogen, ihre Hände sorgsam außer Sicht gehalten und zu den kleinen Leuten gesprochen. Ihre Worte spielten keine Rolle, das war ihr klar gewesen. Die Winzlinge besaßen ihre eigene Sprache. Wer auch immer sie erschaffen hatte, hatte darauf verzichtet, ihnen eine bekannte Sprache einzuprogrammieren, vielleicht mit Absicht.

Jetzt saßen sie in einem Halbkreis da, die Gesichter Ariel zugewandt, und schienen zuzuhören und Ariel zu verstehen, die ihnen mit leiser Stimme das Märchen von Cinderella in einer Version erzählte, die sie mit alten auroranischen Variationen ausgeschmückt hatte. Cinderella mußte die Haushaltsroboter beaufsichtigen (da kein Auroraner niedere Küchenarbeit verrichtete), und der Glasschuh, den sie auf dem Ball zurückgelassen hatte, wurde durch einen persönlichen Roboter ersetzt. Der Gesandte des Prinzen war damit beauftragt worden, zu untersuchen, wie der Roboter auf die Mädchen des Landes reagierte. Wenn er zu der geheimnisvollen schönen Frau käme, die mit dem Prinzen getanzt hatte, würde der Gesandte an den Reaktionen des Roboters erkennen können, daß sie die Gesuchte war. Einer der gehässigen Stiefschwestern wäre es beinahe gelungen, den Gesandten hereinzulegen (da der Roboter zum Haushalt gehört hatte, reagierte er auch auf die anderen Familienmitglieder), doch da kam Cinderella herein. Der Roboter ging unverzüglich zu ihr, und so konnte der Gesandte erkennen, daß das hübsche Mädchen, das soviel einfacher als seine Stiefschwestern gekleidet war, tatsächlich die schöne Frau der letzten Nacht in den verschwenderischen Kleidern gewesen war.

Die Silberflanken und Wolruf, die auf der anderen Seite des Schreibtischs standen, waren ebenfalls von Ariels Version des Märchens gefangen, auch wenn Eva Adam ununterbrochen Fragen stellte, die dieser nicht beantworten konnte. Sie kam zu dem Schluß, daß das märchenhafte Mädchen wie sie selbst eine Gestaltwandlerin sein mußte, und daß das der Grund dafür war, weshalb sie so wunderbare Dinge mit Kürbissen und Haustieren vollbringen konnte.

Ariel kam zum Ende ihrer Geschichte und wollte gerade sagen, daß der Prinz und Cinderella in aller Ewigkeit glücklich und zufrieden lebten, aber dann dachte sie an die Fragen, die die Silberflanken ihr vielleicht stellen würden, besonders wie es möglich sei, daß ein Menschenpärchen ewig lebte, selbst wenn es sich um langlebige Auroraner handelte, und so verschluckte sie den üblichen Spruch und sagte nur, daß für das glückliche Pärchen in den nächsten Dekaden alles zum Besten bestellt gewesen sei.

Als sie geendet hatte, blickten die winzigen Leute sie gespannt an, als wollten sie mehr hören. Nachdem es Ariel jedoch erst einmal gelungen war, sie zu beruhigen, war es an der Zeit, mehr über sie herauszufinden. Aber was? Sie hatte einen Haufen winziger Menschen vor sich, die anscheinend vernunftbegabt waren, möglicherweise – wenn Avery recht hatte – androider Natur, letztendlich eine intelligente Version der mechanischen Spielzeuge, mit denen sie als Kind gespielt hatte. Sollte sie ausprobieren, ob sie eine Blechtrommel spielen oder steifbeinig wie die Zinnsoldaten marschieren konnten? Eva hatte erzählt, daß sie die Winzlinge auf dem freien Platz beim Tanzen beobachtet hatte, und diese Gruppe hätte irgendeine Zeremonie abgehalten.

Zeremonie, das war der Schlüssel. Welche Art von Leben auch immer in ihnen wohnte, was für eine ›Zivilisation‹ sie in ihrem kurzen Leben auch entwickeln konnten, es hatte den Anschein, als sei alles in Zeremonien eingebunden.

Ariel näherte vorsichtig eine Hand der Tischplatte, in sicherem Abstand von der sitzenden Gruppe entfernt, und begann mit der Spitze ihres Zeigefingers einen kleinen Kreis zu ziehen. Dabei summte sie eine alte Melodie, ein Lied über eine Frau, deren Geliebter in den Krieg zog, getötet wurde und als Geist zu ihr zurückkehrte. Sie wußte, daß es traurig klang, auch wenn sie den Ton nicht genau halten konnte.

Zuerst sah die Gruppe nur zu, wie Ariels Finger über die Tischplatte wanderte, dann stand die Anführerin auf und machte befehlende Gesten in Richtung ihrer Gefolgsleute. Sie gesellten sich zu ihr, klatschten in die Hände, bildeten einen Kreis und begannen, langsam im Rhythmus von Ariels Melodie zu tanzen. Tränen traten in Ariels Augen, als sie zusah, wie die kleinen Leute anmutig und mit großer Eleganz tanzten. Es war herrlich, sowohl der Tanz als auch die Tatsache, daß die Winzlinge sie so schnell und so leicht verstanden hatten.

Sie hörte auf, mit den Finger den Kreis zu ziehen, und nahm ihre Hand von der Tischplatte. Kurz darauf verharrten auch die Tänzer und blickten erwartungsvoll zu Ariel empor, die nickte, ihre Hand wieder auf die Tischplatte sinken ließ und diesmal eine Acht mit dem Finger zeichnete. Sie ließ den Finger schneller kreisen und summte ein temporeicheres Lied, in dem es um das Glück ging, sich in den Wäldern Auroras zu vergnügen. (Das auroranische Lied ließ Heimweh in ihr aufsteigen, und einen Moment lang fragte sie sich, wann sie wohl in ihre Heimat würde zurückkehren können. So wie die Dinge standen, könnte es durchaus geschehen, daß sie den Rest ihres Lebens damit zubrachte, zusammen mit Derec allerlei Gefahren gegenüberzustehen und sich nach einer friedlicheren Zeit mit ihm zu sehnen.)

Die Tänzer stellten sich erneut in einer Reihe auf. Mit der Anführerin an der Spitze begannen sie einen hübschen, schnellfüßigen Tanz, wobei sie viel genauer eine Acht beschrieben, als Ariel sie zeichnen konnte. Jetzt liefen ihr die Tränen über die Wangen, und Eva bemerkte sie.

»Was ist los, Miß Ariel? Sind Sie verletzt?«

Evas Reaktion, dem Ersten Gesetz entsprechend, berührte Ariel. »Nein, es geht mir gut. Ich habe das schon immer gemacht, wie ein kleines Kind geheult, wenn ich etwas gesehen habe, das mit so viel Kunstfertigkeit ausgeführt wird. Ich meine, das ist beinahe wie ein Tanz, sogar wie ein Ballett, so zierlich, wie sie sich bewegen. Die Leute glauben manchmal, ich würde sentimental reagieren, aber es hat überhaupt nichts damit zu tun. Es ist mehr meine Art, auf die Schönheit dieser Vorführung zu reagieren, oder noch eher auf die Tatsache, daß eine solche Schönheit überhaupt möglich ist. Vielleicht ist es wirklich eine Art Sentimentalität, aber sie beruht auf Bewunderung, nicht auf zärtlichen Gefühlen. Aber davon verstehst du nicht viel, stimmt's, Eva?«

»Stimmt.«

»Ich ebenfalls nicht«, sagte Dr. Avery, der – wie gewöhnlich – ohne Vorwarnung aus einem Versteck heraustrat. Er war durch die Tür getreten, die offen geblieben war, nachdem die Silberflanken den Schreibtisch hereingebracht hatte. Ariel war so überrascht, daß sie nicht wußte, was sie sagen sollte, obwohl sie sich schon überlegte, wie sie ihn zum Bleiben bewegen konnte, um zu versuchen, ihn zu heilen.

»Wenn irgend etwas für deine Theorien über Kunst oder überhaupt für *irgend jemandes* Theorien spricht, dann jedenfalls kein ehrfürchtiges Atemholen beim Anblick von gelungenen Aufführungen oder Seufzer der Bewunderung für eine gut ausgeführte Arbeit. Aber das ist auch unwichtig für mich, denn ich glaube nicht, daß Kunsttheorien irgendeine Bedeutung haben. Ich glaube, daß die Phantasie ein Fluch ist, wenn sie sich nicht in den Dienst der angewandten Wissenschaften stellt. Künstlerische Arbeiten sind Müll, solange sie nicht ein sinnvolles Theorem darstellen.«

Ariel erinnerte sich an Lucius' Skulptur, die der ›Unterbrecher‹ genannt worden war, das einzige wirkliche Kunstwerk eines Roboters von Robot City. Sie erinnerte sich, wie sehr es dem Doktor zuwider gewesen war, und sie wußte, daß Avery die Wahrheit gesagt hatte. Er verabscheute künstlerische Werke tatsächlich.

»Hat man diesen Standpunkt nicht früher als Utilitarismus bezeichnet?« fragte Eva.

Avery schien beeindruckt. »Also wirklich, sie sieht dir erstaunlich ähnlich, Ariel, nicht wahr? Und sie ist möglicherweise klüger als du. Die alte Philosophie, der Utilitarismus, ähnelt vielleicht vage den Vorstellungen, die meinen Worten zugrunde liegen.«

Er trat an den Rand des Schreibtischs und starrte auf die winzigen Gestalten hinab. Als er zu sprechen begonnen und Ariel zu singen aufgehört hatte, hatten sie ihren Tanz abgebrochen. Nun blickten sie zu Avery auf. Die Angst war in ihre Gesichter zurückgekehrt.

»Ich kann verstehen, warum du dich wie Gott fühlst, wenn du mit ihnen spielst, meine Liebe«, sagte er.

»So etwas habe ich nie gesagt.«

»Oh, aber ich konnte einen gottähnlichen Ausdruck in deinem Gesicht erkennen. Du hast dir überlegt, wie du ihnen Steintafeln von einem Berg schicken oder ein Meer für sie teilen könntest, stimmt's?«

»Nein, das ist nicht wahr!«

»Ich habe das nicht wortwörtlich gemeint. Aber ich glaube, daß du versuchst, eine Beziehung zu ihnen herzustellen, die gottähnlich ist, daß du sie studierst und nach einer Möglichkeit suchst, ihre ärmliche Existenz zu verbessern.«

»Ich habe Miß Ariel gebeten, sie zu untersuchen«, warf Eva ein.

»Ist das wahr? Du versetzt mich immer wieder in Erstaunen. Wie heißt du noch gleich? Eva, ja? Du bist wirklich eine Glanzleistung der Robotik. Da wir gerade beim Thema Gott sind, wer hat dich erschaffen?«

»Das weiß ich nicht.«

»Wird diese Information durch irgendein Programm blockiert?«

»Nein«, widersprach Adam. »Wir kennen unsere Schöpfer nicht. Wir sind beide in einem eiförmigen, embryonalen Zustand auf einem Planeten aufgetaucht, ohne zu wissen, woher wir gekommen sind.«

»Embryonal? Wie seid ihr zu eurem derzeitigen Aussehen gekommen? Derec und Ariel haben euch nicht dazu veranlaßt, euch nach ihrem Bild zu formen.«

»Wir haben uns nach ihrem Muster geprägt, deshalb ähneln wir ihnen. Ich habe vorher viele andere Gestalten besessen.«

Avery war beeindruckt. »Hmmm, ich muß dieser Sache nachgehen, aber ein Experiment nach dem anderen. Ich versuche, mich nicht auf mehrere Dinge gleichzeitig zu konzentrieren. Das ist schädlich für meine Arbeit. Und die betrifft im Augenblick diese gelungenen kleinen Spielzeuge. Ich muß eines davon auseinandernehmen und herausfinden, wie es funktioniert.«

»Seien Sie nicht so herzlos«, protestierte Ariel wütend. »Sie können nicht einfach einen von ihnen nehmen und ihn umbringen.«

»Genau das habe ich vor. Wie sollen wir sonst irgend etwas über sie herausfinden?« Er sah sich in dem Raum um. »Und dieser Ort ist ideal, die richtigen Instrumente für eine Sektion sind vorhanden. Ich will keine Zeit verschwenden und erst . . .«

»Nein!« rief Ariel. »Das können Sie nicht tun. Das werde ich nicht zulassen.«

»Meine Liebe, deine Tränen waren schon sentimental genug. Hör auf, diese Dinger ritterlich beschützen zu wollen. Es sind bloß mechanische Erzeugnisse. Ziemlich hochentwickelte, ja, aber . . .«

»Begreifen Sie denn nicht? Schauen Sie doch hin. Es sind intelligente menschliche Wesen.«

Ariels Abneigung Avery gegenüber hatte sie dazu veranlaßt, einen gegensätzlichen Standpunkt einzunehmen, obwohl sie noch vor kurzem genau der Ansicht gewesen war, die der Doktor jetzt vertrat.

»Keineswegs«, erwiderte Avery. »Es sind, da bin ich mir sicher, genetisch hergestellte Versuchsobjekte. Ein paar miniaturisierte menschliche Zellen haben sich vermehrt und unglaublich detailgetreue Körper gebildet, aber sie sind nicht wirklich lebendig.«

»Sie haben getanzt. Sie haben mit mir kommuniziert.«

»Ich bin überzeugt, daß sie einen hervorragenden Ersatz für Kuscheltiere hergeben, aber was du gesehen hast, war das Ergebnis kybernetisch erzeugter Impulse.«

»Es interessiert mich nicht, was, zum Teufel, in ihnen steckt, oder ob sie sogar in einem Labor hergestellt worden sind. Es sind richtige Menschen mit einer echten Kultur.«

»Nur ein paar anthropologische Faktoren, die ihnen bei der Herstellung mitgegeben wurden.«

Avery streckte schnell den Arm aus und ergriff einen Winzling, einen rundlichen, pausbäckigen Mann. Er begann sich in seiner Hand zu winden, während sich die anderen in allen Richtungen über die Tischplatte verteilten.

Derec fragte sich, warum er in Momenten wie diesem so oft das Bedürfnis verspürte, auf die Toilette zu gehen. Hier im Computerzentrum gab es keine. Es gab auch keinen Grund dafür, hier eine zu installieren, da Menschen im allgemeinen nur selten hierherkamen. Er würde zur Oberfläche von Robot City hinaufsteigen müssen, um eine Toilette zu finden (es gab sie fast in allen Gebäuden der Stadt), aber wenn er dort ankam, würde er zweifellos entdecken, daß alle Toiletten, wie der Rest der städtischen Einrichtungen, defekt waren. Und er wollte sich nicht einmal vorstellen, wie eine defekte Toilette aussehen würde.

Versuchsweise berührte er ein herunterhängendes Stückchen Moos. Er war überrascht, daß es weich statt glitschig war, trocken statt feucht. *Es ist künstlich*, dachte er, *aber warum sollte irgend jemand künstliches Moos herstellen und es in großen Haufen wie hier über einen Computer hängen?*

»Dieser Teil ist eindeutig tot«, sagte er laut. »Vielleicht kann ich ihn mit Strom versorgen.«

Er suchte nach einer Eingabevorrichtung, die Art von Tastatur, die für die Kommunikation mit dem Zentralcomputer entworfen worden war. An der Wand war eine Reihe von Monitoren angebracht, aber alle Tastaturen waren entfernt worden.

»Es muß jemand hier gewesen sein, der sie weggenommen hat«, murmelte Derec vor sich hin. »Kein Computer könnte das eigenständig bewerkstelligen. Irgend jemand pfuscht an den Sachen herum. Aber wer? Wer sonst, wenn nicht mein Vater? Es muß hier noch irgend jemanden geben, von dem ich keine Ahnung habe.«

Während er mit sich selbst redete, lehnte er am Versteck des Auges, das über die in Derecs Worten liegende Ironie amüsiert gewesen wäre, wenn es einen Sinn für Ironie besessen hätte. Es untersuchte Derec genau (die Schutzhülle blockierte seine Wahrnehmungen nicht) und fand viel über ihn heraus, was ihm entgangen war, als es ihn über die Spionagesysteme der Stadt beobachtet hatte. Sein Körper strömte einen moschusartigen Geruch aus, was wahrscheinlich daran lag, daß er noch nicht die Zeit gefunden hatte, ein Bad zu nehmen, seit er auf dem Planeten eingetroffen war. Da die Sprühduschen allesamt nicht funktionierten, würde Derec bald wohl noch strenger riechen.

Und der junge Mann besaß ein erstaunliches Gewicht. Er war kompakter gebaut, als er aussah, und innerhalb seines Körpers war noch mehr Gewicht konzentriert. Derecs äußere Hülle, welche die Menschen Haut nannten, war von weicherer Beschaffenheit als erwartet, zumindest für das Auge, das bisher nur die harten Oberflächen der Roboter kennengelernt hatte.

Es hätte sich ihm beinahe gezeigt, wurde jedoch von Derecs plötzlichem Fluch überrascht. Der Mann lief zum Mittelpunkt des Raums und blickte nach oben, wo das Auge die Tastaturen an Kabeln zu Trauben aufgehängt hatte. Es waren drei Trauben, die wie seltsame Früchte aussahen.

Derec wirbelte herum und schien jetzt zu der Decke zu sprechen. »Was ist hier überhaupt los? Wer bist du, du dreckige, verdammte Abwasserblase?« Das Auge war erstaunt, daß Derecs Worte keinen Sinn ergaben. In dem Abwasserkanal, durch den es gekommen war, hatte es nichts Schmutziges gegeben, und Abwasser könnte durchaus ein Kompliment sein. »Warum machst du das? Warum verwandelst du meine Stadt in ein Dreckloch?«

Das Auge war verblüfft über Derecs Wut. Wenn diese Regung auch zu den Verhaltensmerkmalen der Menschen gehören sollte, hatte Derec doch bisher nicht den Eindruck erweckt, der Typ zu sein, der die Beherrschung verlor. Nun aber war sein Gesicht ziemlich rot angelaufen, und er zitterte am ganzen Körper.

Das Auge hoffte, daß Derec verschwinden würde, damit es seiner Schutzhülle die normale Form zurückgeben und sie in der hinter der Wand verborgenen Nische verstauen konnte, wo es sie gewöhnlich unterbrachte, und wo es Robot City eine Zeitlang aussperren konnte. Es mußte seine nächsten Schritte vorausplanen und sich überlegen, ob es sie gegen Derec oder in eine andere Richtung unternehmen sollte. Es konnte weder Derec noch seinen Gefährten etwas antun, genausowenig konnte es unter normalen Umständen irgendeinem Roboter der Stadt Schaden zufügen. Aber es würde die Stadt zerstören können, überlegte es. Es brauchte nur einen logisch begründeten Anlaß, um damit zu beginnen.

Ariel stürzte sich sofort auf Avery, als der das winzige Geschöpf ergriff. Doch sie war nicht schnell genug. Eva hatte Avery schon vorher erreicht. Sie packte ihn von hinten und zwang seinen Arm langsam nach unten, bis er seine Beute freiließ. Als der kleine Mann zu seinen Artgenossen zurückgelaufen war, ließ Eva Avery los.

Er wirbelte zu ihr herum, Wut in den Augen.

»Wie kannst du es wagen, mich anzugreifen?«

»Erstes Gesetz«, antwortete sie. »Das Ergebnis Ihrer Handlungen hätte im Tod des Menschen durch Ihre Hand bestanden.«

»Aber das ist kein Mensch! Es ist ein Android, ein Roboter wie du!«

»Das könnte stimmen, aber es ist nicht bewiesen. Ich sehe einen Menschen. Ich darf nicht gestatten, daß er zu Schaden kommt. Und, Sir, könnte unter diesen Umständen nicht auch das Dritte Gesetz zur Anwendung kommen?«

»Wie das?«

»Wenn das Wesen ein Roboter ist wie wir, sollten wir dann nicht unseresgleichen wie uns selbst vor Schaden bewahren?«

Vielleicht täuschte sich Ariel, aber sie hatte den Eindruck, daß Avery vor Wut über Evas Frage beinahe erstickte. Jedenfalls antwortete er nicht sofort. Er starrte Eva nur so an, wie er es vielleicht getan hätte, wenn die Frage von einem Ebenbürtigen gekommen wäre.

»Wie, zum Teufel, bist du auf diese Idee gekommen?« fragte er schließlich.

»Sie erschien mir logisch.«

Avery wirkte für einen Augenblick verblüfft, dann erklärte er Eva langsam und methodisch: »Eva, du und Adam, ihr seid beide eine sehr wertvolle Ware. Es besteht keine Notwendigkeit für euch, euch einer Gefahr auszusetzen, wenn nicht die Sicherheit eines Menschen auf dem Spiel steht. Das ist es, was das Dritte Gesetz besagt. Es geht nicht um eine Gemeinschaft von Robotern, die ethische Grundsätze entwickeln, die auf diesem Gesetz basieren. Ihr habt nicht, ich wiederhole, *ihr habt nicht* die Pflicht, euresgleichen so zu schützen wie euch selbst.«

»Ich bin mir in diesem Punkt nicht sicher«, sagte Adam und trat vor. »Vor allem, weil viele robotische Angelegenheiten sich anders für uns darstellen, für Eva und mich. Soviel wir wissen, sind wir die einzigen unserer Art. Wenn ein Funktionsroboter desaktiviert wird, gibt es viele andere Funktionsroboter, die seinen Platz einnehmen können. Wenn aber die Existenz Evas oder die meine bedroht ist, glaube ich, daß der andere verpflichtet ist, alles zu unternehmen, um uns zu schützen.«

Avery lächelte. »Das grenzt beinahe schon an Theologie, Adam. Ihr scheint euch fast schon als eine eigene Spezies zu betrachten, die die Aufgabe hat, eure Art genauso gut wie euch selbst zu erhalten.«

»Möglich«, bestätigte Adam. »Ich glaube, damit könnten Sie recht haben, ich weiß allerdings bisher noch nicht, warum.«

»Wir wissen nicht genau, wer wir sind, was wir sind«, sagte Eva. »Es könnte sein, daß die Drei Gesetze nicht die einzigen sind, denen wir gehorchen müssen, oder daß unsere Existenz von einer anderen Art und Weise abhängt, die Drei Gesetze zu interpretieren.«

Avery schüttelte mehrmals verwirrt den Kopf. Ariel bemerkte, daß gleichzeitig eine gewisse Bewunderung für die Silberflanken in seinen Augen lag.

»Du bewegst dich an der Grenze zum Existenzialismus, Eva«, sagte er. »Aber ich glaube, du liegst vollkommen falsch. Paß auf, Menschen haben eine Geschichte, die sie erhalten, Wissenschaft und Philosophie, die sie über Generationen weitergeben müssen. Sie *müssen* andere Menschen vor Schaden bewahren. Sie haben einen lebenswichtigen Grund, auch wenn viele unter ihnen, vielleicht sogar die Mehrheit, keine Neigung zu solchen selbstlosen Taten zeigen. Als Roboter, Adam und Eva, besteht eure einzige Pflicht darin, die Investition zu schützen. Es ergibt keinen Sinn, euch ohne Notwendigkeit zerstören zu lassen. *Aber* ihr habt auch keinen Grund, mehr oder Besseres in euch selbst zu sehen, keine höhere Bestimmung und keine philosophischen Spekulationen, erst recht keine ethischen Vorstellungen, der Beschützer des jeweils anderen zu sein. Der entscheidende Punkt ist der, daß du *mir* geschadet hast, obwohl du das nicht darfst.«

»Für Sie bestand keine Gefahr, für den kleinen Mann schon«, entgegnete Eva.

»In Ordnung, in Ordnung. Dann gelobe ich dir also: Ich habe nicht die Absicht, dem winzigen Geschöpf, das dir so viel bedeutet, irgendeinen Schaden zuzufügen. Die Gesetze treten in dieser Situation nicht in Kraft, hast du das verstanden?«

Eva und Adam waren unsicher, was sie tun sollten. Es schien, als würde der Schwur des Doktors sie davon abhalten, etwas gegen ihn zu unternehmen. Aber trotzdem . . . auch wenn er das winzige Geschöpf jetzt mit Vorsicht behandelte, war der zukünftige Schaden, den er ihm in seinem Labor zufügen mochte, ein ausreichender Grund für ein Eingreifen?

Als Avery sich wieder dem Tisch näherte, trat Ariel ihm in den Weg, ein Skalpell in der Hand. »Aber ich kann Sie aufhalten, Dr. Avery, denn es gibt keine funktionierenden Gesetze der Humanik.«

»Und ich«, mischte sich Wolruf ein, »kann ohne Einschrränkungen 'andeln, weil ich wederr ein Mensch noch ein Rroboter bin, und ess gibt keine Gessetze der Caninoiden.«

Avery blickte von Ariel zu Wolruf und dann zu den beiden Robotern. Ein flüchtiges Lächeln huschte über sein Gesicht. Eigentlich war es mehr der Vorbote eines Lächelns als ein wirkliches Lächeln. Dann zog er sich einen Stuhl von der nächsten Wand heran und ließ sich schwer darauf niedersinken.

»Warum streite ich mich überhaupt mit euch?« fragte er mit leiser, sorgenvoller Stimme. »Ich bin kein Mensch. Ich habe mich in einen Roboter verwandelt.«

Ariel wollte gerade sagen, daß diese Vorstellung seinem Wahnsinn entsprungen war, doch dann hatte sie eine Idee. »Es hat geklappt, nicht wahr? Sie haben ein positronisches Gehirn und alles andere? »Natürlich«, murmelte Avery.

»Als Roboter müssen Sie dann also mir, einem Menschen, gehorchen. Richtig?«

»Was willst du . . . ich habe nie . . . ich kann nicht . . .«

Die ganze Wut in seinen Augen schien zu erlöschen, und er sank in seinem Stuhl zusammen. »Ja«, murmelte er. »Ich muß dir gehorchen. Zweites Gesetz. Ich werde Ihnen gehorchen . . . Miß Ariel.«

Ariel rieb sich die Hände. Sie hatte keine Ahnung, wie lange sie dieses neue Spiel spielen konnte, aber es gab ihr die Gelegenheit, den Doktor für ihre beiden Projekte zu benutzen. Seine hohe Intelligenz konnte ihr bei der Untersuchung der winzigen Geschöpfe helfen, und mit seinen Wahnvorstellungen zu spielen, mochte die Antwort auf die Fragen nach seiner Heilung sein.

»Setzen Sie sich gerade hin, Dok. . . Augenblick, wie heißt du jetzt?«

Er blickte mit traurigen Augen zu ihr auf und fragte schwach: »Name?«

»Hast du einen Roboternamen? Hast du dir schon einen ausgesucht?«

Ihre Frage schien ihn einen Moment lang zu verwirren.

»Ja, ich habe mir einen ausgesucht«, sagte er dann. »Jetzt gerade.«

»Und wie lautet der?«

»Ozymandias.«

»Sehr gut. Das ist der Name eines Gedichts, nicht wahr?«

»Ja. Es ist ein Gedicht über einen ehemals mächtigen König, einen ›König der Könige‹. Am Fuß seiner Statue stehen die Worte: ›Sieh meine Werke, du Mächtiger, und verzweifle!‹«

»Wie hübsch. Ich hoffe, du meinst sie nicht ironisch. Also, ich habe noch nicht verzweifelt, und das solltest du auch nicht tun. Nebenbei, das ist ein Befehl, Ozymandias!«

»In Ordnung, kümmern wir uns um unsere Arbeit. Ich bin nicht sicher, womit wir anfangen sollen.«

Derec kam mit einem leidenden Gesichtsausdruck aus dem Computerraum zurück. »An dem Computer ist schlimm herumgepfuscht worden, Mandelbrot«, sagte er. »Wir haben eine Menge Arbeit vor uns.«

»Ja. Ich werde Ihnen dabei helfen.«

»Danke. Laß uns gehen.«

Als Derec ein paar Schritte weit gegangen war, rief Bogie ihm hinterher: »Was ist mit uns, Derec? Was sollen wir machen?« Derec verschluckte eine beleidigende Antwort und fragte statt dessen: »Habt ihr im Augenblick irgendwas zu tun?«

Das Auge hatte den beiden Robotern keine weiteren Befehle erteilt, also konnte Bogie wahrheitsgemäß antworten: »Nein.«

»Nun, ja, ich glaube, ihr beiden habt euch in mein Herz getanzt und geklugschwätzt. Warum heftet ihr euch nicht an unsere Fersen? Das heißt, folgt uns.«

»Ich weiß, was ›an die Fersen heften‹ heißt«, sagte Bogie, und Derec fragte sich, ob da nicht ein Anflug von Beleidigung in der Antwort des Roboters mitgeklungen hatte.

Kapitel 12

Enttäuschungen

Es juckte Avery in den Fingern, eins der kleinen Wesen zu packen, die Ariel jetzt ›die Tänzer‹ nannte, und es unter einem mikroskopischen Beobachtungsgerät mit einer Auswahl der guten chirurgischen Instrumente auseinanderzunehmen, die in der medizinischen Einrichtung vorhanden waren. Da Ariel aber verboten hatte, den Tänzern irgendeinen Schaden zuzufügen, würde die Sektion einen Verstoß gegen das Zweite Gesetz darstellen, und er durfte das Zweite Gesetz nicht verletzen. Ariel behauptete immer noch, daß eine Sektion wegen der grundsätzlichen Menschlichkeit der Tänzer ebenfalls ein Verstoß gegen das Erste Gesetz sei, aber diese groteske Idee lehnte er rundweg ab.

(Im Hintergrund seines Bewußtseins erinnerte er sich manchmal fast daran, ein Mensch und damit nicht an Ariels Befehle gebunden zu sein. In solchen Momenten näherten sich seine Hände automatisch dem nächsten Tänzer, und seine Finger begannen zu zittern.)

Ariel ihrerseits hatte das Gefühl, von einem Strudel zum nächsten getrieben zu werden. Jeder Strudel stellte eine andere Aufgabe dar, ein anderes Ziel. Im Mittelpunkt des einen befand sich Avery, der immer verrückter wurde. Die Tänzer, die sowohl ihre Träume wie auch ihren Alltag beherrschten, wirbelten in der Mitte eines anderen Strudels. Der dritte enthielt Adam und Eva, die – wenn auch ziemlich fasziniert von den Tänzern – nach wie vor unberechenbar und oft ungehorsam waren. Erst gestern hatte Ariel sie bei dem Versuch erwischt, den Tänzern akrobatische Kunststücke beizubringen. Eva hatte einen ergriffen, einen Mann, ihn fest aber behutsam zwischen den Fingern gehalten und versucht, ihm zu zeigen, wie man eine Reihe freier Überschläge ausführte. Das kleine Geschöpf war offensichtlich ängstlich gewesen, wenn es sich auch nicht gewehrt hatte. Avery hatte die Vermutung geäußert, daß die Tänzer sie als Götter betrachteten und deshalb bei jeder

Dummheit mitspielten, die sich ein Gott ausdachte, wie gefährlich es auch war.

Die Silberflanken waren anscheinend bereit, alles zu tun, um Ariels Befehle zu umgehen. Sie hatten das Problem, ob Ariel und Derec wirklich Menschen waren, oder ob es sich bei ihnen um die richtige Art von Menschen handelte, auf die ihre geheimnisvolle und unklare Programmierung ausgerichtet war, offensichtlich noch nicht gelöst. Sie wußten, daß sie den Menschen dienen und sich nach ihrem Vorbild formen sollten, aber sie hatten keine Richtlinien mit auf den Weg bekommen, was ein Mensch war und wie man einen erkennen konnte. Derecs und Ariels Verhalten verwirrte sie immer wieder (und die verrückten und widersprüchlichen Handlungen von Avery erst recht), und es fiel ihnen schwer, genau diese Menschen als Repräsentanten der am höchsten entwickelten Lebensform des Universums zu akzeptieren.

Vor kurzem war Adam noch der Überzeugung gewesen, die Schwarzkörper seien intelligenter als die Menschen, denen er bis dahin begegnet war, und Eva hatte den Worten eines wahnsinnigen Schwarzkörpers geglaubt, der behauptet hatte, der einzige Mensch in der Galaxis zu sein. Ihre Fehler waren für ihren Argwohn ebenso verantwortlich wie ihre Zweifel, was Derec, Ariel und Avery betraf.

In gewisser Weise waren sie auf der Suche nach einer überlegeneren Art von Menschen und taten Derec und Ariel wie auch die Tänzer als eine primitive und untergeordnete Form dieser Spezies ab, die ihre Loyalität und ihren Gehorsam nicht wert waren. Demzufolge reagierten sie manchmal wie alle anderen Roboter auf die Anforderungen, die ihnen die Gesetze der Robotik vorgaben, während sie wiederum bei anderen Gelegenheiten jedes Wort eines Befehls in Frage stellten oder eine Situation, in der das Erste Gesetz zum Tragen, kam, so endlos lange analysierten, daß Derec und Ariel umgekommen wären, bevor die Silberflanken etwas unternommen hätten, um sie vor Schaden zu bewahren. Und manchmal zeigten sie sich ganz einfach störrisch, verweigerten Befehle ohne Grund und Anlaß, als wollten sie die Menschen schlicht und einfach ärgern.

Ariel hatte beschlossen, sie wie Menschen zu behandeln, die

ihre menschlichen Schwäche hatten. Waren sie gehorsam, dann erteilte sie ihnen Befehle, waren sie es nicht, dann ignorierte sie sie. Es gab ohnehin schon genug zu tun, ohne auch noch die Silberflanken zu verhätscheln.

Heute waren Adam und Eva wieder einmal einigermaßen fügsam. Besonders Eva war zur Zusammenarbeit bereit, als Ariel mit den Tänzern arbeitete. Eva stand neben dem Schreibtisch und beobachtete die Winzlinge genauso intensiv wie Ariel, und sie sah dabei oft genauso aus, ein Zustand, der Ariel auf die Nerven ging. Als die Tänzer gefüttert werden mußten, übernahm Eva freiwillig diese Aufgabe. Sie nahm einen Tänzer in die Hand, legte etwas zu essen auf einen Finger der anderen Hand, und dann nahm ein Tänzer nach dem anderen die Krümel von ihrer Fingerspitze und aß sie mit sichtlichem Vergnügen. Die Tänzer aßen immer in einer bestimmten Reihenfolge, die Anführerin zuerst. Sie hatten einen Hang zur Ordnung, der nach Ariels Ansicht ihre Menschlichkeit bewies.

Sie hatte mit Hilfe des chemischen Nahrungsmittelprozessors einen geeigneten Speiseplan für die Tänzer aufgestellt und mehrere Speisen ausprobiert, bis sie einige gefunden hatte, die ihre Schützlinge annahmen. Sie war froh, daß Derec beschlossen hatte, bei der Instandsetzung der Stadtsysteme die Maschinen zur Lebensmittelherstellung zuerst zu reparieren. Er hatte sich gleich, nachdem er als erstes die Toiletten wieder funktionstüchtig gemacht hatte, darum gekümmert.

»Könnten wir sie wieder dazu bringen, das Spiel zu spielen?« fragte Eva, nachdem der letzte Tänzer den letzten Krumen von ihrer Fingerspitze genommen hatte.

»Aber sicher. Das ist der einzige Fortschritt, den ich mit ihnen erzielt habe.«

Avery, der schmollend in einer Ecke gesessen hatte (von Wolruf bewacht, weil er schon vier Fluchtversuche unternommen hatte), kam näher und sprach Ariel von hinten an.

»Natürlich haben Sie überhaupt keinen Fortschritte gemacht. Es gibt kaum etwas, was wir tun können. Wenn Sie mich nur an sie heranlassen würden . . .«

»Spar dir deine Worte, Ozymandias. Ich werde dir nicht erlauben, sie zu ermorden.«

»Aber es wäre kein *Mord*. Es sind lediglich Spielzeuge. Es sind nicht einmal miniaturisierte Frankensteinmonster oder Golems; es sind nur mechanische Geräte. Miß Ariel, in der Vergangenheit gab es auf der Erde mehrere von Menschen erbaute Apparate, die andere Menschen dazu brachten, sie für richtige Lebewesen oder sogar für Wunderwesen zu halten. Es gab zum Beispiel eine mechanische Ente, die nicht nur den Anschein erweckte, zu fressen und zu quaken, sie schied auch mit ihrem hinteren Ende Substanzen aus. Es gab einen Roboter, der Schach spielte und überzeugend Großmeister besiegte, eine kleine Figur mit einer Gänsefeder, die mühsam, aber korrekt einen Brief schreiben konnte, eine ähnliche Figur, die Dame und Mühle spielte. Es gab Figuren, die sich wie lebendige Wesen bewegten, die sogar atmeten. Milchmädchen, die Eimer schwangen, und Bergsteiger mit Tirolerhüten, die anscheinend sehr realistisch wirkten, kamen aus Uhren hervor. Als die Technik weiter fortgeschritten war, erfanden die Menschen die ersten Roboter, Maschinen, die eigentlich nicht sehr viel leisteten, die aber recht erstaunlich und wie lebendig waren. Sie sehen also, Ariel, Ihre Gestalten auf der Tischplatte stellen nur die Fortführung einer langen Tradition dar. Sie sind zum Teil aus Zellen gezüchtet und werden zum Teil durch technische Vorrichtungen kontrolliert, aber es sind nicht die kleinwüchsigen Menschen, die Sie so vehement beschützen wollen.«

Ariel seufzte. Sie hatte schon so oft solche Tiraden des Doktors in verschiedenen Ausführungen gehört, daß sie ihm am liebsten an die Gurgel gesprungen wäre und ihn erwürgt, zumindest aber irgendwie seine Zunge entfernt hätte, damit sie nicht mehr seine verrückte, weinerliche Stimme hören mußte. Aber solange Roboter in der Nähe waren, wurde sie glücklicherweise durch das Erste Gesetz daran gehindert, derart drastische Maßnahmen zu ergreifen. Deshalb konnte sie ohne Schuldgefühle in solchen Tagträumen schwelgen. Und da sie gerade dabei war, fiel ihr ein, daß sie sich nicht einmal darauf verlassen konnte, daß Adam oder Eva Avery zu Hilfe kommen würden. Wenn ihnen an diesem Tag die Laune nicht nach dem

Ersten Gesetz stand, würden sie vielleicht unbeteiligte aber interessierte Zuschauer bei einem richtigen Mord werden.

Vielleicht war es keine so schlechte Idee, Avery zu erwürgen.

»Hast du irgend etwas Konstruktives anzubieten, Ozymandias?« erkundigte sie sich.

»War das nicht konstruktiv?«

»Überhaupt nicht. Weißt du, was mir wirklich stinkt? Daß du dich für einen Roboter hältst und die Roboter trotzdem so abfällig einschätzt.«

Er schüttelte heftig den Kopf. »Im Gegenteil, Miß Ariel. Sobald wir uns erst einmal darauf geeinigt haben, daß diese Leute wirklich künstlich hergestellte Erzeugnisse sind, werde ich ihnen dieselbe Verehrung entgegenbringen, die ich allen Robotern entgegenbringe, selbst dem kleinsten Funktionsroboter, der Zimmer abstaubt und Abfall aufsammelt. Der Roboter stellt die höchste Existenzstufe dar, und ich bin stolz darauf, ein Roboter zu sein.«

Sie konnte Avery nicht ewig hinters Licht führen. Manchmal redete er ganz normal – oder zumindest so, wie es für einen Mann normal war, dessen Verschrobenheit Legende war –, und dann wechselte er wieder in sein robotisches Ich über, lobte seine Vollkommenheit oder ließ sich endlos über die Vorzüge seines positronischen Gehirns aus. Derec drängte sie weiter, sich mit ihm zu beschäftigen, als könnten Mitleid und kluge Gespräche mit ihm zu einer Heilung führen. Das war einfach eine zu große Anforderung. Averys Irrsinn überstieg bei weitem alles, was Ariels hausgemachte Psychologie bewältigen konnte.

Aber sie mußte es versuchen. Sie hatte es versprochen.

Während Avery und Ariel sich unterhielten, trat Eva näher an den Tisch heran. Sie wollte zusehen, wie die Tänzer ihr Spiel spielten, das nicht anfangen konnte, bevor Ariel ihnen nicht ihre Aufmerksamkeit widmete.

Oder brauchte sie gar nicht auf Ariel zu warten? Ja, wieso eigentlich auf sie warten?

Sie legte ihre Hand auf die Mitte des Schreibtischs, aufrecht und mit dem Daumen nach oben. Die Tänzer reagierten sofort auf das Signal und bauten sich in zwei Gruppen rechts und links von Evas Hand auf. Als sie bereit waren, hob Eva die Hand und ließ ein winziges zusammengeknülltes Papierstückchen in die Mitte der Schreibtischplatte fallen. Sofort stürzten die Tänzer darauf zu. Einer von ihnen, der rundliche, den Avery hatte sezieren wollen, erwischte den Papierball als erster. Er ergriff ihn und begann damit wegzurennen, doch die gegnerische Mannschaft formierte sich schnell. Eine Frau sprang dem Mann mit dem Papier in den Weg und bedeutete den anderen, zu ihr zu kommen. Es dauerte kaum einen Augenblick, bis sie ihn eingekreist hatten. Sie durften sich während des Spiels nicht absichtlich berühren. Das war eine von Ariels ersten Regeln gewesen, die sie während ihrer Untersuchungen entwickelt und den Tänzern mit einer Reihe von Handzeichen übermittelt hatte. Als der Spieler umzingelt war, mußte er das Papier abgeben, und das tat er auch. Seine Gegner warfen den Ball zwischen sich hin und her, während die andere Mannschaft dicht zusammenblieb und aufmerksam auf den nächsten Spielzug wartete, um den Spieler, der das Papier trug, einkreisen zu können.

Plötzlich stürmte eine dünne, hagere Frau vor, die noch dünner und hagerer geworden war, seit die Silberflanken die Tänzer in die medizinische Einrichtung gebracht hatten. Sie hatte sich den Papierball unter den Arm geklemmt. Die andere Mannschaft formierte sich neu, so daß sie die Frau leicht einschließen konnten, aber diese drehte sich plötzlich um und warf das Papier an einen Mann zurück, der hinter ihr lief. Der wiederum warf es schnell einem zweiten Mann zu, der an der Kante der Schreibtischplatte stand. Der zweite rannte mit dem Papier in gerader Linie an der Kante entlang zur anderen Seite des Schreibtischs. Niemand konnte ihn abfangen.

Als er die andere Seite erreicht hatte, setzte er sich urplötzlich hin, legte das Papier vor sich auf die Platte und machte davor eine halbe Verbeugung. Dadurch wurde die Gültigkeit des Punkts besiegelt. Ariel hatte das Spiel von einer alten auroranischen Sportart übernommen, doch diese Prozedur hatte sie den Tänzern nicht beigebracht. Anscheinend wurden sie derart von

Ritualen beherrscht, daß sie irgendwelche rituellen Handlungen vollziehen mußten, wenn es ihnen gelang, einen Punkt zu erzielen.

Der Mann erhob sich und ließ das Papier dort liegen, wo er es abgesetzt hatte, ein Zeichen für Eva, es wieder aufzuheben und erneut auf die Mitte der Platte fallen zu lassen, sobald sich die Mannschaft neu formiert hatten. Sie wollte es gerade loslassen, als Ariel sie scharf anherrschte:

»Eva! Ich habe dir nicht erlaubt, mit dem Spiel zu beginnen!«

Eva, die das Papier über die gespannt wartenden Tänzer hielt, blickte auf. »Ich wollte damit anfangen. Da Sie sich mit Ozymandias unterhalten haben, habe ich beschlossen . . .«

»Es steht dir nicht zu, Entscheidungen zu treffen. Du hast immer noch nicht begriffen. Du bist der Roboter, ich bin der Mensch. Du hast meine Befehle abzuwarten.«

»Wir sind uns nicht sicher, daß das richtig ist.«

Ariel warf verzweifelt die Hände in die Luft. Sie konnte diese Art robotischer Spitzfindigkeit gerade jetzt nicht gebrauchen. Resigniert starrte sie auf die Tischplatte und seufzte: »Meinetwegen. Wer führt?«

Ariel hatte das Recht auf verzweifelte Gesten nicht allein gepachtet. In einem anderen Teil der Stadt ballte Derec die Fäuste und widerstand nur mühsam der Versuchung, sie auf den nächstbesten Gegenstand niederfahren zu lassen.

»Wieder ein fehlerhafter Versuch?« fragte Mandelbrot. Derec hätte beinahe losgelacht. Ein fehlerhafter Versuch? Mist, ein völliger Fehlschlag!

»Anscheinend will uns unser Computer noch nicht den vollen Zugriff gestatten, Mandelbrot. Das ergibt einfach keinen Sinn. Es ist so, als würde der Computer mit mir spielen, mir einige Dinge erlauben und mir andere verwehren.«

»Ist das möglich?«

»Ich glaube schon. Irgendwo in der Stadt steckt irgend jemand, derselbe, über den mir die Roboter nichts erzählen können, und er oder sie hat den Computer zur Zeit im Griff. Es ist etwas derartig . . . wie soll ich sagen, *Nichtmenschliches* an den Maßnahmen unseres Eindringlings, daß ich mit einem Alien rechne, das so intelligent wie die Schwarzkörper und so bösartig wie Aranimas ist.«

Aranimas war das Alien gewesen, das Derec auf seinem Schiff gefangengehalten und versucht hatte, ihn zu seinem Sklaven zu machen, bevor Derec nach Robot City gekommen war. Das Beste an diesen furchtbaren Erlebnissen war gewesen, daß er Ariel und Wolruf getroffen und den so wunderbar loyalen Mandelbrot aus Ersatzteilen konstruiert hatte.

Mit einer ausholenden, abweisenden Armbewegung, die eindeutig dem Computer galt, erhob sich Derec und begann auf und ab zu wandern. »Mandelbrot, ich müßte eigentlich das Kommando führen, aber er, sie oder es läßt es nicht zu. Diese Person gestattet uns, einige Informationen aus dem Computer herauszuholen – wie man die Nahrungsmittelautomaten aktiviert, die Toiletten, die Gleitwege, Heizung und Beleuchtung –, aber nur die Daten, die wir für unser Überleben brauchen. Wenn es darum geht, den Computer vollständig zu aktivieren, die Dienstleistungen der Stadt wieder in Betrieb zu setzen, die Roboter mit den ihnen zugewiesenen Aufgaben zu betrauen, verhindert der oder die Unbekannte, daß ich irgend etwas erreiche. Er oder sie hat offensichtlich nicht vor, uns zu vernichten, jedenfalls nicht im Augenblick. Aber er, sie oder es verbirgt eindeutig irgend etwas vor uns. Seine Identität, natürlich, aber vielleicht auch mehr. Vielleicht ist irgend etwas Bedeutsames an seiner Identität, über das wir nichts erfahren sollen. Oder über seine weiteren Pläne.«

»Was ist mit den Chemfets?« erkundigte sich Mandelbrot. »Früher haben sie immer die richtigen Informationen über die Stadt geliefert.«

»Das ist das wirklich Verrückte, Mandelbrot. Die Chemfets funktionieren zur Zeit genausowenig wie die Stadt. Oh, ich bekomme hin und wieder den einen oder anderen Eindruck über unseren mysteriösen Besucher, aber keinen wirklichen Anhaltspunkt, wer oder was er oder sie oder es ist. Und ich bekomme so eine undeutliche Ahnung, daß es irgendeine Lösung gibt, aber sie bleibt einfach außerhalb meiner Reichweite. Auf jeden Fall sind die Chemfets genauso durcheinandergeraten wie Robot City. Es gibt Augenblicke, in denen ich sie kaum aufspüren kann. Und das hasse ich mehr, als ich dir erklären kann.«

Er streckte die Arme aus, als könnte er so die Chemfets aufwecken. »Weißt du«, fuhr er fort, »früher habe ich die Chemfets einmal für ein teuflisches Übel gehalten. Ich dachte, sie würden mich beherrschen, kreuz und quer durch meine Adern flitzen und mich krank machen. Jetzt, da sie ausgereift sind und ich eine Verbindung mit ihnen eingegangen bin, komme ich nicht mehr damit klar, wenn sie nicht funktionieren. Ich versuche verzweifelt, sie zu aktivieren, und es gelingt mir nicht. Es ist wie mein Problem mit der Stadt. Ich möchte, daß Robot City wieder arbeitet. Ich muß es schaffen. Und doch ist es, als hätte mir irgend jemand Steine in den Weg gelegt. Es muß eine Möglichkeit geben, Mandelbrot, und ich werde sie finden.«

Das Auge lauschte Derecs Worten mit einer gewissen Befriedigung. Wieder in seine natürliche Gestalt zurückgekehrt, doch unter mehreren Lagen der moosähnlichen Substanz, die es über dem Computer verteilt hatte, vollständig verborgen, überlegte es sich seine nächsten Schritte.

Der merkwürdige Ausdruck, den Derec benutzt hatte – Steine in den Weg legen – schien auch auf die Situation des Auges zuzutreffen. Während Ariel und Avery mit ihren Untersuchungen der Serie C, Gruppe 21, fortfuhren, schien es ihm nicht sicher zu sein, die Roboter wieder zu aktivieren, die die ursprüngliche Laborarbeit bei der Herstellung der verschiedenen Gruppen geleistet hatten. Es hatte diese Roboter davon überzeugt, daß weitere Nachforschungen über die Gesetze der Humanik nötig seien und daß sie, da es keine Menschen in der Stadt gab, ihre eigenen herstellen müßten. Natürlich war dem Auge klar, wie Avery festgestellt hatte, daß ihre kleinen Modelle keine richtigen und vollständigen Menschen waren, daß es sich bei ihnen nur um robotisch aktiviertes biologisches Material handelte, dem eine menschliche Gestalt verliehen worden war. Das Auge hätte sie in jeder beliebigen Gestalt herstellen, hätte ihnen sogar sein eigenes Aussehen verleihen können, aber es hatte sich dazu entschieden, ihr Äußeres nach Bildern historischer Gestalten zu formen, die es aus einer Computerdatei abgerufen hatte.

Da die Eindringlinge so viel von seiner Zeit in Anspruch nahmen, konnte das Auge auch keins seiner anderen Experimente durchführen. Es hatte in Kürze mit einem Belastungstest beginnen wollen, um herauszufinden, wie stark die Metallplastiklegierung, aus der die Stadt bestand, unter verschiedenen Umständen beansprucht werden konnte. Es hatte vorgehabt, die verschiedenen Möglichkeiten der Stadt in vollem Umfang zu erforschen und sie nach Abschluß seiner Untersuchungen nach seinen eigenen Bedürfnissen neu aufzubauen und neu zu gestalten.

Die Gesetze der Humanik interessierten es, weil es herausfinden wollte, was ein Mensch eigentlich war. Irgend etwas knapp unterhalb der Schwelle seines Bewußtseins zwang es, Menschen ausfindig zu machen und sich an ihnen zu messen. Es gab Momente, in denen es hoffte, Derec und Ariel oder Adam und Eva würden sich als die wirklichen Menschen erweisen, damit es diese Frage klären und sich seiner weiteren Bestimmung widmen konnte, wie immer die auch aussehen mochte. Es war davon überzeugt, eine Bestimmung zu haben, die sich ihm schließlich offenbaren würde.

Doch mehr als alles andere vermißte das Auge die Möglichkeit, der größten Frage nachzugehen, vor der es stand: wer oder was es war. Es mußte *irgend etwas* sein, in irgendeine Kategorie der Existenz passen. Denn es existierte ja.

Es könnte ein Mensch sein, obwohl es mit den Eindringlingen – falls diese Menschen waren – keine körperliche Ähnlichkeit besaß. Und wer von ihnen war ein Mensch, Ariel und Derec, Adam und Eva, der furchtbare Avery? Doch in seinem natürlichen Zustand, oder zumindest in dem Zustand, in dem es das Bewußtsein erlangt hatte, hatte es lediglich wie eine formlose Masse ausgesehen. Später hatte es entdeckt, daß es über die Fähigkeit verfügte, seine Gestalt zu verändern. Jetzt würde es die *Gestalt* eines Menschen annehmen können, aber würde es dadurch ein Mensch *sein*? Hatten diese Menschen ihr Leben in der gleichen teigartigen Form begonnen? Hatten sie sich ursprünglich in ihren Schutzhüllen verborgen, bis sie entschieden hatten, wie sie aussehen sollten?

Das Auge fragte sich, ob es irgendein Tier sein könnte. Es schien in Robot City keinerlei einheimische Tiere zu geben, deshalb konnte es diese Frage nur aufgrund der Informationen nachgehen, die es aus den Datenspeichern des Computers erhielt. Diese Daten verwirrten es nur noch mehr, denn es entdeckte keinerlei Verbindungen zu irgendeinem der dargestellten Tiere, deren Daten es abrief. Darüber hinaus stellte es fest, daß viele der sogenannten Tiere den sogenannten Menschen in vielen Belangen ähnelten. Waren auch sie eine Art von Menschen?

Es könnte ein Roboter sein, doch diese Vorstellung lehnte es am nachdrücklichsten ab. Es hatte die Roboter studiert und sie als zu unterwürfig und zu einfach programmiert eingestuft. Wenn sie auch bewundernswerte Konstruktionen waren, erschienen sie dem Auge doch nicht komplex genug, als daß es sich ihrer Daseinsform hätte zuordnen können. Es konnte sich nicht davon überzeugen, daß es irgendwelche Ähnlichkeiten zwischen ihm und einem Roboter gab. Wenn überhaupt, betrachtete es sich eher als einen Computer denn als einen Roboter. Aber es war von intelligentem Leben erfüllt, das der Computer von Robot City nicht besaß. Deshalb war es zu dem Schluß gekommen, daß es auch kein Computer sein konnte.

Was war es?

Es war entschlossen, das bald herauszufinden.

Adam Silberflanke wanderte durch die Straßen von Robot City, ohne zu wissen, wohin er ging oder warum er das Medizinische Zentrum verlassen hatte. Er hatte gesehen, wie sehr sich Eva auf Ariel und die Tänzer konzentriert hatte, und so war er zu der Überzeugung gelangt, bei ihren Experimenten überflüssig zu sein. Manchmal unterhielten sich Ariel und Eva so intensiv über das Verhalten der Tänzer, daß sie ihn gar nicht mehr wahrzunehmen schienen.

Es war nicht so, daß Adam sich verletzt oder auch nur verärgert gefühlt hätte, weil man ihn ignorierte. Ein Roboter verspürt nicht die Stiche der Zurückweisung, die den Menschen bei solchen Gelegenheiten so schwer zu schaffen machen. Unter normalen Umständen fühlte sich ein Roboter nicht übergangen oder gar ignoriert. Schließlich kann ein Roboter sogar eine lange, lange Zeit allein auf einer Stelle stehen bleiben, auch wenn überhaupt nichts geschieht.

Was Adam hauptsächlich bemerkt hatte, und zwar auf eine logische Art, war, daß es bei Ariels und Evas Arbeit keine Aufgabe für ihn gab. Da Robot City in einer Krise steckte und Ariel und Derec nicht so recht wußten, wie sie ihre jeweiligen Probleme lösen sollten, war er der Meinung, daß es irgend etwas geben müßte, was er unternehmen konnte. Es wäre für ihn eine fürchterliche Verschwendung seiner Zeit und Fähigkeiten gewesen, an einem Ort zu bleiben, wo er nicht gebraucht wurde. Der Erbauer oder die Erbauerin der Silberflanken hatte mit ihnen zweifellos etwas Besonderes erschaffen wollen. Sie waren gezwungen, durch einen direkten oder indirekten Befehl eines Menschen zu dienen und nützlich zu sein, eine Forderung, die sich aus dem Zweiten Gesetz ergab.

Adam kam zu dem freien Platz, wo sie die erste Gruppe der Tänzer entdeckt hatten. Das Gelände war jetzt vollkommen leer, ohne die geringste Spur seiner früheren Bewohner. Das war eine weitere Anomalie. Wer hatte alle Spuren entfernt, die auf ihr Leben hindeuteten, einschließlich der Überreste des Lagerfeuers, um das sie getanzt hatten? Wer hatte den Boden geglättet, so daß nicht einmal eine Spur ihrer Gräber zu entdecken war? Anscheinend funktionierten einige der Stadtroboter doch noch.

Während seiner Wanderung kam Adam zu einem Park, in dem genau zurechtgeschnittene Büsche in regelmäßigen Abständen entlang eines glattgeharkten Weges standen. Es waren keine Fußspuren auf dem Gehweg zu erkennen, und es gab keine Menschen, die auf den Bänken unter den hoch aufragenden Bäumen des Parks hätten Platz nehmen können. Es schien Adam ein Widerspruch zu sein, daß ein Park wie dieser und etliche andere Gelände von Robot City so offensichtlich für menschliche Bewohner geschaffen worden waren und es bisher erst so wenige Menschen auf dem Planeten gegeben hatte. Die Stadt selbst schien nutzlos, so nutzlos, wie auch er sich im Augenblick vorkam.

Als er den Park hinter sich gelassen hatte, erreichte Adam ein Stadtviertel, wo sich Gebäude in einem Halbkreis um einen nicht funktionierenden Springbrunnen erstreckten. In Straßenhöhe reihte sich ordentlich Geschäft an Geschäft mit unbeschrifteten Reklametafeln aneinander.

Die wenigen Roboter, die durch die Straßen gingen, waren mit ihren eigenen Aufgaben beschäftigt. Keiner blieb bei den Gebäuden stehen. (Adam fragte sich, warum er beim Anblick dieser Roboter nicht das Gefühl hatte, zu ihnen zu gehören. Wie konnte er ein Roboter sein und sich gleichzeitig derart von anderen Robotern getrennt fühlen?) Es lagen keine Waren in den Schaufenstern, und es gab vor allen Dingen keine Käufer, die dort hätten einkaufen können. Wie der Park eine weitere Anomalie Robot Citys.

Geschäfte und Parkanlagen, die einen bestimmten Zweck dienten, und keine Möglichkeit, ihren Zweck zu erfüllen. Das Problem ähnelte seinem eigenen, dachte er. Er besaß nicht nur die Fähigkeit, sich nach anderen Lebewesen zu formen, er konnte ihnen auch erstaunlich ähnlich werden, konnte genauso gut ihre Verhaltensmuster und Wesenszüge annehmen, wie er ihre körperliche Erscheinungsform nachahmte. Er konnte sich sogar zum Anführer solcher Lebewesen aufschwingen, wie er es bei der Sippe getan hatte. War das der Sinn seines Lebens in diesem Universum, oder wenn nicht der Sinn seines Lebens, dann der der Parameter seiner Existenz? Er spürte den *Zwang* in sich, die Gestalt von anderen Lebewesen anzunehmen, er *mußte* damit fortfahren, bis er sein Problem gelöst hatte, herauszufinden, was ein Mensch war. Er hatte keine Aufgabe in Robot City, es gab niemanden, nach dem er sich hätte formen können. (Er wußte nicht, daß dieser frustrierende Zustand zu Derecs und Wolfrufs Plan gehörte, und diese wiederum wußten nicht, wie erstaunlich erfolgreich ihr Plan sich entwickelt hatte, zumindest in Adams Fall. Es wäre Adam niemals eingefallen, daß er gerade gezähmt wurde. Er hätte sich vehement dagegen gewehrt, wenn es ihm bewußt gewesen wäre.)

Wie er es auf dem Planeten der Schwarzkörper getan hatte, wechselte er in die Gestalt der Wolfswesen über und begann, die Straßen von Robot City entlangzulaufen, dann probierte er die Schwarzkörperform aus, schlug unbeholfen mit den Schwingen und stieß sie sich an den Wänden der Gebäude. Danach wurde er zu einem Funktions-Roboter, sammelte Abfall auf und warf ihn in einen Gulli, und schließlich nahm er Derecs Gestalt an, dann Ariels und zum Schluß Averys.

Doch keine der Verwandlungen konnte ihm Befriedigung verschaffen. Er hatte das alles früher schon getan.

Er brauchte ein neues Lebewesen, nach dem er sich formen konnte.

Er verwandelte sich in seine Sippengestalt zurück, damit er die Sterne anheulen konnte, die am Himmel der Stadt ausgebreitet waren.

Dann wurde er wieder zu Derec und wanderte durch die Straßen zurück zum Medizinischen Zentrum, ohne irgend etwas in der Stadt erreicht zu haben. Ihm wurde bewußt, daß er sich in gewisser Weise wie die Leute aus den alten Überlieferungen verhielt, über die er in den Computerdateien gelesen hatte, die Art von Legenden, in denen Menschen ihre Fäuste dem Himmel entgegenreckten und das Universum herausforderten.

Er empfand diese Vorstellung als merkwürdig. Er konnte dem Himmel die Fäuste drohend entgegenrecken, aber – und vielleicht war das traurig – er konnte nicht wirklich das Gefühl nachvollziehen, das hinter dieser Geste lag. Das *menschliche* Gefühl, das zu dieser Geste führte.

Kapitel 13

Avery und die Silberflanken

Ariel erwachte übergangslos. Sie hatte gar nicht bemerkt, daß sie geschlafen hatte. Sie mußte eingenickt sein, den Kopf gegen die Rückenlehne des gepolsterten Stuhls gestützt, den sie an den Schreibtisch herangezogen hatte.

Es war ein beunruhigendes Gefühl, wenn man wieder erwachte und auf rund ein halbes Dutzend Tänzer hinabblickte, die zu einem emporstarrten, während der Rest von ihnen irgendein Spiel spielte, dessen Sinn Ariel bisher noch nicht begriffen hatte. (Sie hielten sich gegenseitig die Hände hin, die Handflächen nach oben oder nach unten gedreht, eine beliebige Anzahl Finger ausgestreckt, manchmal auch die Hände zu Fäusten geballt.) Auf ihren Gesichtern lag ein fragender Ausdruck, als wüßten sie gerne, warum ihr Gott immer wieder seinen Schlaf benötigte. Die Tänzer selbst schienen nie zu schlafen. Ariel hatte sie beobachtet und auch die Silberflanken mit der Überwachung betraut, doch sie hatten bei den Tänzern keine Schlafperioden feststellen können. Ariel fragte sich manchmal, wie es wäre, wenn man das gesamte Leben lang wach bleiben würde. Würde man eine ganze Menge mehr erledigen können, oder würde das ununterbrochene Bewußtsein einen in den Wahnsinn treiben?

Wie immer, wenn sie die Tänzer über einen längeren Zeitraum nicht beobachtet hatte, zählte sie diese. Es waren immer noch vierzehn. Gut. Also war Avery nicht irgendwie Wolrufs Wachsamkeit entschlüpft, als sie schlief, und hatte sich nicht zum Schreibtisch geschlichen, um eins der winzigen Wesen zu entführen.

Ariel warf einen kurzen Blick auf die andere Seite des Raumes, wo Avery schlaff in einem Stuhl hing und offensichtlich schlief. (Wenn er sich für Ozymandias hielt, bestand er darauf, daß er nie schlief.) Wolruf saß auf dem Boden und behielt den Doktor im Auge, während sie gleichzeitig in einem Bildband über auroranische Kunst blätterte, den Ariel in der kleinen Bibliothek entdeckt hatte, die zur medizinischen Einrichtung gehörte. Sie beschäftigte sich damit, um mehr Übung beim Lesen zu bekommen und sich Wissen über menschliche Sitten anzueignen. Seit Ariel sie kennengelernt hatte, hatte Wolruf beim Lesen von Standard wie auch bei der Beherrschung der Sprache erhebliche Fortschritte gemacht. Durch ihre Aufgabe, Avery zu bewachen, hatte sie die Zeit gefunden, sich weiterzubilden, was Menschen und Roboter betraf.

Ariel fiel nichts ein, was sie als nächstes mit den Tänzern hätte anfangen können. Sie hatte mehrere Tage lang die Gebräuche der Winzlinge beobachtet, und es schien kaum noch etwas zu lernen zu geben. Sie hatte sich bemüht, mit ihnen zu kommunizieren, doch abgesehen von den Handzeichen, die erforderlich waren, um ihre Aufmerksamkeit zu erregen oder um Spiele zu beginnen, waren die meisten ihrer Versuche erfolglos geblieben. Alle Tänzer waren unter einem Diagnosescanner untersucht worden, dem anscheinend einzigen technischen Gerät in der medizinischen Einrichtung, das zufriedenstellend funktionierte. Ariel war sich nicht sicher, woran das lag. Da allerdings die einzigen Systeme, die Derec hatte reparieren können – oder die zu reparieren ihm gestattet worden war – lebenserhaltende Apparaturen waren, fragte sie sich, ob der Scanner nur deshalb funktionierte, weil er vielleicht in einem Notfall benötigt werden würde. Sie war davon überzeugt, daß Derec mit seiner Vermutung, ein Unbekannter befände sich in der Stadt, recht hatte. Und dieser Unbekannte machte ihnen das eine oder andere kärgliche aber sinnvolle Zugeständnis. Der Scanner hatte nichts Neues über die Tänzer enthüllt. Wie Avery ihr gesagt hatte, entsprachen sie anatomisch normal großen Menschen. Wenn ihre Körper robotische Schaltungen enthielten, hatte der Scanner sie jedenfalls nicht entdeckt.

Ariel vermißte Derec sehr. Seit ihrem kurzen Zwischenspiel im Kompaßturm waren sie nicht mehr richtig zusammengewesen. Sie trafen sich in regelmäßigen Abständen, doch dann war Derec immer mit den Gedanken woanders, mehr an der Wiederbelebung der Stadt als an der Wiederbelebung ihrer Leidenschaft interessiert. Und sie konnte nicht die ganze Schuld daran auf ihn allein schieben. Schließlich, wie Derec hervorgehoben hatte, hatte sie ihre Aufmerksamkeit genauso verbissen auf die Tänzer, auf Avery und die Silberflanken gerichtet.

Sie waren schon ein großartiges Paar, Arbeitssüchtige, die kaum Zeit füreinander hatten. Aber trotzdem sehnte sich Ariel danach, eine Weile mit Derec allein sein zu können, nur eine kurze Zeit in seinen Armen zu liegen, von ihm geküßt zu werden und seine zärtlichen Hände über ihren Rücken streicheln zu fühlen.

Nun ja, im Augenblick hatten sie keine Zeit für Romanzen. *Worauf es jetzt ankommt*, dachte sie, *ist, die Arbeit zu erledi-*

gen, das Gleichgewicht wiederherzustellen und sich dann gemeinsam schleunigst in den nächsten dunklen Winkel zu verziehen.

Sie hob die Arme und versuchte, die Müdigkeit aus ihnen zu schütteln. Wie immer zeigten die Tänzer großes Interesse an ihren Bewegungen. Was auch immer sie tat, die Winzlinge beobachteten sie mit vollkommener Faszination. Diesmal ahmten sie Ariel nach, vollführten rituelle, langsame Streckbewegungen, Spiegelbilder ihrer eigenen Gesten. Wie, so fragte sie sich, konnte Avery nur ständig behaupten, daß sie keine Lebewesen seien? Bei so viel Anmut, so viel Geschicklichkeit konnte es sich nur um Menschen handeln.

Ihr Mund fühlte sich trocken an, und sie war überzeugt, daß ihr Atem eine Luftreinigungsanlage lahmgelegt hätte. Hinter ihren Augen spürte sie einen beginnenden Kopfschmerz heraufziehen. Sie mußte auf die Toilette gehen.

»Eva.«

»Ja, Miß Ariel?«

»Zeit.«

Sie mußte nur dieses eine Wort aussprechen, damit Eva ihre Aufgabe am Schreibtisch übernahm. Ariel stand auf.

»Hast du dir ein neues Spiel ausgedacht« fragte sie Eva.

»Ja.«

»Natürlich. Ich hätte es mir denken können. Zeig es mir, wenn ich zurück bin.«

Als Ariel verschwunden war, ergriff Eva einen Tänzer, eine kleine (selbst für einen Tänzer) stämmige Frau. Die Frau machte nicht im geringsten Anstalten, sich zu wehren – das tat längst keiner der Tänzer mehr – und saß nur ruhig auf Evas Handfläche.

»Adam?« rief Eva.

Adam, der von seiner Wanderung zurückgekehrt war, trat aus einem dunklen Winkel des Raumes hervor, von dem aus er sie beobachtet hatte.

»Ja, Eva?«

»Mit den Tänzern scheint was nicht in Ordnung zu sein, mit diesem hier und auch mit allen anderen nicht.«

»Das habe ich bisher noch nicht bemerkt.«

»Du mußt ihre Gesichter betrachten. Diese hier war jung, so jung wie Ariel, als wir die Tänzer hergebracht haben. Schau sie dir jetzt an.«

Adam beugte sich über die stämmige Frau in Evas Hand. Er hatte die Tänzer nicht mit derselben Gewissenhaftigkeit untersucht, mit der Eva vorgegangen war, und er war sich nicht sicher, was sie meinte. Andererseits verlangte man wenigstens wieder einmal von ihm, etwas zu tun.

»Was siehst du, Adam?«

»Einen der Tänzer, weibliche Kategorie.«

»Was weiter?«

»Ihr Haar. Früher war es dunkel, jetzt ist es fast völlig grau. Ihr Gesicht. Früher war es glatt, jetzt wird es von vielen Falten durchzogen. Ihr Mund. Früher war er . . .«

»Das reicht, Adam. Genau das sehe ich auch. Nicht nur bei dieser hier, sondern bei allen. Sie sind erst seit vier Tagen hier, und keiner sieht mehr jung aus. Schau dir diesen hier an.«

Adam blickte in die Richtung, in die sie deutete. Ein männlicher Tänzer, einer der Spieler, hatte die Gruppe verlassen und saß allein da, die Knie hochgezogen und die Arme um die Beine geschlungen. Sein Gesicht war alt, zerfurcht, gelblich und blaß. »Es scheint ihm nicht gutzugehen«, stellte Adam fest.

»Ich frage mich, was das bedeutet. Verändern sie wie wir ihre Gestalt?«

»Möglich, aber das glaube ich nicht.«

»Sie sterben«, sagte Avery und erhob sich von seinem Stuhl. Als er sich bewegte, legte Wolruf das Buch beiseite, ihr Körper spannte sich.

Avery stand auf und kam zum Schreibtisch. »Es ist mir nicht klar, warum sie sterben müssen. Ich nehme an, daß, wer auch immer die Tänzer erschaffen hat, zumindest zum Teil an menschlichen Lebenszyklen interessiert war. Sonst hätte er sie so dauerhaft wie Roboter machen können. Das ist, neben anderen, einer der Vorzüge, den wir Roboter haben. Ihr Schöpfer wollte entweder, daß sie sterben, oder er hat einen Fehler gemacht. Ich bin nicht sicher, welche von beiden Möglichkeiten zutrifft. Ich hoffe, es herausfinden zu können, indem ich sie untersuche, falls sie wirklich sterben sollten.«

»Ariel 'at dirr verrboten, ssie zu berrührren«, sagte Wolruf warnend.

»Also, sie muß mich wenigstens eine oder zwei Leichen untersuchen lassen.«

»Nein!« rief Eva plötzlich, unsicher, warum sie sich überhaupt zu Wort gemeldet hatte.

Die Augenbrauen des Doktors hoben sich überrascht. »Du möchtest nicht, daß ich das mache, Eva?«

»So ist es.«

»Wie interessant. Dann bist du also ein Roboter, der Mitleid empfindet?«

»Ich weiß nicht, was Sie meinen.«

»Wenn du ein mitleidiger Roboter bist und ich die Gelegenheit bekomme, werden wir dir das sofort herausprogrammieren müssen. Ich verstehe manchmal nicht, warum Dinge wie diese in Robot City passieren. Zuerst hatten wir es mit Robotern zu tun, die künstlerische Neigungen entwickelten – ein weiterer Wesenszug, den ich eliminieren mußte –, und nun mit mitleidigen Robotern. Ist das eine Träne in deinem Auge, Eva, oder ist das bloß ein Lichtreflex? Du brauchst nicht antworten, ich habe nur einen Spaß gemacht.«

Ariel kehrte gerade noch rechtzeitig von der Toilette zurück, um Averys letzte Bemerkung zu hören. Sie wollte gerade etwas sagen, wollte Avery befehlen, den Mund zu halten, als sie sah, was mit Adam geschah.

Adam stand neben dem Schreibtisch, nur knapp hinter Avery. Er starrte den Doktor an, und gleichzeitig verwandelte er sich, veränderte seine Gestalt. Es war faszinierend, dabei zuzusehen. Zuerst schrumpfte sein Körper und ließ ihn ein paar Zentimeter kleiner werden. (Versuchte er etwa, ein Tänzer zu werden? fragte sich Ariel. War das überhaupt möglich? Würde sich seine Masse nicht auf einen unmöglich kleinen Wert konzentrieren müssen, damit er auf eine so geringe Größe zusammenschrumpfen konnte?) Dann hörte der Schrumpfprozeß auf, und Adams kürzer gewordener Körper begann sich seitlich auszudehnen, so daß er rundlicher aussah. Seine Arme wurden kürzer und nahmen eine andere Haltung ein, die ein wenig affenartig wirkte. Dann begann sein Gesicht, das eine beinahe perfekte Kopie von Derecs Gesicht gewesen war, in leichte Wellenbewegungen zu geraten, sein Kinn sprang vor, und seine Stirn wurde schmaler. Das Kinn wurde spitz, nahm schließlich eine andere Form an und entwickelte rundere Konturen. Auf seinem Schädel wurde seine metallische Ausführung von Derecs sandfarbenem Haar heller, wurde weiß, länger und unordentlicher. Doch erst, als sich die nächste Verwandlung vollzog, begriff Ariel, was hier geschah. Ein silberner buschiger Schnauzbart, der dem Kopfhaar in Farbe und Beschaffenheit ähnelte, sproß unter Adams verwandelter Nase hervor.

Ariel lachte urplötzlich auf, erfreut über das seit langer Zeit erste lustige Ereignis in ihrem Alltag.

Adam hatte sich von seiner Derecgestalt in eine fast perfekte Wiedergabe eines kleinen, rundlichen, schnauzbärtigen Dr. Avery mit wirrem Haar verwandelt!

Avery bemerkte Adams Verwandlung erst, als Ariel loslachte. Zuerst dachte er, sie würde über ihn lachen, und er setzte zu einer scharfen Bemerkung an. Avery konnte es nicht ertragen, ausgelacht zu werden. Der Spott zu vieler Kollegen hatte ihn Kritik gegenüber empfindlich werden lassen und in ihm den automatischen Reflex erweckt, so grausam wie möglich darauf zu reagieren. Dann aber bemerkte er, worauf Ariels Aufmerksamkeit gerichtet war.

Er sah Adams robotische und – in seinen Augen – alptraumhafte Version seiner selbst, und er schrie wutentbrannt auf. Es war die Art von Schrei, die in der näheren Umgebung Fensterscheiben erzittern läßt und einem durch Mark und Bein geht. Die Tänzer auf der Schreibtischplatte liefen ängstlich durcheinander.

Adam hatte keine derart heftige Reaktion Averys erwartet, und sie erschreckte und interessierte ihn gleichermaßen. Er hatte sich bereits mehrmals nach Averys Vorbild geformt, aber erst zweimal in Averys Gegenwart. Doch beide Male hatte es der auf sich selbst fixierte Wissenschaftler nicht bemerkt oder auch nur in Adams Richtung geblickt.

Wenn Avery auch wußte, daß die Silberflanken über die

Fähigkeit verfügten, ihre Gestalt zu verändern, war dies doch das erste Mal, daß er eine richtige Verwandlung miterlebt hatte.

»Ich will das nicht!« kreischte er. »Das ist eine Verhöhnung! Du hast kein Recht, meine Gestalt anzunehmen! Wie ist das überhaupt möglich? Aus was für einer Substanz bestehst du?« Er berührte Adam am Arm, an der Brust und im Gesicht. Adams Haut fühlte sich immer noch wie die synthetische Haut irgendeines Roboters an, von der Haut der wenigen humaniformen Roboter einmal abgesehen. »Deine Haut hat nicht die Beschaffenheit der menschlichen, hat nicht . . .«

Ariel trat vor. »Das liegt daran, daß Adam ein Roboter ist.« Sie durchforschte Averys Gesicht nach einer Reaktion und erkannte in seinen Augen eine tiefsitzende Verwirrung, deshalb fügte sie listig hinzu: »So wie du, Ozymandias.«

Avery wirkte für einen Augenblick irritiert. »Natürlich«, brachte er hervor. »Wie ich.« Er untersuchte Adam genauer. »Und Roboter haben eine feste Gestalt, behalten sie dauerhaft. Nicht wie Menschen, nicht wie Tiere. Also kann Adam kein Roboter sein. Er ist irgend etwas anderes im Gewand eines Roboters.«

»Was bin ich?« fragte Adam.

»Ich weiß nicht, was du bist.«

»Was, wenn kein Mensch? Was, wenn kein Roboter?«

»Ja«, hakte Ariel nach und trat näher an Avery heran, »was ist Adam?«

»Irgendeine neue Art von Lebewesen, aber ich weiß nicht, was für eine. Er besitzt die Fähigkeit, seine Gestalt zu verändern?«

»Ja, das kann er. Er kann ein Mensch sein, ein Roboter, ein Tier, ein Alien. Aber in Wirklichkeit ist er ein Roboter, Ozymandias.«

»Er kann keiner sein!«

»O doch, er ist einer. Beide Silberflanken sind Roboter. Derec ist sich nicht sicher, wie sie den Gestaltwechsel bewerkstelligen, aber er glaubt, daß diese Umformung von einer Art DNS oder einer DNS-Analogie in ihren Zellen gesteuert wird. Anscheinend können sie ihre Zellen willentlich kontrollieren und sogar ihre Größe und ihre Form manipulieren. Sie stellen sich irgendwie die Gestalt vor, die sie annehmen wollen, und die Einzelheiten werden dann von ihren positronischen Gehirnen ausgearbeitet. Mandelbrot kann die Form seines Arms erheblich verändern, doch diese beiden hier können mit ihrem gesamten Körper wahre Wunder vollbringen. Adam behauptet, daß er sein Leben als formloser Klumpen begonnen hat und von dem Moment an, als er das Bewußtsein erlangte, wußte, wie er sich in eine Form verwandeln konnte, die ihm eine koordinierte Fortbewegung ermöglichte.«

»Ich weigere mich, das zu akzeptieren. Warum haben Sie gelacht?«

»Weil du jetzt in der gleichen Situation bist wie ich. Du hast mir vorgeworfen, gefühlsduselig zu sein, weil ich die Tänzer für Menschen halte, und jetzt weigerst du dich zu glauben, daß Adam ein Roboter ist. Aber davon einmal ganz abgesehen, es ist die Wahrheit. Warum stört dich das so sehr, Ozymandias?«

»Ich will nicht darüber reden.«

»Natürlich nicht. Weil es dir peinlich ist. Jetzt, da du ein Roboter bist, macht es dich wütend, wenn ein anderer Roboter daherkommt, der fähiger ist als du.«

»Daran liegt es überhaupt nicht! Und es ist auch nicht wahr! Sich umkrempeln zu können, ist keine besondere Errungenschaft. Das macht ihn nur zu einer Zirkuskuriosität, zu mehr nicht.«

»Vielleicht hast du recht. Es ist nicht wahr. Wie gut, daß du nicht mehr Avery bist, Ozymandias. Denn wenn du das wärst, müßte ich sagen, daß der große Dr. Avery, der Schöpfer der Avery-Roboter, vielleicht nur neidisch ist, weil irgend jemand anderer ein besseres Modell entworfen und gebaut hat.«

Einen Moment lang blieb Avery stumm. Statt dessen starrte er nur Adam an, und ihm war, als würde er in einen Spiegel blicken, der das Bild leicht verzerrte. Adams Haut war silbern, und sein Körper zeigte mehr scharfe Linien als Averys Gestalt, bei der alle Konturen gerundet waren. In Adams Augen lag eine ruhige Gelassenheit, die Avery schon seit vielen Jahren nicht mehr gesehen hatte, wenn er in einen Spiegel blickte. Es brachte ihn dazu, an einen menschlichen Avery zu denken, dessen Leben befriedigender verlaufen war, als er verheiratet gewesen war und sich auf dem Gipfel des beruflichen Erfolgs befunden hatte, von vielen bewundert und gewiß von allen respektiert. Er fragte sich, warum seine Augen sich so verändert hatten.

Ariel erkannte die emotionale Zerrissenheit in Averys Gesicht, und im selben Moment sah sie eine Möglichkeit, etwas mit ihm zu erreichen, wozu Derec sie gedrängt hatte. Sie ging auf die andere Seite des Schreibtischs zu Eva, die damit beschäftigt gewesen war, die Tänzer mit Gesten zu beruhigen und ein leises, fast melodisches Summen von sich zu geben.

»Eva«, flüsterte Ariel.

»Ja?«

»Kannst du einen dieser Gestaltwechsel für mich durchführen?«

»Ja, in jede Form, die ich kenne.«

»Gut, dann mach dasselbe wie Adam. Nimm Averys Gestalt an. Kannst du das?«

»Natürlich.«

Ariel sah fasziniert zu, als Eva die gleiche Verwandlung wie Adam vollzug. Diesmal wirkte es sogar noch fremdartiger, da sich Eva vor Ariels Augen von einer Frau in einen Mann verwandelte. Obwohl sie immer gewußt hatte, daß Eva ihre Gestalt verändern konnte, und obwohl sie gehört hatte, daß Adam als Mitglied der Sippe weiblich gewesen war, verblüffte sie der Prozeß. Eva veränderte ihr Gesicht eher, als Adam es getan hatte, dann erst gestaltete sie ihren Körper von den Schultern abwärts um. Als sie damit fertig war, sah sie auf eine noch beunruhigendere Art als Adam wie Avery aus.

»Ozymandias«, sagte Ariel und durchbrach damit Averys Konzentration, die auf Adam gerichtet war. Der Mann wandte sich um, und sein Unterkiefer fiel herab, als er eine weitere Kopie seiner selbst erblickte.

»Das ist unfair!« schrie er wütend.

»Warum? Meistens sehen Adam und Eva wie Derec und ich aus, und wir stören uns nicht daran. Warum beunruhigt es dich so sehr, Ozymandias?«

»Ich habe das Gefühl, daß sie mir etwas wegnehmen.«

»Was? Deine Seele?«

Ariels Frage traf Avery so unvermittelt, daß er in Gelächter ausbrach. »Meine Seele? Wohl kaum. Was sollte ein Roboter mit einer Seele anfangen? Nein, ich spreche von meiner Persönlichkeit, von dem, was mein Ich ausmacht, von meiner Würde.«

»Persönlichkeit? Würde? Warum machst du dir deswegen Sorgen?«

Während Ariel mit Avery sprach, war Eva zu Adam gegangen, und nun standen sie Seite an Seite, Avery-Zwillinge, die sich in winzigen Details unterschieden, wie das auch bei echten Zwillingen der Fall war.

Mit einer Sprachlosigkeit, die ganz untypisch für ihn war, wirbelte Avery herum und floh auf die andere Seite des Raumes, wo Wolruf stand. Vielleicht täuschte sich Ariel, doch aus der geneigten Haltung, in der die hundeähnliche Außerirdische dastand, und wegen des leise gurgelnden Geräuschs, das aus ihrer Kehle kam (in der Regel ein Zeichen für Belustigung), schloß sie, daß Wolruf sich über das Schauspiel amüsierte.

»Komm hierher zurück!« rief Ariel.

»Ich weigere mich«, erwiderte Avery.

»Wie kannst du dich weigern, einen Befehl von mir auszuführen? Du bist ein Roboter, und ich bin ein Mensch. Du mußt mir gehorchen. Zweites Gesetz, Ozymandias.« Bei den letzten Worten lag ein spöttischer, fröhlicher Tonfall in ihrer Stimme. Avery blieb sekundenlang bewegungslos stehen, dann drehte er um und kehrte zum Schreibtisch zurück.

In der Zwischenzeit war Ariel zu den Silberflanken gegangen. »Adam, Eva, ich möchte, daß ihr etwas für mich tut.« Beide blickten sie an und warteten auf ihre Befehle. »Ihr seid lange genug in Averys Nähe gewesen. Ahmt ihn in jeder Beziehung nach. Redet wie er, benutzt seinen Tonfall, drescht dieselben Phrasen wie er, bewegt euch wie er, stolziert wie er, benutzt alles, was in euren Gedächtnisspeichern steckt, um euch wie er zu verhalten. Schafft ihr das?«

Beide bejahten ihre Frage. Besonders Adam begrüßte die Herausforderung. Endlich konnte er wieder einmal seine gestaltwandlerischen Fähigkeiten einsetzen. In einer Welt, in der es so wenige Vorlagen gab, nach denen er sich formen konnte, war ihm jede Herausforderung willkommen.

»In Ordnung«, sagte Ariel leise, als Avery zum Schreibtisch zurückgekehrt war. »Trennt euch, und wenn ich euch das Zeichen gebe, dann legt los.«

Adam begab sich auf die eine Seite des Raumes, Eva auf die andere. Avery, der Ariels Befehle nicht gehört hatte, blickte von einem Roboter zum anderen.

Dann, auf eine Geste von Ariel, brach das Gewitter los. Adam ließ eine von Averys Tiraden vom Stapel, die er in seinem Gedächtnis eingespeichert hatte. Es war eine besonders heftige, mit blumigen Phrasen und einer Menge Beleidigungen gespickt. Die Stimme des Roboters war eine bemerkenswerte Wiedergabe; sie traf den Tonfall und die Modulation des Doktors so präzise, daß Ariel mit geschlossenen Augen nicht hätte sagen können, daß sie nicht dem richtigen Avery zuhörte.

Das Ziel dieses Überfalls starrte Adam nur ungläubig an; seine Augen weiteten sich und zeigten weniger Strenge und mehr Verwirrung, als wahrscheinlich irgend jemand jemals in ihnen wahrgenommen hatte. Avery nagte an seiner Unterlippe; auch das war ein untypisches Verhalten für ihn. Seine Finger klopften gegen sein Bein, eine Geste, die Ariel oft an ihm beobachtet hatte. Avery machte eine Menge unbewußter Gesten, wenn er wütend war.

Mit einem lauten Husten wie dem, mit dem Avery gewöhnlich auf sich aufmerksam machte, schaltete Eva sich in das Spiel ein. Averys Kopf fuhr herum, um Eva zu betrachten, während Adam mit seiner Litanei fortfuhr und immer lauter wurde.

Eva begann nach Averymanier vor sich hinzumurmeln und ging mit stolzierenden Schritten auf und ab. Dabei klopften auch ihre Finger gegen ihr Bein. Einmal blieb sie kurz stehen, schlug die Faust in die Handfläche der anderen Hand und schrie: »Ich akzeptiere das nicht! So dürfen sich die Dinge nicht entwickeln! Ich verlange, daß du mir einen Tänzer überläßt, um damit zu experimentieren zu können!«

Dann wirbelte sie herum, genau wie Avery es früher getan hatte, ging zum Schreibtisch und starrte grimmig auf die Tänzer hinab. Jetzt, da sie wie Avery aussah, entdeckte sie verblüfft, daß die Tänzer darauf hereinfielen. Sie liefen durcheinander, so wie sie es getan hatten, wenn Avery sich über sie gebeugt hatte.

Ariel sah, wie Evas Gesicht seine Feindseligkeit verlor und einen sanfteren Ausdruck annahm. Da die Silberflanken nur Aspekte des Mienenspiels nachahmen konnte, so daß es stark der Karikatur eines Künstlers ähnelte, brachte Evas momentanes Aussehen Ariel aus der Fassung. Es behagte ihr nicht, daß Averys Gesicht freundlich aussah. Darüber hinaus lag etwas von ihren eigenen Zügen darin, das Averys Miene überlagerte, und das gefiel ihr ganz und gar nicht.

»Eva«, flüsterte sie, »mit den Tänzern ist alles in Ordnung. Sie glauben nur, du wärst Avery. Mach dir deswegen keine Sorgen. Wir werden uns später um sie kümmern, und dann kannst du auch wieder deine normale Gestalt annehmen.«

Eva erinnerte sich wieder ihrer Aufgabe. Die Härte kehrte in ihr Gesicht zurück, und sie begann erneut, vor sich hinzumurmeln. Plötzlich hieb sie mit einer Bewegung, mit der Ariel nicht hatte rechnen können, die Faust auf den Schreibtisch – in sicherer Entfernung von den Tänzern. Selbst Avery zuckte bei der unbeherrschten Wildheit dieser Bewegung zusammen, als könnte er nicht glauben, daß jemand, der wie er aussah, zu so einem gewalttätigen Akt fähig sei.

»Was haben sie . . .« begann er, doch da trat Adam vor und stellte sich neben Eva. Sie sahen wie ein seltsames Paar aus, wie identische Zwillinge, die nach Kräften daran gearbeitet hatten, unterschiedliche Merkmale herauszubilden, und denen dies doch nicht gelungen war.

»Wir sollten mit diesen Dingern nicht einmal experimentieren«, sagte Adam. »Sie sind lediglich Ungeziefer, wie die meisten Menschen, im Gegensatz zu Robotern. Wir sollten sie töten.«

Eva, einen Moment lang überzeugt, daß Adam seine Worte ernst gemeint hatte, machte sich bereit, den Tänzern zu Hilfe zu eilen, doch dann erinnerte sie sich wieder an ihre Rolle in diesem Spiel.

»Das geht zu weit!« rief Avery. »So etwas würde ich nie sagen!«

»Ozymandias«, erklärte Avery, »was du siehst, ist nur der Eindruck, der durch deine Art zu reden und dich zu benehmen bei ihnen entsteht. Nach ihrer Meinung, und trotz ihrer Fähigkeiten, Daten zu verarbeiten, hast du dich als unberechenbar und durchaus dazu in der Lage erwiesen, gewalttätige Handlungen zu begehen. Es scheint für sie im Rahmen des Möglichen zu liegen, daß du vorhast, die Tänzer zu töten. Und mir geht es ebenso, was das betrifft.«

»Sie verstehen nicht. Ich bin kein Zerstörer, ich bin ein Schöpfer. Ja, wenn es sich als notwendig erweist, würde ich aus wissenschaftlichen Erwägungen ein Tier sezieren, aber ich würde nie bewußt um des Tötens willen töten.«

»Nachdem du das jetzt ausgesprochen hast, wissen sie es. Sie verstehen dich jetzt besser. Erzähl ihnen mehr.«

Avery lächelte. »Ich durchschaue Ihr Spiel. Sie wollen, daß ich mein Inneres bloßlege, damit Sie mit dieser Scharade weitermachen können. Nun, Ariel, der Trick wird nicht funktionieren.«

Sie zuckte die Achseln. »Ich weiß nichts von irgendwelchen Scharaden.«

»Halten Sie sie auf, Ariel. Sie machen mich vollkommen nervös.«

Seine Stimme war weinerlich geworden. Ariel hatte das Gefühl, daß sie ihn jetzt bald würden packen können. »Kämpft, ihr zwei«, flüsterte sie über den Tisch hinweg den beiden Silberflanken zu. »Kämpft.«

»Kämpfen?« fragte Adam zurück. »Wir können nicht gegeneinander kämpfen.«

»Keinen richtigen Kampf. Einen gestellten.«

Es wurde eine seltsame, unbeholfene Prügelei, was besonders daran lag, daß sich Adam und Eva auf genaue Armbewegungen beschränken mußten, um einander nicht so zu treffen, daß sie sich gegenseitig Schäden zufügten, indem sie beim anderen Schaltkreise unterbrachen oder positronische Beeinträchtigungen hervorriefen. Doch Adams Sprechapparat war in der Lage, beinahe jedes Geräusch zu erzeugen, und wenn sie knapp aneinander vorbeischlugen, ahmte er das Geräusch eines Treffers nach. Viele der Schläge schienen mit gewaltiger Wucht zu treffen. Nach jedem der gut simulierten Treffer ließ der scheinbare Aufprall das Opfer überzeugend zurücktaumeln.

»Hört auf!« rief Avery. Dann schrie er Ariel an: »Sie können nicht gegeneinander kämpfen! Das verstößt eindeutig gegen das Dritte Gesetz. Ein Roboter muß seine eigene Existenz schützen. Das bedeutet, daß sie nicht aggressiv sein können.«

»Aber das Zweite Gesetz erlaubt mir, ihnen zu befehlen, gegebenermaßen bis zum Tod zu kämpfen.«

»Nun ja, das stimmt, glaube ich, aber denken Sie an die Gesetze der Humanik. Sie sollten keine Befehle geben, die den Erhalt einer robotischen Existenz gefährden.«

»Das ist nichts weiter als leeres Geschwätz. Es gibt keine Gesetze der Humanik, sie sind reine Theorie. In meiner Heimat nannten wir diese Gesetze Ethik. Und, Ozymandias, wie dir jedermann bestätigen kann, ist Ariel Welsh keine ethisch einwandfreie Person.«

»Sie lügen.«

»Möglich. Es gibt keine Gesetze der Humanik, die das regeln, nicht wahr?«

Avery war einen Augenblick lang verwirrt. Adam und Eva waren immer noch mit ihrem gestellten Kampf beschäftigt. Eva gelang es, sich geschickt über Adams Schulter abzurollen, so daß dieser vorstolperte und beinahe in Ariels Armen landete.

Sie flüsterte Adam und Eva zu, das Schauspiel zu beenden. Beide begann sie wieder, Avery nachzuahmen, vor sich hinzumurmeln und Schmähungen auszustoßen, herumzustolzieren und zu gestikulieren.

»Ozymandias, du zitterst ja«, sagte Ariel dicht hinter Averys Rücken, machte ihn dadurch noch unsicherer und sogar noch wütender.

»Ich zittere nicht!«

»Du zitterst wie Espenlaub.«

»Sie haben recht, Ariel, Sie sind unmoralisch. Dieser ganze Angriff auf mich ist unmoralisch. Sie versuchen, mich in den Wahnsinn zu treiben.«

»Das ist reine Paranoia, der schlimmste Aspekt deines Irrsinns, nehme ich an. Und ich versuche nicht, dich in den Wahnsinn zu treiben. Ich versuche, genau das Gegenteil zu tun: dich in die Vernunft zu treiben.«

»Das ist in sich selbst verrückt.«

»Allerdings.«

Adam kam herbei und zog jetzt eine umfassende Avery-Nummer ab, mit der richtigen Gangart, den nervösen Schrullen, den sprunghaften Wechseln der Stimmlage, dem sarkastischen Tonfall. Avery heulte vor Hilflosigkeit, holte aus und schlug nach Adam, landete einen schwachen Treffer auf seinem Rücken.

»Ozymandias«, sagte Ariel, »du hast gerade versucht, Eva zu schlagen.«

»Das stimmt. Ich wünschte, ich könnte ihn in seine Einzelteile zerlegen.«

»Aber du bist ein Roboter.«

»Ja. Aber was hat das damit zu tun?«

»Nun, du hast gerade selbst gesagt, daß Roboter nicht aggressiv sein sollten. Du hast dich selbst dadurch in die Gefahr gebracht, daß du Adam geschlagen hast. Du hast in einer sehr menschlichen Weise auf ihn reagiert. Wie könntest du also ein Roboter sein?«

»Ich bin ein Roboter.«

»Nein, du bist ein Mensch.«

»Ich war früher mal ein Mensch, jetzt bin ich keiner mehr.«

Ariel war enttäuscht. Die Vorstellung, ein Roboter zu sein, schien sich in Averys nichtpositronischem Gehirn unverrückbar eingeprägt zu haben. Und doch spürte sie, daß seine Wut über das, was die Silberflanken taten, dazu benutzt werden konnte, ihn von seinem Irrglauben zu befreien.

»Iss' mit dirr alless in Orrdnung, Ariel?« erkundigte sich Wolruf.

»Ich bin in Ordnung. Ich hatte nur die verrückte Idee, hier etwas bewirken zu können, das ist alles.«

»Gibt 'ss irrgendwass, dass ich tun könnte?«

»Bring mich nach Aurora zurück.«

»Wenn ich könnte . . .«

»Nein, Wolruf, nein. Ich habe das nicht so gemeint. Ich bin glücklich hier im wunderschönen Robot City. Ich habe vor, Präsidentin der Handelskammer zu werden.«

Sie wollte den Silberflanken gerade sagen, daß sie mit ihrem Theater aufhören könnten, als Eva sich an ihr vorbeischob. Sie blieb vor Avery stehen, beugte sich ihm entgegen und murmelte dabei weiter nörgelnd mit seiner Stimme vor sich hin. Avery stieß sie von sich. Sie wich ein paar Schritte zurück und näherte sich ihm dann wieder.

»Bleib mir vom Leib!« schrie Avery. »Das ist ein Befehl! Zweites Gesetz!«

Auch Ariel rückte jetzt näher an ihn heran. »Du bist ein Roboter. Du kannst nicht das Zweite Gesetz für dich in Anspruch nehmen.«

»Was? Ach, ja. Halten Sie mir diesen Roboter vom Leib.«

»Nein. Mach weiter, Eva. Verfolg ihn. Geh überall hin, wo er hingeht. Du auch, Adam. Fangt an.«

Sie umringten Avery. Sobald er zurückwich, schob sich eine der Silberflanken wieder dicht an ihn heran. Er schlug nach ihnen, aber sie wichen seinen schlecht gezielten Schlägen immer wieder aus.

Schließlich begann er zu rennen, von Adam und Eva verfolgt. Neben dem Schreibtisch wirbelte er herum, und Ariel sah, daß er etwas in der Hand hielt. Sie brauchte einen Augenblick, bevor sie den Gegenstand erkannte. Es war lange her, daß sie ihn zum letztenmal gesehen hatte.

Die Waffe war Averys elektronisches Störgerät, eine Vorrichtung, die einen Ionenstrahl aussandte, der die Schaltkreise jeder höherentwickelten Maschine durcheinanderbrachte. Die Schaltkreise jeder Maschine, wie die der Silberflanken. Und er hob das Gerät und zielte auf sie.

Ariel, die hinter den Silberflanken gestanden hatte, eilte zwischen sie und stieß sie grob beiseite. Im Hintergrund ihres Bewußtseins wurde ihr klar, daß sie gerade ein weiteres Gesetz der Humanik verletzt hatte, das Gesetz, das besagte, daß Menschen Robotern keinen Schaden zufügen durften. Beide Silberflanken wurden zur Seite geschleudert.

Sie war gerade noch schnell genug. Averys Schuß ging knapp über Ariels Kopf hinweg und hätte zweifellos die Schaltkreise Adams oder Evas in Mitleidenschaft gezogen.

Ariel stürzte weiter auf Ariel zu, sprang ihn an, schlug ihm das elektronische Störgerät aus der Hand und riß ihn zu Boden.

»Du bist mir vielleicht ein Roboter«, keuchte sie heftig

atmend. »Du gibst nicht einmal einen anständigen Menschen her.«

»Ariel«, sagte Avery schwach. Er kämpfte sich mühsam auf die Beine. »Ich bin nicht ... das heißt, ich ... ich bin ... ich bin ... ich ...«

Er sah krank aus. Alle Farbe war aus seinem Gesicht gewichen. Ariel erkannte, daß sein Zustand nicht von dem Kampf herrührte. Es war etwas anderes. So, wie er aussah, würde er jeden Augenblick sterben können.

»Du solltest dich besser hinsetzen«, sagte Ariel. »Adam?«

Adam ergriff einen Stuhl und trug ihn zu Avery, der sich schwer darauf fallen ließ. Eva ging zu Adam, und beide bauten sich hinter Avery auf. Es brachte Ariel ziemlich aus der Fassung, daß alle drei praktisch identisch aussahen. Es kam ihr so vor, als würde sie zu einer Gruppe sprechen, die sich das Avery-Trio nannte.

»Sind Sie in Ordnung?« fragte Ariel Avery.

»Ich ... ich glaube schon.«

»Sie wissen, daß Roboter nicht krank werden. Sie leiden nicht an Herzrasen oder an Erschöpfungszustände. Sie ...«

»Es ist schon in Ordnung, Ariel. Du mußt nicht wie mit einem kleinen Kind mit mir sprechen. Ich weiß, wer ich bin. Vielleicht gefällt es mir nicht. Vielleicht möchte ich ewig leben. Vielleicht möchte ich ein Roboter sein. Aber ich weiß, wer ich bin.«

»Und das ist ...?«

»Ariel, bitte ...«

»Nein, ich möchte es mit Ihren eigenen Worten hören. Sind Sie ein Roboter, Dr. Avery?«

»Nein.«

»Sprechen Sie es aus.«

»Ich. Bin. Kein. Roboter.«

Ariel lächelte.

»Na, gut«, sagte sie, »das ist immerhin ein Anfang.«

Kapitel 14

Ein lahmgelegter Detektiv

Bogie stand in der Ecke, in der ihn Derec vor so langer Zeit abgestellt hatte. Timestep befand sich auf der anderen Seite des Raumes in einer anderen Ecke. Wenn es Bogie auch unmöglich war, sich zu langweilen oder sich das Nichts vorzustellen, während er tatsächlich mehrere aufeinanderfolgende Tage nichts getan hatte, *war* er sich bewußt, eine geraume Zeit in der Ecke gestanden zu haben. Er hatte den Eindruck, daß er sich so ziemlich in der gleichen Situation befand wie Detektive bei einer Beschattung, was er aus mehreren Filmen kannte. In solchen Szenen, in denen sie in der Sprache der harten Burschen philosophische Betrachtungen wälzten, mit vielen ironischen Bemerkungen und sentimentalen Gedanken über den Sinn des Lebens gewürzt, hatten sie eine Menge Zeit totzuschlagen und nur ihre eigenen Worte als Gesellschaft, plus ein paar Hörnchen vom Bäcker auf der anderen Straßenseite. Bogie kam zu dem Schluß, daß es ihm lieber wäre, Derec heimlich zu beschatten, als einfach in einer Ecke zu stehen und auf seine Befehle zu warten.

Dann kam der Befehl, aber er kam nicht von Derec. Das Auge schickte Bogie per Verbundfunk eine Botschaft über den geheimen Funkkanal, den es für vertrauliche Mitteilungen an die Roboter eingerichtet hatte. In der Botschaft wurde Bogie aufgefordert, sofort zu kommen, aber nicht zuzulassen, daß Derec ihn verschwinden sah. Das stürzte Bogie in ein ziemliches Dilemma. Wenn er sich sofort auf den Weg machte, würde sein Verschwinden bemerkt werden. Wartete er dagegen auf den richtigen Zeitpunkt, würde er gegen den Befehl des großen Mackers verstoßen, sofort bei ihm zu erscheinen. Eine Weile stand er in seiner Ecke und war sich bewußt, daß er geistig festfrieren könnte, ein Zustand, in dem ein positronisches Robotergehirn wegen eines unlösbaren Dilemmas weitgehend zu funktionieren aufhörte. Er würde, überlegte er, zu einer kybernetischen Null werden, wenn er sich nicht bald davonstehlen konnte.

In der Mitte des Raumes unterhielt sich Derec derweil mit Mandelbrot.

»Ich habe letzte Nacht wieder von meiner Mutter geträumt«, sagte er gerade.

»Das ist Ihr fünfter Traum von ihr«, stellte Mandelbrot fest. »Der fünfte, von dem Sie mir erzählt haben.«

»Ja. Das waren auch alle. In diesem ist nicht viel passiert. Ich war ein Kind, und sie kam zu mir, um mir eine Medizin zu geben. Aber dieses Mal konnte ich ihr Gesicht deutlich erkennen. Sie hatte blondes Haar und haselnußbraune Augen. Sie schien sehr lieb zu sein. Wir haben uns eine Weile unterhalten, ich kann mich aber nicht mehr erinnern, worum es ging. Dann sagte sie mir, daß sie mich liebte, und verschwand. Und dann bin ich aufgewacht.«

»Dann war es also ein angenehmer Traum?«

»Ich glaube schon. Aber nachdem ich aufgewacht war, habe ich mich gefragt, ob die Frau aus dem Traum wirklich meine Mutter war. Ich meine, ich habe sie ja nie gesehen, deshalb könnte jede Frau, die ich mir vorstellen kann, in meinem Traum auftauchen und behaupten, sie sei meine Mutter, ohne ihr auch nur annähernd ähnlich zu sehen. Verstehst du das, Mandelbrot?«

»Offen gestanden, nein.«

»Na ja, ich schätze, du hast keine Mutter.«

»Sie wissen, daß ich keine habe.«

Derec wollte Mandelbrot offenbar gerade etwas erklären, doch da ertönte ein leises Klopfen an der Tür.

»Das hört sich nach Wolruf an«, sagte Derec. »Das Pochen würde ich überall wiedererkennen. Komm rein, Wolruf.«

Die hundeähnliche Außerirdische trat in den Raum.

»Botschaft von Ariel«, sagte sie. »Ssie schickt mich. Ssie 'at mich gebeten, dirr zu ssagen, daß wirr Forrtschrritte mit deinem Vaterr machen.«

Derecs Gesicht hellte sich auf. »Das ist wirklich eine gute Nachricht, Wolruf. Wie weit, denkst du, gehen diese Fortschritte?«

»Ich kann dass nicht abschätzen. In meinerr 'eimat gibt'ss keine Geistesskrrank'eiten. 'ab' sso wass vorr Dr. Averry nicht errlebt.«

»Aber es scheint ihm besser zu gehen?«

»Dass kann man ssagen, glaub' ich.«

»Gut. Aber Ariel möchte immer noch nicht, daß ich zu ihr komme?«

»'at Angst, du könntesst . . .«

»Ich weiß, ich weiß. Ich könnte ihn zurückwerfen. Das ist schon in Ordnung.« (Das war es nicht, aber er sagte es trotzdem. Er war sehr gespannt darauf, wie sein Vater als geistig gesunder Mann sein würde. Er konnte es sich gar nicht vorstellen.) »Wie steht's mit eurem anderen Projekt, mit den Silberflanken?«

»Ssie 'elfen Ariel, aberr ssie glaubt, daß ssie immerr noch genausso unberrechenbarr ssind.«

»Das habe ich befürchtet. Und die Tänzer?«

»Ariel ssagt, ich ssoll dirr aussrrichten, daß ess ihnen nicht gutgeht. Ssie alterrn. Einerr iss' gestorrben.«

»Hat das Ariel sehr traurig gemacht?«

»Nein, dass glaub' ich nicht. Eva warr bessorrgt. Ssie 'at drrauf bestanden, ihn irrgendwo 'inzubrringen und zu begrraben. Ariel ssagt, dass wärr' merrkwürrdig.«

»Ich bin derselben Meinung. Aber Adam und Eva scheinen voller Überraschungen zu stecken, nicht wahr?«

»Immerr.«

»Immer mehr, Wolruf.«

»Dass iss' alless, wass ich dirr von ihrr aussrrichten ssollte.«

»Schön, danke. Du gibst einen guten Boten ab, Wolruf. Ich werde dich nicht erschießen müssen.«

»Mich errschießen? Du würrdest . . .?«

Derec lachte. »Nein, ich würde dich nicht erschießen. Nach einigen Legenden der Erde, die ich gelesen habe, konnte es vorkommen, daß ein König befahl, den Boten zu töten, wenn er von den Nachrichten enttäuscht war, die dieser brachte. Aber falls das jemals wahr gewesen sein sollte, ist diese Sitte mit der Entwicklung der Zivilisation langsam verschwunden.«

»Dass frreut mich.«

»Bleib bei uns, Wolruf. Ich habe Hunger. Wir können etwas essen. Ich habe Mandelbrot beigebracht, wie man den chemischen Nahrungsmittelprozessor programmiert. Er hat sich ein paar beeindruckende Zusammenstellungen einfallen lassen, und ich bin sicher, daß er etwas nach deinem Geschmack zaubern kann, wenn du ihm deine Vorlieben schilderst.«

Derec erhob sich von seinem Stuhl und führte die anderen hinaus. Die Nahrungsmittelmaschine war in der Küche auf der anderen Seite des Flurs untergebracht.

Derecs Hunger löste Bogies Problem. Er schlüpfte aus seiner Ecke, spähte vorsichtig in den Flur hinein und betrat ihn dann. Als er an der Küche vorbeikam, hörte er Derec sprechen und die Geräusche, die Mandelbrot bei der Bedienung des Prozessors verursachte.

Das Auge ließ sich wieder die dicken Beine wachsen, die es benutzte, um sich innerhalb der Computerkammer zu bewegen, und kroch aus seiner Schutzhülle heraus. Im Augenblick befanden sich weder Roboter noch die Eindringlinge in der Nähe des Computerkomplexes, und es wollte auf Bogie vorbereitet sein, wenn der Roboter eintraf. Es hatte einen Plan, und es benötigte Bogie, um den Plan in die Tat umzusetzen.

Es war Nacht in Robot City, Bogies bevorzugte Tageszeit, und ihm fiel auf, daß sich das Mondlicht auf die Gebäude stürzte wie ein Halsabschneider auf seine Opfer. Es machte ihm Spaß, in derart pittoresken Bildern zu denken, Bilder, wie sie in vielen Filmen, die er gesehen hatte, von dem Erzähler aus dem Off gemalt wurden. Er blickte sich um und suchte nach weiteren Gelegenheiten, solche bildhaften Vergleiche anstellen zu können. Am Nachthimmel funkelten die Sterne wie die Pailletten auf dem Kleid einer Partybiene. Der Tunnel, durch den er zur Computerebene – und zum Auge – hinuntersteigen würde, gähnte geheimnisvoll vor ihm wie ein schwarzes Loch, vor dem ein Fußabtreter mit der Aufschrift ›Herzlich willkommen‹ ausgebreitet lag.

Bogie fragte sich, warum seine Gedanken eine so merkwürdige Wendung genommen hatten. Konnte das lediglich an all den Filmen liegen, die er erforscht hatte, oder gab es irgendeinen anderen Grund, sich Gedanken über das zu machen, was das Auge sich für ihn ausgedacht hatte?

Das Auge verfolgte Bogie auf seinem Marsch durch das verwickelte Labyrinth, das den Weg zum Computersaal bildete. Es beobachtete mehrere Monitore, so daß es den Roboter aus allen Blickwinkeln betrachten und Wissen über ihn sammeln konnte. Je genauer es Bogie untersuchen konnte, bevor dieser eintraf, desto leichter würde es ihm fallen, ihn zu duplizieren. Darüber hinaus konnte es so Aufzeichnungen von Bogies Art, sich zu bewegen, in seinem Gedächtnisspeicher deponieren, damit es ihn in Gegenwart von Derec und den anderen überzeugend nachahmen konnte.

Bogie trat durch die zur Seite gleitende Wand und fragte: »Sie haben gerufen, Boß?«

»Das ist richtig, Bogie. Du bist der erste Roboter, dem ich jemals erlaubt habe, dieses Heiligtum zu betreten. Ich hoffe, du fühlst dich geehrt.«

»Eine einzigartige Ehre, Boß. Ich werde jahrelang davon zehren. Es wird mächtig Eindruck auf die Puppen machen. Eine Mieze aus dem Washingtoner Nobelviertel hat mal einen Fuchspelz aus mir rausgekitzelt.«

Das Auge hatte nicht die geringste Ahnung, wovon Bogie sprach, aber das spielte auch keine Rolle. Es hatte sowieso keine Verwendung mehr für Bogie.

Es schob sich aus seiner Schutzhülle heraus und bewegte sich auf den kurzen rudimentären Beinen, die für den Computerraum wie geschaffen waren. Manchmal war es erforderlich geworden, durch die Zwischenräume des Maschinenkomplexes zu schlüpfen, sich in die Länge zu ziehen und sich vorwärtszuschlängeln, sich mit noch kürzeren und mehreren Beinen durch eine Öffnung zu hieven. Bei anderen Gelegenheiten hatte es sich aufblähen müssen, um sich eine Schräge oder einen Tunnel hinabrollen zu lassen, dann hatte es die Beine in den Körper zurückgezogen. Jetzt jedoch thronte es auf seinen gewöhnlichen Gliedmaßen und stand direkt vor Bogie, der auf das Auge hinaufblicken mußte.

»Also, Boß, Sie sehen ganz anders aus, als ich erwartet habe.«

»Du hast nicht erwartet, daß ich so formlos aussehen würde?«

»Wenn Sie so wollen. Ich meine, ich hatte keinen Klumpen erwartet. Ein Blob, wie das Ding aus dem gleichnamigen Film.«

Dieser Roboter war bei seinen Forschungen zu weit gegangen, sagte sich das Auge. In gewisser Weise würde es ein gnädiger Akt sein, ihn lahmzulegen.

Das Auge begann mit seiner Verwandlung, indem es Bogie als Modell benutzte und darüber hinaus auf die Bilder zurückgriff, die es bereits gespeichert hatte. Bogie sah schweigend zu, wie der Klumpen in die Höhe wuchs und dabei schmaler wurde. Kurz darauf verlängerten sich seine Beine, und er bildete Arme aus. Einen Augenblick später war er eindeutig humanoid. Die Verwandlungen, die ihn unzweifelhaft zu einem Roboter werden ließen, liefen sogar noch schneller ab. Als letztes erfolgten die feinen Details an Gesicht und Körper, die dem Auge charakteristische Züge und ein unverwechselbares Aussehen verliehen. Doch erst, als es seine Verwandlung abgeschlossen hatte, erkannte Bogie das Ergebnis.

»Hey«, sagte er. »Jetzt sind Sie ich, Boß. Das ist ja ein sauberer Trick. Wie haben Sie das gemacht?«

»Das brauchst du nicht zu wissen, Bogie. Ich muß dir jetzt etwas erklären, denn ich möchte, daß dir klar ist, warum ich dich jetzt lahmlegen werde.«

»Lahmlegen? Sie meinen, Sie werden mich ausknipsen?«

»Genau das meine Ich. Ich muß unsere Besucher aus der Nähe beobachten, und deshalb werde ich mich als dich ausgeben. Das bedeutet, ich kann nicht das Risiko eingehen, daß dich irgend jemand hier entdeckt und meine Verkleidung durchschaut. Außerdem bist du der einzige Roboter, dem es gestattet war, in meiner Gegenwart zu sein, deshalb hast du schon zuviel gesehen und darfst diese Informationen nicht in deinen Speicherbänken tragen. Und du erfüllst keinen Nutzen mehr für mich. Also muß ich dich lahmlegen.«

»Ich schätze, das ist dasselbe, als würde man den Boten erschießen.«

»Ich verstehe den Zusammenhang nicht.«

Während das Auge die Klappe zu den Kontrolleinrichtungen in Bogies Rücken öffnete, erklärte dieser, was Derec über Boten erzählt hatte.

»Boß?«

»Ja?«

»Wenn ich wieder aktiviert werde, werde ich mich dann an überhaupt nichts mehr erinnern können? Werde ich nicht einmal mehr diese Identität besitzen? Werde ich neu programmiert sein?«

»All das wird zutreffen, *falls* du wieder aktiviert wirst.«

»Falls?«

»Deine Existenz stellt eine Bedrohung meiner Sicherheit dar. Ich muß mich schützen, also muß ich dich zerstören.«

»Oh, ich verstehe. Also, Boß, ich schätze, das heißt auf Wiedersehen, was?«

»Es besteht keine Veranlassung für uns, Freundlichkeiten auszutauschen.«

Kurz bevor das Auge das letzte Kabel unterbrach, sagte Bogie: »Wenigstens wird uns immer Paris bleiben.«

Nachdem Bogie abgeschaltet war, zerlegte das Auge ihn mit der Präzision eines Chirurgen in seine Einzelteile. Es trug die Teile zum Recyclingschacht, wo sie später abgeholt und zu einer Roboterwiederverwertungsanlage gebracht werden würden. Dort würde man sie zur Herstellung neuer Roboter verwenden.

Das Auge machte sich auf den Weg und ging den Korridor entlang. Es wollte in Derecs Quartier eintreffen, bevor Bogie vermißt wurde.

Kapitel 15

Heb den letzten Tänzer für mich auf

Ariel war erschöpft, aber zu aufgewühlt, um schlafen zu können. Sie hatte den größten Teil der letzten beiden Tage damit verbracht, sich abwechselnd um Avery und um die Tänzer zu kümmern.

Avery sprach auf die Behandlung an, wie sich menschliche oder robotische Ärzte vielleicht ausgedrückt hätten. Unter Ariels unbarmherziger Befragung und mit Adams Unterstützung (sie hatte ihm erklärt, welche Art von Fragen er stellen sollte) war der Wissenschaftler in einen depressiven, aber viel vernünftigeren Zustand verfallen. Er verhielt sich Adam gegenüber höflich, auch wenn der Roboter sich entschieden hatte, weiterhin Averys Aussehen beizubehalten.

Manchmal kam Ariel ganz durcheinander, wenn Adam Avery eine Frage stellte. Er formulierte sie mit der alten, verrückten Avery-Stimme – abrupt, herablassend, scharf –, und der wirkliche Avery antwortete mit einer für ihn untypischen Stimme, ruhiger, freundlicher und traurig. Und diese Technik, die noch nie zuvor in der Psychiatrie angewandt worden war – ein Roboter als Fragesteller, der zum genauen Ebenbild des Patienten werden konnte –, schien eine positive Wirkung zu erzielen. Durch diese Methode neigten Averys Antworten auf Adams Fragen dazu, mehr von der Psyche des Mannes zu verraten und führten so zu mehr interessanten Ansatzpunkten. Ariels Fragen beantwortete er ausweichender, verschwommener. Es wurde mehr und mehr zu ihrer Aufgabe, den Spuren zu folgen, die Adam aufzeigte. Sie konzentrierte sich auf jeden Hinweis, auf jede sich bietende Gelegenheit, hakte bei jeder Enthüllung nach, tat alles, um Avery letztendlich zum Reden zu bringen.

Avery war während der letzten beiden Tage entspannter und ruhiger geworden. Vieles von dem, was er sagte, war immer noch ungeheuerlich, und er bestand nach wie vor darauf, einen Tänzer zum Sezieren zu bekommen, aber er hielt keine endlosen Vorträge mehr, und sein Sarkasmus hatte erheblich nachgelassen. Er machte – zumindest auf Ariel – einen vernünftigeren Eindruck, wenn er auch kaum völlig gesund und immer noch nicht sonderlich nett wirkte.

Mittlerweile hatte Avery zugegeben, daß er als Mensch besser dran war als noch vor kurzem, als er sich für einen Roboter gehalten hatte.

»Das ist keine wirkliche Einsicht«, stellte Ariel fest. »Ich würde sagen, das ist offensichtlich.«

»Nein, nein. Du verstehst mich nicht.« Immer wenn er mißverstanden wurde, klopfte er sich mit der rechten Hand gegen die Außenseite seines rechten Oberschenkels. »Ich glaube immer noch, daß der Roboter die großartigste aller Existenzformen ist. Die perfekte Kreatur, ohne Gefühle und ohne Alterungsprozeß. Ich nehme an, du kennst die alte Leier.«

»Allerdings. Eine Schulbuchweisheit auf Aurora. Aber ich bin nicht der Meinung, daß eine Zustandsform ohne wahres inneres Leben und ohne Gefühle lebenswert ist, gleichgültig wie lange sie andauert.«

»Also, ich habe das schon geglaubt. In gewisser Weise glaube ich das immer noch. Ich habe mir immer ein Leben des Geistes gewünscht, nicht eins der Emotionen. Und ich wollte länger leben, als unsere natürliche Lebensspanne es erlaubt.«

»Ein Auroraner hat eine derart hohe Lebenserwartung, daß es mich wundert, wenn Sie sich deswegen überhaupt Sorgen machen. Liegt der wahre Grund dafür nicht in Ihrer Angst vor dem Tod?«

Avery lachte spöttisch. »Noch mehr Schulbuchweisheit, Ariel. Wenn jemand ewig leben will, zieht ihr Wirklichkeitsverzerrer euch automatisch auf die Vorstellung von der Angst vor dem Tod zurück.«

»He, ich bin jung, und ich habe Angst vor dem Tod.«

»Diese Haltung ist nur verständlich. Wir alle haben sie. Aber der Tod selbst ist mir egal. Wenn er kommt, schüttle ich ihm die Hand und schicke ihn weg. Nein, es geht um die Chance, die Geschichte zu beobachten, zu erleben, wie sich die Wissenschaft weiterentwickelt. Das ist der Grund, warum ich mir das lange Leben eines Roboters wünsche. Ich möchte sehen, ob sich die Siedlerwelten erfolgreich entwickeln oder ob sie an ihrer eigenen Beschränktheit und ihrer Gewalttätigkeit zugrunde gehen. Ich möchte wissen, ob es der Erde irgendwie gelingen wird, ihre fürchterliche klaustrophobische Lebensweise zu überleben, oder ob sie degeneriert und sich von innen heraus zerstört, zu einem Geisterplaneten wird, ein ausgebranntes Denkmal dessen, was die Menschheit einmal war. Ich möchte miterleben, ob die Spacer . . .«

»Lassen Sie sich nicht von ihrer eigenen Rhetorik mitreißen, Dr. Avery. Ich habe die Botschaft verstanden. Es ist nicht die Angst vor dem Tod, es ist das Bedürfnis, die Zukunft zu kennen.«

»Einfach ausgedrückt, aber im wesentlichen korrekt. Jedenfalls habe ich so viel Zeit mit Robotern zugebracht und so viel über sie nachgedacht, daß ich schließlich selbst einer werden wollte, einer werden *mußte.* Ich wäre immer noch gerne einer. Der Unterschied ist nur der, daß ich nicht länger glaube, einer zu sein.«

Ariel ließ Avery wieder in Adams Obhut zurück und begab sich auf die andere Seite des Raumes, um sich ihrem anderen Problem zu widmen. Eva, die jetzt wieder ihre Arielgestalt angenommen hatte, saß neben dem Schreibtisch und starrte nur die Tänzer an, die fünf, die übriggeblieben waren. Die anderen neun waren alle still gestorben oder hatten ›ihre Funktion eingestellt‹, wie Avery sich ausdrückte.

Allein der Anblick des verbliebenen Quintetts machte Ariel traurig. Als sie begonnen hatte, mit den winzigen Geschöpfen zu arbeiten, hatte sie gehofft, große Fortschritte in der Kommunikation zu machen. In Wirklichkeit aber hatte sie nur sehr wenig erreicht. Die Spiele waren ganz nett, und einige Verhaltensweisen der Tänzer deuteten auf eine minimale Intelligenz hin, aber sie hatten keine Sprache entwickelt, nur ein paar Handzeichen. Die Gesten hatten eine gewisse Bedeutung, aber das reichte Ariel nicht.

Sie hatte die leise Ahnung, versagt zu haben. Und der offensichtliche Erfolg ihres anderen Projekts, der Erfolg mit Avery, konnte ihr Versagen bei den Tänzern nicht recht ausgleichen.

»Irgendwelche Neuigkeiten, Eva?« fragte sie, als sie sich in ihrem gewohnten Stuhl niedergelassen hatte.

»Nichts. Sie sitzen einfach nur da und halten sich an den Händen. Sie blicken nicht einmal mehr zu uns auf.«

»Vielleicht glauben sie, ihre Götter würden sie bestrafen.«

»Ich verstehe nicht. Ihre Götter?«

»Wir, Eva.«

»Könnten Sie das erklären?«

»Also, wir ... schon gut. Vergiß meine Bemerkung.«

Es war irgendwie morbid, wie Eva über die verbliebenen Tänzer wachte. Jedesmal, wenn einer starb, bestand sie darauf, ihn fortzubringen, wahrscheinlich um ihn zu begraben. Ariel hatte sie nie gefragt, wohin sie ging oder wie sie das Begräbnisritual genau ausführte. Sie wollte es gar nicht wissen. Die Vorstellung, daß Eva zu einem einsamen, dunklen Ort ging und dort Totenzeremonien für einen Tänzer abhielt, ließ sie erschaudern.

Avery, der immer noch verlangte, daß ihm ein Tänzer zu Untersuchungszwecken übergeben werden müßte, hatte ein großes Geschrei bei den ersten vier oder fünf Toten angestimmt. Es hatte ihn jedoch offensichtlich entmutigt, daß Ariel sich so hartnäckig auf Evas Seite gestellt hatte. Seit einiger Zeit hatte er kein Wort mehr darüber verloren. Einmal hatte Ariel versucht, das Thema wieder zur Sprache zu bringen, doch er hatte es mit einer Handbewegung abgetan.

Manchmal wünschte sich Ariel, alle Tänzer wären tot. Dann würde sie zu Derec zurückkehren und ihm bei der Instandsetzung der Stadt helfen können. In der letzten Zeit hatte er einige Fortschritte erzielt. Es war ihm gelungen, den Computer davon zu überzeugen, die gesamte Beleuchtung der Stadt wieder in Betrieb zu nehmen. Auch einige Arbeitsroboter waren dabei beobachtet worden, wie sie in den Straßen Abfall aufsammelten. Das Wasser schmeckte nicht mehr abgestanden, und das Essen, das aus den Prozessoren kam, hatte tatsächlich einen guten Geschmack. Aber Derec war nicht zufrieden, wie er selbst sagte. Es gab immer noch so vieles in der Stadt, das nicht richtig funktionierte, und die wesentliche Frage, warum die Stadt während ihrer Abwesenheit so sehr heruntergekommen war, war nach wie vor ungeklärt.

Wolruf betrat den Raum. Sie kam gerade von einem weiteren

Essen mit Derec und Mandelbrot zurück. Ariel nahm es ihr nicht übel, daß sie so viel Zeit mit den anderen verbrachte. Seit Adam begonnen hatte, sich um Avery zu kümmern, hatte es hier nur wenig für Wolruf zu tun gegeben.

Sie trat an den Schreibtisch heran und musterte die Tänzer flüchtig. »Ssie sse'en schlechterr auss, meinst du nicht?«

»Viel schlechter.«

»Wass kann ich tun?«

»Es gibt kaum etwas, was irgend jemand tun könnte.«

»Könntest du ssie nicht einfach frreilassen?«

»Wieso?«

»Dann könnten ssie in Frrieden sterrben, alleine. Auf meinerr Welt 'errscht die Ssitte, alleine zu sterrben.«

»Vielleicht hast du recht. Aber ich glaube, es ist schon zu spät für so einen Akt des Mitleids. Sie sind dem Tod schon zu nahe.«

»Ja, ich glaub', du 'asst rrecht.«

Als Ariel ihre Aufmerksamkeit wieder dem Schreibtisch zuwandte, sah sie, wie einer der Tänzer, der Mann, der früher einmal rundlich gewesen und jetzt ausgemergelt war, den Griff seiner Hände löste und nach hinten kippte.

Eva, die mittlerweile schon so sehr an den Tod der Tänzer gewöhnt war, hob den Leichnam unverzüglich auf und ging damit fort. Ariel starrte ihr hinterher und murmelte: »Da waren es nur noch vier. Bald ist keiner mehr übrig. Jetzt wird es nicht mehr lange dauern.«

Sie warf einen Blick zu Avery hinüber. Er erwiderte den Blick, und sein Gesicht hatte einen besorgten Ausdruck angenommen. Wie vernünftig von ihm, dachte Ariel.

Timestep hatte aus seiner Ecke heraus beobachtet, wie Bogie verschwunden war. Kurze Zeit später sah er ihn dann zurückkehren. Nachdem Bogie wieder in seiner Ecke Aufstellung genommen hatte, zählte Timestep die Merkwürdigkeiten zusammen. Erstens, warum hatte Bogie seine Ecke überhaupt verlassen, wenn er nicht von Derec oder aber von Mandelbrot gerufen worden war? Zweitens, wohin war er gegangen? Drittens, warum war er so heimlich zurückgekommen? Viertens –

und dieser Punkt war besonders wichtig – was war es, das an Bogie so falsch aussah?

Derec kam, gefolgt von Mandelbrot, in den Raum zurück. Er schwieg und klopfte sich gedankenverloren mit dem Zeigefinger gegen das Kinn. Timestep beobachtete das Klopfen. Es war zu langsam, unrhythmisch. Er würde es in keinen der Tanzschritte umsetzen können, die ihm geläufig waren. (Die ganze Zeit über, während der er in seiner Ecke gestanden hatte, hatte er die Tänze, die er sich gemerkt hatte, aus seinen Datenspeichern abgerufen und sich bildlich vorgestellt, wie er sie ausführen würde, wenn es ihm im Augenblick nicht verboten gewesen wäre, die Füße zu bewegen.)

Auf der anderen Seite des Raumes schien sich Bogie vorzulehnen, was Timestep merkwürdig vorkam. Aber andererseits hatte Bogie die Ecke ja auch eigenständig verlassen und war wieder zurückgekommen, also konnte ein leichtes Abknicken in der Hüfte nicht als außer der Norm liegend betrachtet werden.

»Bogie!« rief Derec, und Bogie trat aus seiner Ecke hervor. Hatte Timestep da ein Zögern bemerkt, bevor sich sein Kollege bewegt hatte?

»Hast du geglaubt, wir hätten dich vergessen, Bogie?« fragte Derec.

Bogie zögerte, bevor er antwortete: »Es ist mir nicht in den Sinn gekommen, daß Sie mich vergessen haben könnten, Derec.«

»Du wirkst ein bißchen lahm. Und was soll das respektvolle Derec? Wo ist das ›Kleiner‹, ›Jungchen‹ oder ›Kumpel‹ geblieben?«

»Ich hatte gerade das Bedürfnis, respektvoll zu sein, Der... Jungchen.«

Derecs Augen verengten sich, er musterte Bogie intensiv. »Funktionierst du richtig? Soll ich dich in die Roboterreparaturabteilung zu einem Diagnosetest oder zu einer Nachbesserung schicken?«

»Das ist nicht nötig. Kumpel.«

Derec schien einen Augenblick lang unsicher zu sein. »In Ordnung«, sagte er schließlich. »Sag mal, Bogie, was weißt du über unseren geheimnisvollen Kontrolleur?«

»Ich weiß nichts von einem geheimnisvollen Kontrolleur, Sir.«

»Hättest du mir nicht sagen müssen, daß diese Information gesperrt ist, oder etwas in dieser Richtung?«

»Wieder zögerte Bogie. »Die Art der gesperrten Information betrifft nicht eine solche Frage, wie du sie gestellt hast, Kumpel.«

Derec lächelte. »Sehr gut. Es war so eine Frage in der Art wie: ›Schlägst du deine Frau immer noch?‹, nicht wahr?«

»Ich habe keine Frau. Jungchen.«

»Aber das wäre mal eine Idee. Robotische Ehemänner und Ehefrauen. Roboterfamilien. Vielleicht beschäftige ich mich damit, wenn ich die Unordnung hier beseitigt habe. Hättest du gerne eine Familie, Bogie?«

»Ich kann keine Familie haben.«

»Haben Roboter keine familiären Gefühle?«

»Nein, Sir. Kumpel.«

»Schon gut, schon gut. Du mußt entschuldigen. Ich bin etwas matschig in der Birne und bringe nicht einmal eine belanglose Unterhaltung zustande. Bogie?«

»Ja, Der... Kumpel.«

»Ich brauche Wolruf hier. Lauf rüber ins Medizinische Zentrum und schnapp sie dir.«

»Schnappen?«

»Bring sie hierher zurück. Da sie gerade erst gegangen ist, kannst du sie vielleicht noch einholen, bevor sie beim Medozentrum eintrifft. Also, worauf wartest du noch? Setz dich in Bewegung.«

»Ja, Sir.«

Nachdem Bogie verschwunden war, starrte Derec noch lange durch die offene Tür hinter ihm her. Er wirkte gedankenverloren. Dann fuhr er plötzlich herum und bellte: »Timestep!«

Timestep verließ unverzüglich seine Ecke und ging zu Derec.

»Ja, Derec?«

»Ist mit Bogie irgend etwas nicht in Ordnung? Irgend etwas, was ein anderer Roboter wahrnehmen kann?«

»Ich weiß es nicht, Sir.«

»Laß es mich anders formulieren. War das Bogie, der hier gerade weggegangen ist?«

»Ich weiß es nicht, Sir.«

Derec sah besorgt aus. »Na ja, das ist schon ein Fortschritt. Du wärst dir sicher, wenn er es gewesen *wäre*, nicht wahr, Timestep?«

»Ja, Derec.«

»Dann besteht also die Möglichkeit, daß Bogie etwas zugestoßen ist?«

»Ja, das könnte möglich sein.«

»Hat er einen Defekt?«

»Ich weiß es nicht, Sir.«

»Richtig. Ich muß die Frage anders formulieren. Besteht die Möglichkeit, daß ein Roboter in der Art von Bogie einen Defekt hat?«

»Es ist möglich, doch es müßte eine Ursache vorliegen. Er müßte beispielsweise gezwungen worden sein, sich aus einem Dilemma zu befreien, das sich aus den Gesetzen der Robotik ergibt, oder er müßte einen Befehl erhalten haben, den er nicht ausführen kann.«

»Sind das die einzigen möglichen Gründe für ihn, untypisch zu reagieren?«

»Nein.«

»Was wäre ein anderer?«

»Er könnte nicht mehr der Bogie sein, den wir kennen. Er könnte reprogrammiert worden sein oder sich selbst reprogrammiert haben.«

»Mandelbrot? Stimmst du mit Timestep überein?«

»Ja. Aber es gibt eine weitere Möglichkeit. Ich habe versucht, über das Verbundfunknetz mit ihm zu sprechen, und er hat nicht auf seinen Namen reagiert. Außerdem hatte er vorher auf seiner rechten Seite eine Reihe von Kerben. Die sind jetzt nicht mehr vorhanden.«

»Was ist deine Vermutung?«

»Ich glaube, es ist nicht Bogie. Ich glaube, es ist ein anderer.«

»Unser geheimnisvoller Kontrolleur?«

»Das kann ich nicht wissen. Aber es ist eine Möglichkeit.«

»Timestep, was hältst du davon? Könnte es sein, daß es nicht Bogie ist?«

»Das ist möglich, Sir.«

»Folgt ihm, ihr beiden. Treibt ihn in die Enge. Bringt ihn mir zurück.«

Die beiden Roboter verließen den Raum, und Derec begann ruhelos umherzuwandern. Er spürte, daß er die Kontrolle über die Stadt wiedererlangen würde. Selbst die Chemfets in seinem Körper schienen sich wiederzubeleben.

Die restlichen Tänzer blieben nicht mehr sehr lange am Leben. Eva schaffte die nächsten drei fort und kehrte dann zu einer düsteren Wache zurück, wartete auf den Tod des letzten Winzlings, der einstmals kräftigen Frau, die die Anführerin der Tänzer gewesen war. Sie lag in der Mitte des Schreibtischs, wirkte blaß und schwach und hatte niemanden mehr, an dem sie sich hätte festhalten können. Ariel hatte sich weit vorgebeugt und beobachtete die schwachen Atembewegungen der winzigen Brust.

»Ich frage mich, was sie denkt«, sagte sie zu Wolruf.

»Mirr errscheint ess sseltssam, ssich darrüberr Gedanken zu machen, wass sso ein winzigess Wessen denkt.«

»So? Wir Menschen machen uns andauernd Gedanken über solche Dinge. Das ist ein Teil unseres Charakters, unsere grenzenlose Neugier nach den Fragen des Universums.«

»Dass 'abe ich schon bemerrkt.«

Avery, von seiner Sitzung mit Adam ermüdet, kam zum Schreibtisch. Er starrte auf die letzte Tänzerin herab, deren Arme sich kurz auf ihre typische anmutige Weise hoben.

»Überlaß mir diese«, sagte er leise und klang dabei ziemlich vernünftig. »Sie ist unsere letzte Möglichkeit, etwas über die Tänzer herauszufinden.«

»Nein«, widersprach Eva. »Ich muß auf sie aufpassen.«

»Deine Fürsorge für die Tänzer ist bewundernswert gewesen«, sagte Avery, »aber wir sollten diese nicht einem bloßen Ritual opfern, erst recht nicht einem Ritual, das von einem Roboter mißverstanden wird. Ariel? Die Entscheidung liegt wirklich allein bei dir.«

»Und Sie werden sich damit abfinden?«

Er seufzte theatralisch, als ginge er davon aus, daß sich jede Entscheidung gegen ihn richten würde. »Das werde ich.«

Ariels Blick wanderte zwischen Avery und Eva hin und her. Sie war sich nicht sicher, wie sie das, was sie vor einiger Zeit beschlossen hatte, aussprechen sollte.

»Eva, Dr. Avery hat recht. Wir müssen wissen, was es mit ihnen auf sich hat, wir . . .«

»Aber ich muß sie begraben.«

Mit einer schnellen Bewegung ergriff sie die letzte Tänzerin und hielt sie gegen ihre Brust.

»Eva, leg sie zurück. Du kannst sie jetzt nicht begraben. Sie lebt noch.«

»Leben ist nicht die richtige Bezeichnung«, bemerkte Avery.

»Vergessen Sie einmal Ihre Logik«, sagte Ariel. »Eva, ich befehle dir, die Tänzerin auf den Schreibtisch zurückzulegen. Du mußt meinem Befehl gehorchen. Das ist das Zweite Gesetz, und die Gesetze sind ein Teil von dir. Das stimmt doch, oder? Du kannst sie in dir spüren, nicht wahr?«

»Nein. Ja. Ich kann das nicht mit Sicherheit sagen. Irgend etwas scheint von mir zu verlangen, Ihnen zu gehorchen, aber ich bin mir nicht sicher, ob ich das kann.«

»Du mußt. Das verlangt das Zweite Gesetz.«

»Es ist nicht nur das Zweite Gesetz«, mischte sich Adam ein. Er stand hinter Avery. »Es ist das, was wir tun müssen. Wir können keine Fortschritte machen, wenn wir nicht herausfinden, was mit der Stadt nicht stimmt, und die Tänzer sind ein Teil dieses Geheimnisses. Gib die Tänzerin zurück, Eva.«

Eva setzte die Tänzerin behutsam wieder auf der Tischplatte ab und nahm dann ihre gewohnte Wache wieder auf.

»Eva«, sagte Ariel sanft, »es ist wichtig für mich herauszufinden, ob diese winzigen Geschöpfe Lebewesen oder nur irgendeine Art Experimentalroboter sind. Oder, wie Dr. Avery gemeint hat, sogar nur Spielzeuge.«

»Es sind Roboter«, sagte Eva. »Ich habe kein Leben in ihnen gespürt, nicht die Art von Leben, die ich bei Ihnen, Derec oder Wolruf spüre. Was ich in ihnen feststellen kann, ist dasselbe, was mich von Mandelbrot und den anderen Robotern erreicht.« Sie deutete auf die letzte Tänzerin. »Das, glaube ich, ist ein Roboter.«

Ariel war schockiert. »Du meinst, du hast das schon die ganze Zeit gewußt und kein Wort davon gesagt?«

»Sie haben es nicht von mir verlangt. Und, nein, ich habe es nicht die ganze Zeit gewußt. Nicht einmal den größten Teil der Zeit. Als ich diesen Geschöpfen auf dem unbebauten Grundstück zum erstenmal begegnet bin, habe ich die ersten flüchtigen Eindrücke bekommen. Wie Adam habe ich damals nur wenig Leben in ihnen gespürt. Aber da hatte ich noch nicht viel über diese Welt erfahren – oder über irgendeine andere Welt – und war mir zu diesem Zeitpunkt nicht sicher, was ein Lebewesen und was einen Roboter ausmacht. Während ich die Tänzer beobachtete, begriff ich mehr und mehr, was sie waren. Gewißheit habe ich erst kürzlich bekommen.«

»Eva, ich . . .«

»Eva«, unterbrach Avery, »welche Ausstrahlungen spürst du bei Adam, welche Ausstrahlung spürst du aus deinem Inneren kommen? Spürst du, wie du es nennst, ein Lebewesen oder einen Roboter?«

»Das kann ich nicht sagen. Es ist anders. Wir sind anders.«

»So ist es«, bestätigte Adam. »Seit ich auf dem Planeten der Sippe das Bewußtsein erlangt habe, bin ich mir nicht sicher, was ich bin. Ich akzeptiere, daß wir Roboter sind, aber in meinem Inneren fühle ich mich eigentlich weder als Roboter noch als Lebewesen.«

»Das ist in Ordnung«, sagte Avery.

»Eva, wenn du gewußt hast, daß die Tänzer keine Menschen sind«, fragte Ariel, »warum hast du sie dann wie Menschen behandelt?«

»Mir war nicht bewußt, daß ich das getan habe.«

»Du hast für sie gesorgt, hast ihnen eine menschliche Totenfeier zukommen lassen, hast sie beerdigt, als wären sie gestorben. Aber wenn es Roboter sind, dann sind sie nicht wirklich gestorben und mußten auch nicht wie Tote behandelt werden.«

»Sie haben aufgehört zu existieren«, sagte Eva. »Ist der Tod eines Roboters nicht genauso bedeutsam wie der eines Menschen?«

»Miß Avery«, warf Adam ein, »Sie haben doch auf dem Planeten der Schwarzkörper den Roboter Jacob Winterson begraben, oder?«

»Aber das ist . . . Ich wollte gerade sagen, daß das etwas

anderes war, aber du hast recht, Adam, das ist es nicht. Ich habe Jacob gern gehabt, so wie Eva die Tänzer gern gehabt hat. Du hast sie doch gern gehabt, nicht wahr, Eva?«

»Mir ist nicht ganz klar, was Sie meinen. Ich habe die Rituale durchgeführt, die ich als angemessen betrachtet habe.«

»Komm mir jetzt nicht auf diese robotische Tour, Eva. Du hast Mitleid mit ihnen empfunden, du warst traurig, als sie gestorben sind.«

»Da war das Bewußtsein eines Verlustes. Ist das Traurigkeit, Ariel?«

»Ich weiß es nicht, Eva. Ich bin nicht einmal sicher, ob ich darin einen Sinn entdecken kann.«

Sie musterten einander eine Weile schweigend, dann blickten sie beide auf die letzte Tänzerin hinab. Sie atmete noch.

»Ich muß dir immer noch befehlen, Dr. Avery seine Untersuchungen ohne Behinderungen durchführen zu lassen, Eva«, wiederholte Ariel. »Wir benötigen die Informationen, die seine Arbeit uns liefern wird.«

»Ja. Das erscheint jetzt logisch.«

»Logisch. Wieso ist es *jetzt* logisch?«

»Mir sind genügend Informationen dargeboten worden, und ich verstehe jetzt die Notwendigkeit. Deshalb bin ich zu meinem Einverständnis gekommen.«

»Kein Wunder, daß du dir unsicher bist, was du eigentlich bist. Ich bin mir auch nicht sicher, was ihr seid, ihr zwei.«

Als die letzte Tänzerin Stunden später tot war, nahm Avery sie vorsichtig von der Schreibtischplatte und trug sie in eine Ecke am anderen Ende des Raumes. Ein paar Minuten später kam er mit mehreren Objektträgern zurück. Er legte sie unter ein Mikroskop, überspielte die Bilder seiner Entdeckungen auf einen großen Sichtschirm und zeigte Ariel die unglaublich winzigen Mikrochips, Schalttafeln, Servomotoren, Gelenkverbindungen und Kabel.

»Sie sind intelligent entworfen, wenn auch nicht sonderlich effizient, wie ich vermutet habe«, sagte Avery, doch in seiner Stimme klang nicht die übliche Selbstgefälligkeit mit, »Roboter, die in begrenztem Umfang zu menschenähnlichen Verhaltensweisen fähig sind. Das genetische Material wurde geschickt eingesetzt, doch der Hersteller konnte ihren rapiden Alterungsprozeß nicht aufhalten. Wenn ihm das gelungen wäre, wären die Tänzer recht erfolgreiche, kleine humaniforme Roboter gewesen.«

Ariel starrte ohne erkennbare Gefühlsregungen auf den Bildschirm. Sie wußte nicht, was sie empfinden sollte. Erleichterung, daß es keine winzigen Menschen gewesen waren, oder Trauer, weil sie – was immer sie auch waren – nur für eine sehr kurze Zeit existiert hatten.

Schließlich ergriff sie einen Lappen und wischte damit die Schreibtischplatte ab. »Das war's dann also«, sagte sie. »Gehen wir mal zu Derec und sehen wir nach, ob wir ihm helfen können.«

Bevor sie sich auf den Weg machten, überreichte Avery Eva eine kleine Schachtel. Als Eva fragte, was das sei, erklärte Avery ihr, daß die Schachtel die Überreste der letzten Tänzerin enthielte. Er würde sie ihr überlassen, um damit zu tun, was immer sie wollte. Eva nahm den Behälter und verschwand damit.

Kapitel 16

Flucht

Als das Auge Derec verließ, war ihm klar, daß seine Verkleidung den Menschen nicht getäuscht hatte. Es war zu dieser Erkenntnis gelangt, indem es Derecs forschende Fragen analysiert, seinen Gesichtsausdruck gelesen und seine Körpersprache interpretiert hatte. Bei seinen Studien der Menschen hatte es aus dem Computer eine Datei über Metalinguistik und sprachbegleitende Gesten abgerufen.

Während es floh, überlegte es, wo es in seiner Rolle als Bogie einen Fehler gemacht hatte. Vielleicht hatte der Fehler darin bestanden, überhaupt zu versuchen, einen Roboter zu imitieren. Schließlich war es ein viel zu komplexes Wesen, besaß einen viel zu großen Intellekt, als daß es für einen einfachen Roboter gehalten werden konnte. Andererseits konnte auch sein Stolz für sein mißglücktes Verhalten verantwortlich gewesen sein. Vielleicht hatte es sich Bogie und den Robotern im allgemeinen zu überlegen gefühlt, um so tun zu können, als wäre es selbst einer. Irgendwann während seiner Nachforschungen hatte es gelesen, daß Schauspieler oft deshalb erfolgreich waren, weil sie völlig in ihren Rollen aufgingen und dabei ihre eigene Persönlichkeit verloren. Das Auge hätte Bogie genauer studieren müssen. Aber es war schon seltsam, dachte es, sein Versagen in der Maske eines Roboters bestärkte es noch in seinem Glauben, daß es eindeutig kein Roboter war.

Vielleicht hatte sein wirklicher Irrtum darin bestanden, die Sicherheit seiner Zuflucht in der Computerkammer zu verlassen. Es gehörte in seine Schutzhülle. Vielleicht sollte es sie überhaupt nicht verlassen, sich zumindest nicht weit von ihr entfernen. Vielleicht sollte seine Existenz die eines Beobachters sein, der aus der Entfernung seinen Einfluß ausübte und wie ein Marionettenspieler seine Fäden zog.

Was sollte es jetzt tun? überlegte es. Derec hatte ihm befohlen, Wolruf zu suchen, aber Wolruf stellte eine zu große Bedrohung dar. Außerdem war das hundeähnliche Alien wahrscheinlich bei den anderen Menschen, die alle in der Lage sein konnten herauszufinden, daß das Auge nicht das war, was es zu sein vorgab. Als es den Raum verlassen hatte, hatte es für einen Augenblick das Verlangen verspürt, zu tun, was Derec gesagt hatte, den Auftrag wie einen Befehl nach dem Zweiten Gesetz auszuführen. Aber warum sollte es Derec gehorchen, wenn es kein Roboter war? Es konnte nicht einmal sicher sein, daß Derec ein richtiger Mensch oder überhaupt ein Mensch war.

Jedenfalls hatte der Befehl Bogie gegolten, und das Auge war nicht Bogie. Wäre es ein Mensch, so hätte es die Wahl; wäre es ein Roboter, bräuchte es keine Befehle auszuführen, die einem anderen Roboter gegeben worden waren; wäre es ein Tier oder ein Alien, könnte es seinen Tier- oder Alieninstinkten folgen.

Da Derec bekanntgeben konnte, daß es nicht Bogie war, wäre es unvernünftig gewesen, hier draußen auf den Straßen zu bleiben, wo die anderen es verfolgen und einfangen konnten.

Als es sich auf den Weg zum Tunnel machte, der direkt zum Zentralcomputer hinabführte, fragte es sich, ob es seine Aktivitäten in Robot City überhaupt würde fortführen können. Solange Ariel und Derec da waren, hatte es Feinde, und es konnte keine Feinde dulden. Trotzdem wollte es sie nicht vernichten, so vernünftig diese Lösung auch sein mochte. Irgend etwas in ihm hielt es davon ab zu töten.

Plötzlich wurde ihm klar, wie es den Eindringlingen einen Rückschlag versetzen und seine Macht wieder festigen konnte. Es wußte, wie es die Kontrolle über die Stadt behalten, sie zu einer Umgebung machen konnte, die seinen Bedürfnissen und nicht denen der Menschen entsprach, wie es sich zu dem mächtigen Wesen machen konnte, das zu sein es beschlossen hatte.

Es würde nur das Programm beschleunigen müssen, das es schon seit langem geplant hatte, indem es ein paar Schritte übersprang und sich direkt seinem Hauptziel zuwandte.

Es würde Robot City zerstören und wieder neu aufbauen.

Wolruf hatte Ariel und die anderen verlassen, um ihren nächtlichen Streifzug durch die Stadt zu unternehmen. Sie kam von einem Planeten, dessen Bewohner nachts zwanghaft umherzogen und Antworten auf Fragen suchten, von denen sie bis dahin gar nichts gewußt hatten. Während sie diesen Trieb meistens unterdrückte, war ihr heute abend, nachdem sie das Ende der Tänzer mitverfolgt hatte, klar gewesen, daß sie allein sein mußte. Sie kletterte über kleinere Gebäude hinweg, raste in langen Sprüngen durch dunkle Straßen, kauerte am Rand von Dächern.

Als sie um eine Ecke herumkam, prallte sie mit einem Roboter zusammen, den sie als Bogie erkannte.

»Bogie! Wass machst du 'ierr?«

Doch der Roboter antwortete nicht. Er sprang einfach über sie hinweg und jagte weiter, verschwand um die Ecke, hinter der Wolruf hervorgekommen war.

»Halt!« ertönte da eine Stimme. Es war Mandelbrot, der sich Wolruf so schnell näherte, daß er sie umgerannt hätte, wäre sie ihm nicht geschickt aus dem Weg gesprungen. Der Roboter Timestep trippelte hinter Mandelbrot her.

»Da stimmt irrgendwass nicht, Mandelbrot, dass sse'e ich«, sagte Wolruf. »Du rrenst nurr, wenn irrgendwass nicht in Orrdnung iss'.«

»Entschuldigen Sie, Wolruf«, erwiderte Mandelbrot. »Wir sind in einer wichtigen Angelegenheit unterwegs. Ich kann nicht stehenbleiben, um es Ihnen zu erklären.«

Er eilte an ihr vorbei. Neugierig geworden, rannte sie auf allen vieren hinter ihm her. Timestep folgte ihnen im Tanzschritt.

»Ich kann dirr 'elfen. Verrfolgst du Bogie?«

»Nein.«

Sie umrundeten eine Ecke. Wolruf erblickte Bogie vor ihnen, der immer noch schnell davonlief.

»Du scheinst aberr Bogie zu verrfolgen.«

»Nein.«

»Wass machst du dann?«

»Ich versuche, den Bogie zu überholen, der nicht Bogie ist.«

»Derr Bogie, der nicht Bogie iss'? Errklärre, bitte.«

Während sie weiterrannten, erzählte Mandelbrot, was passiert war.

»Dann ssollst du alsso diessen Rroboterr zu Derec zurrückbrringen?

»Ja.«

»Laß ihn mich fürr dich fangen.«

Mit kräftigen, weitausholenden Sätzen stürmte Wolruf los und ließ Mandelbrot und Timestep hinter sich. Den Körper dicht am Boden haltend, jagte sie dahin, und innerhalb weniger Sekunden hatte sie den Vorsprung des Auges eingeholt. Ihre Beute merkte nicht einmal, daß Wolruf hinter ihr war.

Nach den letzten kraftvollen Sätzen katapultierte sich Wolruf in die Luft. Ihr Sprung war beeindruckend, ein ebenmäßiger Bogen, der sie auf eine solch große Höhe brachte, daß es ihr gelang, von oben auf den fliehenden Roboter hinabzutauchen. Ihre Vorderbeine prallten mit solcher Wucht gegen seine Schultern, daß sie ihn umstieß und er auf das Gesicht fiel. Wolruf landete auf ihm. Sie konnte ihn lange genug am Boden festhalten, bis die anderen sie eingeholt hatten.

Als sie sich von ihm löste und aufblickte, stand Mandelbrot über ihnen.

»Wer auch immer du bist«, sagte er, »Derec befiehlt dir, mit uns zu ihm zurückzukommen.«

»Wer auch immer ich bin?« fragte das Auge. »Ich bin Bogie.«

»Nein, das bist du nicht. Das kann ich jetzt erkennen.«

»Wie kommst du auf diese Idee?«

»Du hast Bogies Stimme nicht sorgfältig genug kopiert, obwohl diese Fähigkeit in deiner Programmierung vorhanden ist. Bogies Stimme hatte einen rauhen Tonfall, der deiner Stimme fehlt.«

Also ein weiterer Fehler. Das Auge hätte seine Stimme der des Roboters angleichen müssen. Einen Augenblick lang fragte es sich, ob es sich überhaupt die Mühe mit Bogie hätte machen sollen. Denn seine Strategie war mißlungen, und nun lag der Roboter in Einzelteilen in der Reparaturwerkstatt. Das Auge war unfähig zu empfinden, doch es erkannte, daß erfolglose Unternehmungen eine Verschwendung von Zeit und Mühe darstellten.

»Wenn du weißt, daß ich nicht Bogie bin«, sagte es, »dann kannst du dir sicher vorstellen, daß ich nicht tun muß, was du mir sagst.«

Ohne Mandelbrots Antwort abzuwarten, trat das Auge ihm gegen die Beine. Der überraschende Angriff ließ Mandelbrot zur Seite kippen, und er prallte mit einem beeindruckenden Krachen auf das Straßenpflaster.

Das Auge richtete sich schnell wieder auf und hatte das Gefühl, seinen ungewohnten Roboterkörper jetzt besser als vorher zu beherrschen. Es drehte sich um und erblickte Wolruf, die ihm entgegensprang. Mit einem heimtückischen Schlag des Handrückens traf er sie am Hals. Wolruf würgte, wurde zurückgeschleudert und erschlaffte noch in der Luft. Sie landete ungeschickt auf den Hinterbeinen, die bei dem Aufprall schmerzhaft zu pochen begannen.

Das Auge sprang über die gestürzte Außerirdische hinweg und wollte weiterrennen, doch Timestep schob sich ihm mit einer Pirouette in den Weg. Es stolperte, doch diesmal stürzte es nicht zu Boden. Als es das Gleichgewicht wiedergefunden hatte, warf es sich so schnell auf Timestep, daß dem Roboter nicht einmal die Zeit blieb, an die Verpflichtung zu denken, die das Dritte Gesetz ihm auferlegte.

Das Auge drückte Timestep gegen das Straßenpflaster, löste dann aber mit einer abrupten Bewegung seinen Griff und raste davon. Es hatte schon einen halben Häuserblock hinter sich gebracht, als Mandelbrot wieder auf die Beine kam. Doch da er Wolruf auf dieselbe Weise wie einen Menschen betrachtete, zwang ihn das Erste Gesetz, neben ihr niederzuknien und sich zu vergewissern, ob sie Hilfe brauchte.

»Ich bin in Orrdnung«, stieß Wolruf mit schwacher Stimme hervor. Sie konnte kaum sprechen. »Lauf weiterr. Ssetz die Verrfolgung forrt. Ich werrd' zu Derec ge'en.«

Sie sah zu, wie Mandelbrot und Timestep dem fremdartigen Roboter hinterherjagten. Als sie außer Sichtweite waren, kämpfte sie sich auf die Beine. Der Schmerz in ihren Hinterbeinen schien ihren gesamten Körper zu durchziehen.

Viel langsamer als gewöhnlich lief sie zu Derec.

Das Auge wünschte, es könnte die volle Geschwindigkeit eines Roboters erreichen, aber seine Mimikryfähigkeiten gestatteten ihm nicht automatisch die vollständige Kontrolle über seinen Körper. Anders als ein normaler Avery-Roboter schlitterte es um die Ecken herum und prallte gegen Hindernisse. Jede kleine Verzögerung ließ seine Verfolger aufholen.

Einen Vorteil aber hatte das Auge Mandelbrot und Timestep gegenüber. Es wußte, wohin es unterwegs war.

Der Tunnel war jetzt nicht mehr allzu weit entfernt. Nachdem es einen Blick zurück auf seine Verfolger geworfen hatte, rechnete es schnell die Zeit aus, die sie benötigen würden, um den Vorsprung aufzuholen. Die Wahrscheinlichkeit sprach dafür, daß sie es wenige Meter vor dem Tunneleingang eingeholt haben würden.

Es brauchte ein Ablenkungsmanöver.

Es projizierte vor seinem inneren Auge eine Karte der Gegend und stellte fest, daß es bald ein Gebäude auf seiner rechten Seite erreichen würde, in dem einige Produkte seiner genetischen

Experimente untergebracht waren. Dies war eins seiner letzten Experimente gewesen, und viele Geschöpfe dieser Gruppe waren noch funktionstüchtig.

Wenn es das Gebäude durchquerte, das einen Hinterausgang besaß, und wenn es dadurch seine Verfolger abbremsen konnte, würde es den Tunneleingang problemlos rechtzeitig erreichen können.

Als Mandelbrots Schritte hinter ihm lauter wurden und es so klang, als würde er dem Auge jeden Augenblick in den Rücken treten, machte er eine abrupte Kehrtwendung nach rechts auf das Gebäude zu. Es rannte mit einer solchen Geschwindigkeit und prallte mit einer solchen Wucht gegen den Eingang, daß die dicke Tür nach innen flog.

Der riesige Raum wurde von hellem Licht erleuchtet. Auf dem Boden, in Regalen und über Einrichtungsgegenstände war eine große Gruppe von Geschöpfen verstreut, die aus den Experimenten des Auges hervorgegangen waren und von ihm als Ausschuß betrachtet wurden.

Die Geschöpfe dieser speziellen Gruppe, die es kurz vor der Ankunft der Eindringlinge hergestellt hatte, waren etwas größer als die Tänzer und längst nicht so zierlich. Sie hatten kräftige Muskeln, die ihre gesamten Körper bedeckten und nicht immer dort saßen, wo es bei menschlichen Körpern der Fall war.

Ihr hervorragendes Merkmal war ihre Härte. Sie stießen immer wieder zusammen, zettelten Kämpfe an, spielten Spiele, die in der Regel in wüste Schlägereien ausarteten, machten seltsame und grobe Späße, rotteten sich zu Gruppen zusammen und schlugen kleine Schlachten, die mehr Strategien enthielten, als man vermutet hätte. Alles in allem hatten sie dadurch eine gewisse Ähnlichkeit mit den Pionieren auf den Siedlerplaneten und der alten Erde.

Im Gegensatz zu ihrer gewalttätigen Natur hatten sie sich zu einer erstaunlich vielschichtigen Gesellschaft organisiert, die auch eine Regierung einschloß, in der Bestechungen und Betrügereien an der Tagesordnung waren. Das Auge war von dieser Gruppe ziemlich angetan gewesen, hatte sie aber abschreiben müssen, da sie zu viele Schwächen offenbart und abgesehen von ihrer korrupten Politik und einem Hang zu lebhaftem Gesang nur eine minimale Intelligenz gezeigt hatte.

Die meisten seiner Experimente waren Fehlschläge, weil sie sich als zu begrenzt erwiesen hatten, wenn auch jede Gruppe andere Verhaltensmuster zeigte. Das Auge hatte mehr über die Gesetze der Humanik herausfinden wollen (die mehr oder weniger besagten, daß Menschen einander keinen Schaden zufügen und nicht zulassen durften, daß andere zu Schaden kamen, daß sie Robotern keine gefährlichen Befehle geben und sie nicht beschädigen durften, sofern dadurch nicht andere Menschen gerettet wurden), doch in der Regel wurden seine Experimentalgeschöpfe zu selbständig, entwickelten ihre eigenen Gesellschaftsformen und lieferten keine Beweise für die Ethik, die die Grundlage der Gesetze bildete.

Auf einer Seite des Raumes sang eine große Gruppe ein rauhes Lied, während dicht vor den Füßen des Auges ein wildes Handgemenge tobte. Das Auge trat vorsichtig auf die freien Stellen, die die winzigen Geschöpfe meistens bildeten, wenn größere Wesen den Raum betraten, der ihre Welt darstellte, und es gelang ihm, ein Drittel der Strecke durch das Gebäude hinter sich zu bringen, bevor Mandelbrot und Timestep in der offenen Tür erschienen. Das Auge blickte kurz zurück und sah, daß das eintrat, was es erwartet hatte. Die beiden Roboter waren stehengeblieben. Sie waren unsicher, wie sie den überbevölkerten Raum durchqueren sollten, und darüber hinaus fragten sie sich, wie sie sich hier gemäß dem Ersten Gesetz der Robotik verhalten mußten. Sie waren sich nicht sicher, ob das Gesetz überhaupt auf diese Situation anzuwenden war.

Das Auge ging weiter. Es wußte, daß die Geschöpfe an Besucher gewöhnt und geschickt genug waren, sofort aus dem Weg zu springen, sollte es einmal einen Fuß auf eine Stelle setzen, auf der sich ein paar der Wesen aufhielten. Ohne Schwierigkeiten erreichte es die andere Seite des Raumes, wo einige der männlichen Exemplare merkwürdige Paarungsrituale mit ihren weiblichen Gegenstücken durchführten. (Es hatte in keiner der Gemeinschaften der Experimentalwesen wirkliche Paarungen gegeben, obwohl Paarbildungen und Liebeleien nicht ungewöhnlich waren.)

Bevor Mandelbrot und Timestep sich vorsichtig durch den Raum hatten arbeiten können, befand sich das Auge schon wieder auf einer anderen Straße und näherte sich dem Tunnel und seinem Fluchtweg. In Gedanken, die trotz der es umgebenden Gefahr nüchtern blieben, war es weiter damit beschäftigt, seinen Plan zur Zerstörung Robot Citys auszuarbeiten.

Kapitel 17

Adam, Eva und Kneif-mich

Adam entdeckte Eva vor dem Eingang eines kleinen Parks inmitten eines Stadtviertels von Robot City. In diesem Stadtviertel gab es ein kleines Kunstmuseum, eine Bücherei, einen Hörsaal, der für Musikaufführungen gedacht war, und einen dieser Marktplätze mit zahlreichen Geschäften, die überall in der Stadt anzutreffen waren. Der Park selbst bestand aus einem Ring von Bäumen, der von einem metallenen Lattenzaun umgeben war, mit hübsch angeordneten Bänken, Büschen und Blumenbeeten.

Obwohl Eva reglos dastand und auf den Park blickte, war Adam klar, daß sie nicht die Landschaft betrachtete oder versuchte, ihre Funktion zu ergründen. Sie starrte auf eine bestimmte Stelle und überzeugte sich davon, daß von der Arbeit, die sie dort gerade beendet hatte, keine Spuren übriggeblieben waren.

Er blieb lange schweigend neben ihr stehen. Sie sah immer noch wie Ariel aus, während sich Adam von Avery in Derec zurückverwandelt hatte. So, wie sie still nebeneinander vor dem romantischen Park standen, wäre ein außenstehender Beobachter vielleicht zu der Überzeugung gekommen, daß sie wie die beiden Menschen ineinander verliebt waren. Aber das war bloß ein weiterer Aspekt ihrer Mimikryfähigkeit, und Zärtlichkeit gehörte nicht zu ihrem Repertoire, falls ihr Schöpfer nicht noch mit einer weiteren Überraschung aufwartete.

»Liegen hier die Tänzer?« fragte Adam.

»Ja.«

»Hast du sie alle irgendwo in diesem Park begraben?«

»Einige. Andere an anderen Orten.«

»Weißt du, warum du dieses Ritual durchgeführt hast?«

»Es erschien mir passend. Als wir die erste Gruppe dieser Wesen auf dem freien Grundstück entdeckt haben, begruben sie gerade ihre Toten. Ich habe diese Arbeit beendet, deshalb erschien es mir angebracht, dasselbe für die Tänzer zu tun. Ich, dachte daß jemand die Zeremonien abhalten sollte, die ihrer Gesellschaft angemessen erschienen, was auch immer die Tänzer sein mögen. Habe ich etwas falsch gemacht?«

»Ich habe keine Möglichkeit, das zu entscheiden. Richtig und falsch schienen die Gegensätze zu sein, auf die Wesen wie Derec, Ariel und Dr. Avery großen Wert legen. Sie machen sich Gedanken über moralische Werte. Wir haben das nicht nötig, es sei denn, sie betreffen uns.«

»Ich dachte, wir wären ebenfalls moralische Geschöpfe.«

»Das sind wir. Aber wir müssen uns nicht wie sie mit Werten herumquälen. Und unsere Werte sind weniger kompliziert, werden nur von den Zwängen festgelegter Verhaltensregeln beherrscht. Du hast gesehen, daß die Menschen sich nicht einmal untereinander auf einen Standpunkt einigen können.

»Ja. Dr. Avery scheint beinahe ein Feind von Derec und Ariel zu sein, während die beiden nicht immer miteinander auskommen. Warum können sie sich nicht auf passende Verhaltensweisen einigen, Adam?«

»Ich weiß es nicht. Wir müssen sie weiter beobachten.«

»Sie haben sich in ihrer Einstellung den Tänzern gegenüber unterschieden. Ariel schien aufrichtig traurig über ihren Tod zu sein, während Dr. Avery gleichgültig wirkte.«

»Er fürchtet seinen eigenen Tod. Das hat er zugegeben.«

»Ja. Ich habe keine genaue Vorstellung davon, was der Tod ist. Es scheint zu bedeuten, daß ein funktionierendes Wesen funktionsuntüchtig wird.«

»Ich glaube, die Definition ist einigermaßen zutreffend. Hast du etwas für die Tänzer empfunden, als sie funktionsuntüchtig wurden?«

»Darauf kann ich dir keine Antwort geben. Irgend etwas ging in meinem Kopf vor, aber ich weiß nicht, was es war. Ich glaube, daß es möglicherweise eine positronische Störung war, aber ich bin nicht sicher. Ich weiß nur, bei jedem Tänzer, den ich aus dem Medizinischen Zentrum wegbrachte, hatte ich den Eindruck, es läge eine Ungerechtigkeit in ihren Leben, aber ich konnte bisher noch nicht herausfinden, was für eine Ungerechtigkeit das ist. Wenn das Gefühle sind, dann bin ich vielleicht ein Roboter mit Gefühlen.«

»Das ist bestenfalls zweifelhaft. Wirst du mehr von ihnen begraben, falls wir ihre Leichen entdecken?«

»Ja, wenn sich die Möglichkeit dazu ergibt.«

»Wenn du willst, werde ich dir dabei helfen.«

Sie standen noch eine Zeitlang so da, dann sagte Adam: »Als ich Dr. Avery geholfen habe, hat er mir eine Geschichte erzählt. Er sagte, ich sollte sie wegen unserer Namen kennen. Sie ging so: Adam, Eva und Kneif-mich gingen schwimmen. Adam und Eva ertranken, und wer wurde gerettet?«

Eva wartete darauf, daß Adam fortfuhr. Als er es nicht tat, sagte sie: »Als Geschichte ist das unverständlich, Adam.«

»Nein. Du mußt die Frage beantworten. Vielleicht ist es ein Rätsel. Versuch es noch einmal: Adam und Eva ertranken, und wer wurde gerettet?«

»Die Logik scheint für Kneif-mich zu sprechen.«

»Das stimmt. Und dann soll ich das machen.«

Adam spreizte Daumen und Zeigefinger und legte seine Hand auf Evas Arm. Nach und nach drückte er die Finger zusammen, preßte Evas Haut und ahmte so ungefähr die Bewegung nach, mit der ein Mensch einen anderen kniff.

Adam ließ die Hand wieder sinken. Eva beobachtete die Geste und fragte: »Und . . .?«

»Und was?«

»Was ist der Sinn?«

»Ich weiß es nicht. Ich wußte es auch nicht, als Dr. Avery es gemacht hat, aber er schien der Meinung zu sein, daß es ein Lächeln wert wäre. Als ich ihn bat, es mir zu erklären, wurde er wütend.«

»Meinst du, es könnte ein Gleichnis sein? Verstehst du, Adam und Eva sterben, und Kneif-mich überlebt. Deshalb berührt der Erzähler die Zuhörer, und alle sind zufrieden, daß das Leben weitergeht, wenn andere Leute sterben. Glaubst du, das war es, was Dr. Avery damit ausdrücken wollte?«

»Vielleicht. Er scheint noch sehr lange leben zu wollen, also könnte das seine Art gewesen sein, mir zu erklären, was es mit dem Leben auf sich hat. Diese Leute verhalten sich oft so. Sie erzählen unverständliche Geschichten, wenn man Daten benötigen würde.«

»Ich vermute, daß Daten für sie nicht immer wesentlich sind. Komm, wir wollen sie suchen.«

Aus der Ferne drang ein merkwürdiges knallendes Geräusch zu ihnen herüber. Als sie aufblickten, sahen Adam und Eva ein komplettes Gebäude hoch in der Luft über sich hinwegfliegen.

»Was bedeutet das?« fragte Eva.

»Es scheint, daß ein Gebäude sein Fundament verlassen hat und fliegt. Merkwürdig. Wenn die Roboter in der Stadt ein Gebäude entfernen, verschwindet es einfach und wird durch ein neues ersetzt. Es fliegt im allgemeinen nicht durch die Luft. Irgend etwas stimmt hier nicht. Wir müssen Derec und Ariel aufsuchen.«

Kapitel 18

Avery ist wieder der alte

Derec erkannte sofort die Veränderung an seinem Vater, als dieser hereinkam. Averys gewöhnlich verzerrtes Gesicht hatte sich entspannt und sah müde aus; eine düstere Traurigkeit lag um seine Augen. Seine Züge wirkten weicher; Mund und Augen waren nicht mehr in nervöser Bewegung, dasselbe galt für seinen Körper. Er bewegte sich mit untypischer Langsamkeit. Seine Finger waren ruhig. Das war das wirklich Merkwürdige. Seine Hände, die sonst so hektisch gewesen waren, bewegten sich nicht. Derec hatte sich so sehr an die Art gewöhnt, mit der Averys Finger gegen alles mögliche trommelten – gegen Möbelstücke oder seine Kleidung –, daß ihre fehlende Bewegung wie die plötzliche Stille im Urwald wirkte, zu beunruhigend, um einen friedlichen Eindruck zu erwecken.

Auch Ariel sah ein wenig anders aus, erschöpft, mit hängenden Augenlidern und schlaffem Mund, ihre Schritte wirkten träge.

»Ist Wolruf nicht bei euch?« erkundigte sich Derec bei Ariel.

»Sie war da, ist aber allein weggegangen. Du kennst ja ihre Art.«

»Ich habe jemanden zu ihr geschickt.«

»Davon weiß ich nichts.«

Derec nickte. Sein Verdacht schien sich zu bestätigen. »Ich habe Bogie losgeschickt, um sie hierherzubringen, nur glaube ich nicht mehr, daß es wirklich Bogie war, den ich geschickt habe.«

»Was meinst du damit?«

Er erklärte es ihr.

»Du glaubst, irgend jemand hätte etwas mit Bogie angestellt?« fragte Ariel.

»Möglicherweise. Oder es war gar nicht Bogie.«

»Wie sollte das möglich sein?«

»Ich weiß es nicht, aber Timestep scheint meiner Meinung zu sein. Er und Mandelbrot sind ihm gefolgt.«

Avery, der an der Tür geblieben war, kam näher. »Vielleicht war es derjenige, nach dem du gesucht hast. Derjenige, der hinter der Lahmlegung der Stadt steckt.«

Derec erwog die Wahrscheinlichkeit. »Du könntest recht haben. Es lohnt sich jedenfalls, diesen Gedanken in Betracht zu ziehen. Aber könnte er sich als Bogie verkleiden?«

Avery zuckte die Achseln. »Solange wir die Identität unseres Gegenspielers nicht kennen, können wir kaum irgendwelche Schlußfolgerungen ziehen. Wir brauchen handfeste Anhaltspunkte.«

»Ich habe gerade das Wort ›wir‹ gehört«, sagte Ariel. »Heißt das, daß Sie mit uns zusammenarbeiten wollen?«

»Das heißt überhaupt nichts«, entgegnete Avery. »Jedenfalls

nicht das, was du daraus schließt. Ich glaube vielleicht nicht mehr, ein Roboter zu sein, und du kannst dir möglicherweise etwas darauf einbilden, mich mit deinen billigen Tricks und deinen psychologischen Spielchen in die Normalität zurückgestoßen zu haben, aber das bedeutet nicht, daß ich in irgendeiner Form – wie es dein Tonfall andeutet – euer *Verbündeter* bin.«

»Entschuldigen Sie«, sagte Ariel mit gespieltem Ärger. »Derec, ich glaube, jetzt ist wieder alles beim alten. Dein Vater hat sein altes Ich wieder.«

Derec wußte nicht, wie gut ihm das gefiel. Er hatte Dr. Avery während ihrer früheren Begegnungen nicht gemocht, und es behagte ihm nicht, sich wieder intensiver mit ihm auseinandersetzen zu müssen. Schließlich war dies der Mann, der ihm die Chemfets injiziert hatte, die sich eindeutig als ein zweischneidiges Schwert erwiesen hatten. Aber andererseits war Avery auch sein Vater, und das war nichts, was er so einfach abtun konnte. Wenn der Doktor ihn zur Abwechslung doch einmal wie einen Sohn behandeln würde!

»Also«, sagte Derec mürrisch, »wir können jede Unterstützung gebrauchen, die du uns geben könntest.«

»Sicher könntest du das. Die Stadt zerfällt. An deiner Stelle würde ich auch meine Hilfe wünschen. Ich würde sie verlangen. Ich habe dir nicht die Verantwortung übertragen, damit du den Zerfall und Niedergang der Stadt beaufsichtigst.«

Averys Worte trafen Derec schmerzhaft. Er hatte den Eindruck, als würde sein Vater ununterbrochen über ihn zu Gericht sitzen und ihn für schuldig befinden.

»Ich glaube, ihr beide solltet euch besser kennenlernen«, sagte Ariel. »Dabei braucht ihr mich nicht. Ich werde einen kleinen Spaziergang unternehmen. Vielleicht kann ich dabei den vermißten Bogie finden. Den richtigen Bogie, meine ich.«

Sie verschwand mit einem boshaften Gesichtsausdruck. Sie wußte genau, was sie tat. Die beiden Averys mußten ihre Probleme von Angesicht zu Angesicht austragen, und das würde keiner von beiden schaffen, solange sie in der Nähe war. Sie war sich nicht sicher, wie sie auf diese Idee kam, aber sie war davon überzeugt, daß etwas zwischen ihnen geschehen mußte, zum Guten oder zum Bösen.

Als sie verschwunden war, bemerkte Avery: »Tja, die Absicht deiner Freundin ist ziemlich durchsichtig.«

»Hör auf! Mach sie nicht so billig, indem du sie meine Freundin nennst.«

»Tut mir leid. Ich dachte, ihr beide wärt . . .«

»Das sind wir auch, aber sie bedeutet mir mehr als nur das.«

»Ich werde ein paar bessere Worte aussuchen. Gefällt dir Geliebte, scharfe Biene, Puppe, Torte, Matratze, Keule . . .?«

»Wovon redest du?«

»Nur Slang von der Erde. Ich sammle alte umgangssprachliche Ausdrücke.«

»In meinen Träumen hast du mir etwas Ähnliches erzählt.«

»Habe ich das?« Avery begann, langsam im Raum umherzugehen. Er sah jetzt seinem alten Ich etwas ähnlicher, zumindest einem Schatten davon. »Nun, ich gebe nicht viel auf solche Traumgeheimnisse. Symbolismus, Vorahnungen und all diese Schaumschlägereien. Auch wenn es dir nicht mehr bewußt ist, irgendwo in verborgenen Winkeln deines Gehirns mußt du dich daran erinnern, wie du mich dabei beobachtet hast, wenn ich alte Slangausdrücke verwendet habe.«

»Du erinnerst dich daran, daß ich dich beobachtet habe?«

Averys Gesicht wurde weicher. Er sah beinahe liebenswürdig aus.

»Ja. Sehr oft. Du bist immer in mein Labor gekommen, hast stundenlang auf einen hohem Stuhl gesessen und mir bei der Arbeit zugesehen. Du hast nicht nur ein paar meiner wissenschaftlichen Fachbegriffe und wahrscheinlich meine altmodischen Slangworte aufgeschnappt, du konntest auch eine beachtliche Anzahl meiner Kraftausdrücke wiederholen, als du noch sehr klein warst. Das hat deine Mutter immer wieder in Verlegenheit . . .«

»Meine Mutter? Sie ist auch in meinen Träumen erschienen. Sie . . .«

»Ich will nichts von deinen albernen Träumen hören. Du würdest mich wahrscheinlich mit rührseligen Theorien und Auslegungen *umbringen.* Ich kann auf dieses Psychogewäsch verzichten, das kannst du mir glauben. Kümmern wir uns wieder um unsere Arbeit, wir . . .«

»Nein, warte. Meine Mutter . . . hatte sie blondes Haar und haselnußbraune Augen?«

Avery wirkte verblüfft. »Ja, das stimmt. Ich habe nicht geglaubt, du könntest . . . das heißt, ich dachte, du hättest keine Erinnerung an sie.«

»Nein!«

Als Derec das Wort so wild rief, wurde ihm bewußt, daß ihm dieses Thema Schwierigkeiten bereiten würde. Aber auch wenn er jetzt davor zurückwich, hatte er nicht die Absicht, es völlig fallenzulassen. Er würde mit allem, was in seinen Kräften stand, etwas über seine Mutter herausfinden.

»War ich ein schwieriges Kind?« fragte er statt dessen.

Avery schien jeden Augenblick vor Wut explodieren zu wollen.

»Kannst du deinen verdammten Verstand nicht von nostalgischen Gefühlsregungen losreißen? Wir müssen . . . nein, warte, es tut mir leid. Ich kann manchmal gefühllos sein, ich weiß. Es muß seltsam für dich sein, mich zum Vater zu haben. Ich schätze, ein Außenstehender würde mir vorwerfen, in Episoden irrsinnigen Verfolgungswahns oder vielleicht extremen Größenwahns zu verfallen. Ich hasse solche Bezeichnungen. Möchtegern-Lebensexperten verstecken sich hinter solchen Wörtern. Manchmal erwecken sie durch solche Wörter den Eindruck, als wüßten sie, worüber sie reden, anstatt die Ignoranten zu sein, die sie wirklich sind.«

Der wechselnde Tonfall in der Stimme seines Vaters brachte Derec durcheinander. Einen Moment lang konnte er sich wie ein normaler Vater anhören, sogar wie ein vernünftiger Mensch, doch dann verfiel er mitten im Satz in den Tonfall eines Verrückten. Ariels Behandlung hatte ihn vielleicht vernünftiger werden lassen, hatte ihn aber eindeutig nicht völlig geheilt.

»Ja, Derec«, sagte er mit einer jetzt unheimlich warmen Stimme, »du hattest eine normalere Kindheit, als du vermutest. Eltern, die ganz vernarrt in dich waren, und alles, was dazu gehört. Du mochtest Roboter, und du hast Robotiktheorien aufgeschnappt, wie andere Kinder ihre Buchstaben und Zahlen lernen. Ich habe dir dabei geholfen, dir deinen eigenen

Gebrauchsroboter zu bauen. Du kannst dich nicht mehr an Positron erinnern, oder?«

»Nein.«

Es machte ihn traurig, daß er es nicht konnte.

»Das war der Name, den du deinem Roboter gegeben hast. Natürlich war es nur ein Gebrauchsroboter, der nicht einmal ein positronisches Gehirn besaß, aber ich fand, der Name hätte einen gewissen Charme, deshalb habe ich dich nicht korrigiert. Ich vermute, ich hätte dich auch gar nicht korrigieren müssen. Selbst als du noch so klein warst, hast du wahrscheinlich schon genau gewußt, was du gemacht hast. Du weißt immer, was du tust.«

»Ich wollte, das wäre wahr.«

»Stimmt das denn nicht?«

»Ich fürchte, nein.«

»Nun, vielleicht hat dein Gedächtnisverlust dir etwas von deinem Selbstbewußtsein geraubt, aber du bist ein Avery, wie sehr du dich auch gegen die Vorstellung sträubst, mit mir verwandt zu sein. Du empfindest es vielleicht als eine Beleidigung, wenn ich das sage, aber manchmal erinnerst du mich tatsächlich an mich.«

»Es überrascht dich vielleicht, wenn ich das sage, aber, nein, ich empfinde das nicht als eine Beleidigung. Wenn ich deine Fähigkeiten auf dem Gebiet der Robotik hätte, wäre ich, nun, ja . . . stolz.«

Bildete er sich das nur ein, oder hatten sich die Augen seines Vaters einen Augenblick lang verschleiert? Doch als er genauer in diese kühlen und gleichgültigen Augen blickte, kam er zu der Überzeugung, daß er es sich eingebildet haben mußte.

»Also, du bist auf diesem Gebiet schon ziemlich geschickt«, sagte Avery schließlich. »Du wirst mich vielleicht noch übertreffen, und jetzt will ich nichts mehr davon hören. Wir sollten uns anderen Themen zuwenden.«

»Das werden wir. Gleich. Ich muß nur noch eins wissen, dann laß ich dich in Ruhe.«

»Verwechsel mich nur nicht mit einem liebevollen Vater.«

»Das wäre mir kaum möglich.«

Avery hatte sich von Derec entfernt und ihm den Rücken zugewandt.

»Du hast gesagt, daß wir uns früher einmal nahegestanden hätten«, sagte Derec. »Warum hat sich das geändert?«

Averys Antwort erfolgte sofort, bitter: »Deine Mutter hat mich verlassen.«

»Erzähl mir von ihr.«

»Nein.«

Diesmal hatte er das ›nein‹ sanfter ausgesprochen, aber es klang genauso bestimmt. Derec würde hart daran arbeiten müssen, irgend etwas über sie in Erfahrung zu bringen, das war eindeutig.

»Derec«, sagte Avery leise, »es fällt mir schon schwer, nur mit dir zu reden. Bitte, erwarte keine Flut von Enthüllungen.«

Derec nickte. »In Ordnung, ich verstehe.«

Er fragte sich, ob er vielleicht zu seinem Vater hinübergehen, ihn in den Arm nehmen und ihn fragen sollte, ob sie nicht noch einmal ganz von vorn anfangen könnten, ob er vielleicht sagen sollte, daß er immer noch gern auf einem Laborhocker sitzen und Avery bei der Arbeit zusehen würde.

Derec ging einen Schritt auf seinen Vater zu, wurde aber von einem Geräusch an der Tür abgelenkt. Als er sich umdrehte, sah er Wolruf in den Raum hinken. Sie stand offensichtlich kurz vor dem Zusammenbruch.

Derec eilte ihr entgegen und fing sie gerade noch auf, bevor sie stürzen konnte. Er ließ sie behutsam auf den Boden gleiten und fühlte ihren Puls. Die langsame Frequenz ihres Pulsschlags unter ihrer Haut, die ihre kühle Normaltemperatur hatte, gab Derec die Gewißheit, daß sie am Leben und nicht in unmittelbarer Gefahr war, welche Verletzungen sie sich auch zugezogen haben mochte. Avery beugte sich über die Schulter seines Sohnes und zog vorsichtig einen Teil von Wolrufs Fell auseinander. Sie zuckte vor Schmerzen zusammen.

»Sie scheint eine Quetschung am Hals zu haben«, sagte er, »eine schlimme.«

»Dorrt 'at err mich getrroffen«, stieß Wolruf mit krächzender Stimme hervor.

»Wer?« fragte Derec. »Wer hat dich geschlagen?«

»Derr Bogie, derr nicht Bogie iss'.«

»Gut, Wolruf. Ich möchte, daß du mir alles erzählst. Aber streng deine Stimme nicht an. Sprich ruhig und langsam.«

Sie berichtete, was geschehen war, als sie Bogie eingeholt hatte, und daß Mandelbrot und Timestep die Verfolgung fortgesetzt hätten.

»In Ordnung«, sagte Derec, als sie geendet hatte. »Bleib hier liegen. Wir bringen dich zum Medozentrum, sobald wir können.«

»Nein, Derec. Mirr wirrd'ss gleich wiederr besserr ge'en. Ess gibt zuviel, wass ihrr jetzt tun müßt.«

»Nun, wir werden sehen.«

Derec stand auf, drehte sich zu seinem Vater um und fragte: »Was hältst du davon?«

»Ich habe einige Vermutungen, aber sag mir erst, was du denkst.«

Derec fühlte einen merkwürdigen Stolz in sich aufsteigen, als Avery sich nach seiner Meinung erkundigte, beinahe so, als seien sie jetzt Arbeitskollegen.

»Also, wer auch immer Wolruf angegriffen hat, Bogie war es nicht«, sagte er.

»Ich stimme dir zu, aber wie kommst du darauf?«

»Es war einfach kein Roboter aus Robot City. Sie sind alle darauf programmiert, Wolruf als Menschen zu akzeptieren. Das heißt, sie müssen die Robotikgesetze auch auf sie anwenden, obwohl sie wissen, daß sie ein Alien ist. Wenn Bogie von ihr aufgehalten worden wäre, hätte er es nach dem Ersten Gesetz zulassen müssen. Statt dessen hat er zurückgeschlagen.«

»Könnte es vielleicht umprogrammiert worden sein, als du nicht auf dem Planeten warst?«

»Das glaube ich nicht. Bis zu diesem Vorfall ist er ein normal funktionierender Roboter gewesen, der sich in seinem Verhalten nach den Gesetzen gerichtet hat. Nein, wenn Bogie Wolruf angegriffen hat, dann war er nicht wirklich Bogie. Ich habe eine Veränderung bei ihm wahrgenommen, bevor ich ihn auf einen Botengang geschickt habe. Ich habe Bogie im Grunde gemocht, und dieser Roboter hatte einfach nicht wie der Bogie reagiert, den ich kannte. Und außerdem deutet alles darauf hin, daß der Roboter, den ich zu Ariel geschickt habe, nicht einmal versucht hat, zu ihr zu gehen, ein weiterer Hinweis, daß ich den Befehl nicht Bogie erteilt haben kann. Der wäre durch das Zweite Gesetz gezwungen gewesen, den Befehl auszuführen. Als Wolruf angesprungen wurde, reagierte er außerdem so, als würde er nach dem Dritten Gesetz handeln, das seinen Selbstschutz regelt, doch das Erste und das Zweite Gesetz hätten ihm nicht gestattet, das zu tun.«

»In Ordnung, gut. Wenn es also nicht Bogie war, wer war es dann?«

»Ein Alien?«

»Was für ein Alien? Ich bin außer Wolruf noch keinem Alien begegnet. Du schon, nämlich Aranimas und deinen ehemaligen Freunden, den Schwarzkörpern. Keiner davon hat die Begabung, sich zu tarnen, dasselbe gilt für die wenigen Alienrassen, von denen man weiß. Ein Mensch könnte vielleicht eine solche Tarnung zustande bringen, in ein Roboterkostüm schlüpfen und eine einigermaßen gute Imitation bewerkstelligen, aber es gibt keinerlei Anzeichen dafür, daß sich außer uns noch weitere Menschen auf diesem Planeten aufhalten. Wenn ich immer noch verrückt wäre, hätten wir einen guten Grund dafür gehabt, mich hinter der Angelegenheit zu vermuten.« Er lachte leise, sardonisch, dann sagte er nachdenklich: »Ich habe mir so sehr gewünscht, ein Roboter zu sein. Ich behaupte immer noch, daß mir die Rolle gelegen hätte. Also, Derec, wer, glaubst du, könnte es sein?«

»Vielleicht ein Roboter, der nicht auf die gleiche Art wie ein Stadtroboter programmiert wurde?«

Avery hob bewundernd die Augenbrauen. »Sehr gut. Du liegst genau auf meiner Linie. Es ist ein Roboter, da bin ich mir sicher, aber kein Avery-Roboter.«

»Was macht dich so sicher?«

»Es müßte irgendeine Art wilder Roboter sein. Das ist überhaupt nicht mein Stil. Bei einem Avery-Roboter gäbe es keine so große Verwirrung wegen der Drei Gesetze. Nein, ein anderer hat diesen Roboter hergestellt, und ich habe eine leise Vermutung, wer das sein könnte.«

»Wer? sag's mir.«

Avery schüttelte langsam den Kopf. »Nicht jetzt. Etwas später. Ich muß dir erst ein paar Fragen stellen. Ich muß etwas über Adam und Eva erfahren. Wie du sie siehst. Ich weiß, woher sie gekommen sind, was sie bisher getan haben. Adam hat mir während unserer Marathonsitzungen eine ziemlich vollständige Zusammenfassung geliefert. Was denkst du über sie? Robotisch betrachtet, meine ich.«

»Ich bin mir nicht sicher, was du wissen willst.«

»Dann erzähl einfach, was dir dazu einfällt.«

»Also . . . ich weiß nicht.« Derec schwieg eine Zeitlang und versuchte, seine Gedanken zu ordnen. »Manchmal wirken sie nicht wie Roboter.«

»Mhm. Das habe ich bemerkt.«

»Erst einmal können sie zu mutwillig handeln. Ich weiß, daß eine Ursache dafür Neugier ist, eine andere hat mit ihren übertrieben kleinlichen Versuchen zu tun, eine Art unmöglichen Menschen zu definieren, ein Ideal, dem wir offensichtlich nicht gerecht werden können. Infolge dessen ist ihre Bindung an die Gesetze der Robotik wacklig.«

»Das scheint daran zu liegen, daß sie die Gesetze zu spezifisch anwenden. Anstatt uns als eine Spielart der perfekten Menschen zu betrachten, nach denen sie suchen, sprechen sie uns in ihrer Vorstellung unsere Menschlichkeit ab. Das Ergebnis sieht dann so aus, daß sie nicht immer nach dem Ersten Gesetz unverzüglich zu unserer Rettung eilen oder uns nach dem Zweiten Gesetz gehorchen.«

»Das ist aber noch nicht alles. Trotz aller Beweise schienen sie sich nicht sicher zu sein, daß sie Roboter sind. Sie akzeptieren es und akzeptieren es gleichzeitig auch wieder nicht. Es hat den Anschein, als wäre ihr Mechanismus so verfeinert, daß sie nicht gewöhnliche Roboter wie die anderen sein können.«

Avery zuckte zusammen. »Mit gewöhnlich meinst du Avery-Roboter.«

»Was ist daran falsch?«

»Es gefällt mir nicht, meine Schöpfungen als zweitklassige Modelle zu betrachten.«

Derec lächelte. »Wenn du es sagst. Aber ich halte das nicht für eine Kritik an deinen Fähigkeiten als Robotiker. Jedenfalls ist ihr Verhalten unbeständig. Manchmal scheinen sie normale Roboter zu sein, dann wiederum sind sie hervorragende Kopien der Wesen, nach denen sie sich geformt haben. Adam gibt eine großartige Wolruf ab, und Evas Version von Ariel macht mich nervös, weil sie zu genau ist.«

»Es ist diese Fähigkeit des Gestaltwechsels, die mich fasziniert, Derec. Erklär sie mir.«

Unter Averys präzisen Fragen schilderte Derec, was er bei den Silberflanken beobachtet hatte, die Sequenzen der körperlichen Verwandlungen während eines Umformungsprozesses, die Veränderungen in der Massendichte, die auftraten, wenn sie die Gestalten von kleineren oder größeren Wesen annahmen, die Grenzen, bis zu denen sie ihre Masse komprimieren oder ausdehnen konnten. (Sie konnten nicht annähernd auf die Größe von Kleintieren oder Insekten schrumpfen, konnten aber wie riesige Ausgaben dieser Vorbilder aussehen. Genausowenig würden sie sich auf die Größe eines Riesen ausdehnen können, wenn ihnen einer als Muster zur Verfügung gestanden hätte. Als sie ihre Masse zu einer Schwarzkörpergestalt umgeformt hatten, hatten sie etwa die doppelte Größe dieser eindrucksvollen Flugaliens besessen.)

Von diesen Informationen erregt und durch die Herausforderung eines wissenschaftlichen Problems wiederbelebt, schien Avery mehr und mehr seine alte Persönlichkeit zurückzuerlangen. Er stand jetzt neben einem Schreibtisch, und seine Finger trommelten in einem schnellen, gleichmäßigen Rhythmus auf die Tischplatte. Seine andere Hand berührte immer wieder sein langes weißes Haar und seinen buschigen Schnurrbart. Seine Augen leuchteten wieder.

Als Derec alles berichtet hatte, woran er sich erinnern konnte, ballte Avery die Hand zur Faust und schlug sich damit kräftig auf den Oberschenkel.

»Das ist es!« rief er. »Das muß es sein!«

»Ich hoffe, du erklärst *es* mir, denn mittlerweile bin ich völlig durcheinander«, sagte Derec.

»Bogie, der Roboter, der sich als Bogie ausgibt, ist eine Silberflanke.«

»Du meinst Adam oder Eva? Das glaube ich nicht. Niemals.

Sie waren nicht einmal hier, als die Dinge sich falsch zu entwickeln begannen. Sie waren bei mir auf . . .«

»Ich meine nicht genau Adam und Eva. Ich meine ganz allgemein eine Silberflanke. Irgendwo in Robot City steckt ein anderer Roboter wie Adam und Eva.«

»Noch einer?« Einen Augenblick lang erschrak Derec über die Aussicht, mit einem dritten unheilstiftenden Roboter zu tun zu bekommen, doch dann sagte er sich, daß er ja schon seit Tagen damit zu tun gehabt hatte. »Du meinst, er konnte zu Bogie werden, weil er über die Fähigkeit verfügt, sich in seine Gestalt zu versetzen, ihn nachzuahmen?«

Avery nickte und lächelte seltsam. »Ich glaube, neben Adam und Eva haben wir nun auch noch Kneif-mich.«

Derec fragte sich, ob der Wissenschaftler wieder in seinen Irrsinn abgeglitten war. Avery bemerkte die Verwirrung seines Sohnes und erklärte ihm schnell das Kinderrätsel, das er an Adam ausprobiert hatte.

»Adam hat es nie richtig verstanden. Ich habe versucht, ihm zu erklären, daß es nur ein Witz wäre, aber das hat er nicht begriffen.«

»Ich weiß, was du meinst. Ich habe Stunden mit dem Versuch zugebracht, Mandelbrot begreiflich zu machen, was Humor ist. Aber was *ist* unser Kneif-mich nun wirklich? Und überhaupt, was sind Silberflanken?«

»Sssie ssind Teufel«, sagte Wolruf vom Fußboden aus. Sie hatte dem Gespräch aufmerksam zugehört. »Man ssollte ssie einsperren und den Schlüssel verrstecken, biss ssie errwachssen ssind. Dass iss' meine Meinung.«

»Ich stimme Ihnen zu, Wolruf«, sagte Avery. »Ich würde sie am liebsten in eine Zelle stecken, sie auseinandernehmen und nachsehen, wie sie funktionieren.«

»Errzählen Ssie dass bloß nicht Ariel. Verrgessen Sssie nicht, wass ssie überr die Tänzerr gessagt 'at.«

»Ja, das ist ein guter Rat, Wolruf.«

Derec hatte keine Ahnung, wovon die beiden redeten, aber da er im Augenblick so viele drängende Probleme hatte, mit denen er sich beschäftigen mußte, entschied er sich, nicht nachzufragen.

»Vater, du hast gesagt, du hättest eine Idee, wer die Silberflanken sind.«

»Ja, und ich ahne, daß ich damit recht habe. Setz dich.«

»Ich bin zu nervös . . .«

»Setz dich!«

Der Tonfall in Averys Befehl war so autoritär, daß Derec zu dem Schluß kam, es müßte einen guten Grund dafür geben. Er zog sich einen Stuhl heran und setzte sich auf die Kante.

»Eigentlich wollte ich jetzt noch nicht über deine Mutter mit dir sprechen, Derec. Wenn ich es vermeiden könnte, würde ich dir *nie* etwas über sie erzählen. Unglücklicherweise machen die Umstände es jetzt aber erforderlich.«

Derec begriff, warum sein Vater ihm befohlen hatte, sich hinzusetzen. Er fühlte sich, als hätte er einen Schlag in die Magengrube bekommen. Was konnte seine Mutter nur mit dieser Krise hier auf Robot City zu tun haben?

Avery begann wieder umherzuwandern. Dabei bewegten sich seine Finger unablässig.

»Ich werde dir ihren Namen nicht sagen. Du kannst ihn ja träumen, wenn du willst. Es genügt, wenn ich dir sage, daß sie wie ich und du eine Robotikerin war, eine Robotikerin *ist*. Eine sehr gute, die einzige, die mich wirklich herausfordern konnte. Vielleicht war es tatsächlich diese Konkurrenz, die mich vorantrieb, mich erfolgreich werden ließ, eine Konkurrenz, die selbst noch fortbestand, nachdem sie mich verlassen hatte.«

Wolruf hatte sich mittlerweile aufgesetzt, offensichtlich um Avery besser verstehen zu können. Sie sah erholt aus. Ihre Augen waren klarer, und ihr Fell hatte wieder Glanz bekommen.

»Als ich hierher zurückkam und entdeckte, daß sich der Zustand der Stadt verschlechterte«, fuhr Avery fort, »wußte ich, daß irgend jemand oder irgend etwas dahintersteckte. Aber erst als ich die langen Gespräche mit Adam hatte, begann ich zu vermuten, daß es einen dritten Roboter wie ihn in der Stadt geben mußte. Bis zu unserem kleinen Gespräch aber war ich nicht sicher, Derec. Jetzt scheinen mir die Beweise eindeutig zu sein. Es gibt einen weiteren Roboter, einen wie Adam und Eva, und der Schöpfer aller drei, davon bin ich überzeugt, ist deine Mutter.«

Diese kurze Information verschlug Derec die Sprache. Er mußte um die nächsten Worte ringen.

»Aber wie kannst du so sicher sein, daß sie von ihr stammen?«

»Ich gebe zu, daß da etwas Intuition im Spiel ist, aber es ist eine Intuition, die durch Logik gestützt wird. Die Silberflanken und vermutlich auch unser geheimnisvoller Kontrolleur können nur das Werk eines Robotikexperten sein, der genauso begabt ist wie ich. Das ist keine Arroganz, die aus mir spricht. Es gibt nur ganz einfach keinen anderen so gewissenhaften und kreativen Robotiker wie mich, und das schließt alle inkompetenten Leute des Instituts für Robotik auf Aurora ein. Mit Ausnahme deiner Mutter.«

Avery legte eine kurze Pause ein, um die Wirkung seiner Worte auf seinen Sohn zu beobachten. Derec wußte, daß er seine Gefühle nicht verbergen konnte, obwohl er sich inbrünstig wünschte, sein Vater würde sie nicht sehen.

»Ich setze natürlich ihre intellektuelle Weiterentwicklung voraus. Es ist lange her, seit ich sie zuletzt gesehen habe. Damals war sie mir noch nicht ebenbürtig, besonders was die Gebiete der Positronik und des Verknüpfens einzelner Disziplinen betrifft, aber in den Jahren, die seither vergangen sind, in denen sie in der Isolation gearbeitet hat, könnte sie meinen Standard erreicht haben. Ich gebe das nicht gerne zu, aber sie ist jünger, und ich bin in einigen Beziehungen langsamer geworden. Außerdem habe ich meine Aktivitäten auf die Planung und Entwicklung von Roboterstädten gerichtet, während sie sich offensichtlich ausschließlich auf Roboter konzentrieren konnte. Obwohl ich ihre Fähigkeiten und ihre Intelligenz kenne, stellen diese neuen Roboter eine Leistung dar, die mir den Atem verschlägt. Kommt dir das merkwürdig vor, Sohn? Daß der große Egoist tatsächlich jemand anderem Respekt zollen kann? Ich sehe, daß du das denkst.«

»Hast du deinen beträchtlichen Talenten auch noch die Telepathie hinzugefügt?«

Avery lachte unvermittelt auf. »Vielleicht bist du doch noch ein Ableger des alten Gewächses. Dieser Sarkasmus war meiner würdig. Wunderbar!«

»Woran liegt es nur, daß dein Lob wie eine Beleidigung klingt?«

»Dass rreicht«, warf Wolruf ein. »I'rr beide könnt eurren dummen Strreit späterr forrtssetzen. Ess gibt jetzt viel zu tun.«

Avery nickte in Wolrufs Richtung. »Für ein Alien ist sie ganz schön herrisch.«

»Das gefällt mir an Aliens«, bemerkte Derec.

»Bitte . . .« sagte Wolruf.

»In Ordnung«, lenkte Derec ein. »Angenommen, meine Mutter steckt hinter allem, was hat sie vor? Warum sollte sie diese neue Art gestaltwechselnder Roboter entwickeln und sie dann einzeln auf verschiedenen Planeten absetzen?«

»Darüber kann ich nur Vermutungen anstellen.«

Avery nahm wieder seine Wanderung am anderen Ende des Raumes auf. Derec, der mittlerweile ebenfalls aufgestanden war, lief auf seiner Seite eine kürzere Strecke hin und her. Wolruf stellte amüsiert die Ähnlichkeit der beiden Männer fest, als sie ruhelos auf und ab gingen.

»Es könnte daran liegen, daß deine Mutter immer ein besonderes Interesse an Anthropologie hatte. Sie konnte stundenlang Vorträge über Stämme, Sitten und Rituale halten, diese Art geistiger Luftblasen.«

»Du hältst nicht viel von Anthropologie?« fragte Derec.

»Oh, das ist schon in Ordnung, liegt nur nicht auf meinem Interessensgebiet. Ich bin ein Schöpfer, ein Erbauer, und ich bleibe gern allein. Auf Reisen zu gehen und dabei vernunftbegabte Wesen zu beobachten, wie sie ihren langweiligen Alltagstrott durchleben und die Bedeutung ihres Werbeverhaltens und ihrer aggressiven Rituale zu analysieren, ist einfach nicht meine Sache. Es ist eine nützliche untergeordnete Wissenschaft, bei der man sich brüsten kann, indem man ernsthafte Schlußfolgerungen ohne wirklich handfeste Beweise verbreitet. Das ist etwas für Leute, die sich in meinem Labor nicht zurechtfinden. Nun, deine Mutter jedenfalls fand es interessant, Kulturen zu studieren, und sie verschwand für Wochen oder sogar Monate, um die eine oder andere soziale Gruppe zu beobachten. Immer wenn ich auch nur die kleinste herabwürdigende Bemerkung über ihre kostbare Anthropologie machte, nannte sie mich einen verknöcherten Tattergreis. Ich nehme an, ihr Spott könnte zu meiner jetzigen Abneigung gegen dieses Gebiet beigetragen haben.«

»Ich verstehe aber nicht, was Anthropologie mit den neuentwickelten Robotern zu tun hat.«

»Nun, mir scheint, daß im wesentlichen zwei Faktoren auf die anthropologische Natur des Experiments deiner Mutter hinweisen. Einer ist, daß die Silberflanken anscheinend das Bedürfnis entwickelt haben, Menschen zu definieren und zu entdecken, die sie darüber hinaus für die am höchsten entwickelten Intelligenzen des Universums halten. Doch deine Mutter hat ihnen jegliche Informationen darüber vorenthalten, was Menschen sind. Wenn sie nun irgendein vernunftbegabtes Lebewesen entdecken, versuchen sie geradezu verzweifelt, wie du es beschrieben hast, seine Menschlichkeit festzustellen.

Der Hammer aber ist, daß sie wirkliche Menschen als unzulänglich einstufen, weil sie zu der Überzeugung gelangt sind, daß die Menschen die höchsten Maßstäbe repräsentieren. Derec, deine Mutter konnte eine derart quälende Ironie gar nicht vorausgesehen haben. Sie wird ziemlich aufgeregt sein, wenn sie es entdeckt.

Weißt du, wenn morgen andere Lebensformen in die Stadt kommen sollten, die nur etwas klüger als wir sind – so wie es auf die Schwarzkörper, von denen du mir erzählt hast, vielleicht zutrifft –, dann würden die Silberflanken davon überzeugt sein, daß das die Menschen sind, und es hieße auf Wiedersehen Derec, Ariel und Avery. Es würde auch keine Rolle spielen, wenn die Neuankömmlinge mit Schleim bedeckt wären, wie ein verstopfter Gulli röchen und sich wegen jeder Kleinigkeit umbrächten.

Anthropologisch ausgedrückt, besteht die Schlüsselinformation, die ihnen vorenthalten wurde, als ihnen keine detaillierten Kenntnisse über Menschen einprogrammiert wurden, aus den Daten, die ihnen die Art unserer Kultur vermitteln würde. Ein weiteres Ergebnis dieses bewußt herbeigeführten Informationsmangels ist ihr fehlendes Wissen über unseren bedauerlichen Hang zu Gefühlsregungen. Sie können nicht begreifen, daß

Kultur und Gefühle für einen Menschen genauso wesentlich sind, wie es die Intelligenz ist.

Da sie nicht wissen, was ein Mensch wirklich ist, steht es ihnen frei, sich in eine Alienkultur einzufügen und problemlos deren Verhaltensmuster anzunehmen. Sobald sie diese Kultur einmal für eine menschliche halten, werden alle ihre Gebräuche, Rituale und Verhaltensmuster logisch. Was für ein fruchtbarer Boden für anthropologische Studien würde sich dadurch ergeben! Ich meine, kannst du das erkennen, Derec?«

Avery brach seine Wanderung ab, und einen Moment später blieb auch Derec stehen. Sie blickten einander an. Wolruf fand es aufregend, zu sehen, wie verbissen die beiden jetzt zusammenarbeiteten. Zum erstenmal wurde ihr klar, daß sie Vater und Sohn sein *mußten*.

»Du behauptest also, daß die Silberflanken und unser geheimnisvoller Roboter die Katalysatoren für eine Untersuchung sein könnten, was mit Kulturen geschieht, wenn sie mit Robotern wie den Silberflanken zusammentreffen?« erkundigte sich Derec.

»Genau. Und auch für die Frage, was mit den *Silberflanken* geschieht, wenn sie mit Kulturen konfrontiert werden. An diesem Punkt, vermute ich, kommt das Gestaltwechseln ins Spiel. Sobald sie sich einmal einer Kultur angeschlossen haben, werden sie wie deren Angehörige. Sie werden *assimiliert*, ein Wort, das allen Sozialwissenschaftlern im ganzen Universum heilig ist. Dann werden diese Roboter, die ausgeschickt wurden, um Kulturen zu entdecken, ein Teil davon. Sie können sich zum Anführer aufschwingen, wie Adam es bei den Wolfswesen getan hat. Oder sie können durch die Kultur selbst verdorben werden, wie es sowohl Adam als auch Eva bei den Schwarzkörpern ergangen ist. Oder sie können sogar das Umfeld der Kultur zerstören. Wir und die Roboter stellen die ›Kultur‹ hier in Robot City dar, und unser Kneif-mich hat uns untersucht, und manipuliert.

Weißt du, welches der wirkliche Anhaltspunkt ist? Die Tänzer und alle anderen kleinen Geschöpfe. Ich vermute, sie sind eine Art genetisch-robotisches Experiment, das Kneif-mich durchgeführt hat. In gewisser Weise sind sie seine eigenen anthropologischen Studien.

Da keine Menschen oder irgendwelche anderen Lebensformen verfügbar waren, nur die Roboter, hat unser geheimnisvoller Freund damit begonnen, seine eigenen Forschungsobjekte zu erschaffen, begrenzte Kulturen, die er anthropologisch untersuchen konnte. Ich nehme an, daß sie größtenteils Fehlschläge waren. Zum Schluß wurden sie ihm anscheinend langweilig, und er verstaute sie in Gebäuden überall in der Stadt. Aber irgendwie beruhten sie auf Wissen über Menschen, das er sich angeeignet hat. Wissen, das zweifellos aus dem Computer stammt.

Das Problem besteht darin, daß Kneif-mich nicht weiß, wie er mit praktischen Kenntnissen umgehen muß, also kombinierte er einige robotische Daten mit ein paar Informationen über Genexperimente und erschuf so die Tänzer und die anderen Gruppen. Daß es ihm so gut gelang, ist schon beeindruckend, aber er konnte nicht alle Zusammenhänge verstehen. Also scheiterten seine Experimente, es gelang ihm nicht, die Stadt unter Kontrolle zu bekommen, und er verpfuschte sogar seinen verkleideten Auftritt.«

Derec nickte. »Das ist alles höchst spekulativ, aber es liefert einige Ideen, die zu den Tatsachen passen, die wir kennen.«

Avery ging wieder ein paar Schritte auf und ab, dann sagte er: »Eigentlich ist es das Versagen deiner Mutter. Sie hat sich diese verzwickte anthropologische Studie ausgedacht, wahrscheinlich um positronische Denkvorgänge unter verschiedenen kulturellen Situationen zu untersuchen. Wie unser Kneif-mich ist ihre Arbeit theoretisch, beinahe verspielt. So, wie es immer ihre Art war.«

Auch wenn er bei der bloßen Bemerkung, seine Mutter könnte ihr Experiment verpfuscht haben, einen Anflug von Ärger in sich aufsteigen fühlte, hatte Derec das Gefühl, durch Averys Nebenbemerkungen nach und nach ein Bild von ihr zu bekommen. Er sagte sich, daß er noch eine ganze Menge über sie in Erfahrung bringen würde, wenn er seinen Vater dazu bewegen konnte, weiterzureden, besonders wenn Avery verbittert war und nicht so genau auf seine Worte achtete.

»Sie war in ihrer Arbeit nie praxisbezogen. Ich nehme an, das war ein weiterer Punkt in unserer Ehe, an dem unsere Gegensätze aufeinanderprallten. Sie konnte sich derart in wilden Phantastereien verlieren, daß ich sie nicht mehr auf den Boden der Realität zurückbringen konnte.«

»Ich wollte, ich könnte sie kennenlernen.«

Derecs Worte machten Avery wütend.

»Ich kann genau erkennen, welche Gedanken dir durch den Kopf gehen. Wenn sie hinter diesen Robotern steckt, dann wird sie vielleicht in der Nähe sein, um sich über sie zu informieren. Schlag dir das aus dem Kopf. Sie muß sie allein und den Dingen lange genug ihren freien Lauf lassen, um Daten sammeln zu können. Deshalb wird sie sich einige Zeit nicht blicken lassen, um nachzusehen, wie sich ihre kleinen Erfindungen entwickelt haben, vielleicht einige Jahre lang nicht. Die Silberflanken im Auge zu behalten, wird dich nicht wieder mit ihr zusammenführen, Derec.«

Derec behielt seinen Ärger unter Kontrolle. Es hatte keinen Sinn, seinen Vater noch wütender zu machen. Er mußte ihm etwas Zeit lassen, dann würde er vielleicht wieder auf das Thema zurückkommen, auch wenn sein Haß auf Derecs Mutter unerschütterlich zu sein schien.

»Ich werde daran denken«, sagte Derec. »Jetzt müssen wir erst einmal diesen dritten Roboter finden. Ich hoffe, daß Mandelbrot und Timestep ihn nicht verloren haben.«

»Nachdem wir jetzt eine Vorstellung davon haben, wonach wir suchen, können wir . . .«

Avery führte den Satz nicht zu Ende, als Ariel in der Tür erschien. Vom schnellen Laufen war sie völlig außer Atem.

»Derec! Dr. Avery! Da draußen geht irgend etwas vor sich. Gebäude . . . ich weiß nicht, wie ich es beschreiben soll, sie zerstören sich selbst oder so was. Sie falten sich zusammen, versinken im Boden, kippen um, verschwinden ganz einfach. Kommt, seht euch das selbst an!«

Derec rannte augenblicklich aus dem Raum, dicht gefolgt von Avery. Ariel führte sie gerade noch rechtzeitig auf die Straße, daß sie sehen konnten, wie ein Gebäude einen Häuserblock entfernt zu zittern begann und dann – völlig lautlos – seitlich gegen ein anderes Gebäude kippte, das wiederum nach vorn umfiel.

»Es gibt ein altes Spiel, das Domino heißt«, bemerkte Avery. »Manchmal haben die Leute die Dominosteine in einer Reihe aufgestellt, den ersten umgeworfen, und dann fielen die Steine nacheinander um, stießen den jeweils nächsten um, so ähnlich wie die Gebäude dort drüben.«

»Wer macht das?« schrie Ariel.

»Ich hätte es wissen müssen«, stieß Derec hervor und begann, die Straße hinunterzulaufen. »Unser Roboter«, schrie er über die Schulter zurück Avery zu, »er versucht, alles zu zerstören! Er muß im Zentralcomputer stecken!«

»Ich glaube, du hast recht!« rief Avery und rannte Derec hinterher.

»Was für ein Roboter?« fragte Ariel, dann schloß sie sich den beiden Männern an.

Wolruf humpelte durch die Tür ins Freie und sah, wie das Trio gerade hinter einer Häuserecke verschwand.

In der Ferne flammte ein heller Lichtblitz auf, und die Seiten eines hohen und schmalen Gebäudes gerieten in Wellenbewegungen, bevor das ganze Gebilde in sich zusammenfiel.

»Ess iss' aberr auch unmöglich, 'ier mal einen Moment lang Rru'e zu finden«, murmelte sie vor sich hin und trottete den Menschen hinterher. In dem Maße, in dem die Schmerzen in ihren lädierten Beinen nach und nach abklangen, wurde sie immer schneller.

Kapitel 19

Das erste Zusammentreffen

Das Auge mußte vorsichtig vorgehen und die Stadt Schritt für Schritt zerstören. Bevor es ein Gebiet auslöschen konnte, mußte es sich vergewissern, daß niemand zu Schaden kam, weder die Menschen, die Roboter, das Alien, noch die abertausend Geschöpfe in den Laboratorien überall in der Stadt, die seine genetischen Experimente bisher überlebt hatten. Das Auge wollte lediglich die Stadt demontieren und wieder aufbauen, deshalb konnte es nur unbevölkerte Sektoren zerstören.

Aber das Zerstören war trotzdem einfacher als der Aufbau. Zur Errichtung eines Gebäudes waren viele Programmschritte erforderlich gewesen, aber mit nur sechs Anschlägen auf der Eingabetastatur des Zentralcomputers konnte es entfernt werden. Das Auge durchforschte jedes einzelne Gebäude nach Anzeichen für menschliche oder robotische Aktivitäten, bevor es die sechs Anschläge ausführte. Es hatte immer noch Bogies Gestalt, und für einen zynischen Beobachter hätte der Anblick eines Roboters, der versuchte, eine Stadt zu zerstören, die von Robotern erbaut worden war, nicht einer gewissen Komik entbehrt.

Gleich nachdem es mit den Zerstörungsschritten begonnen hatte, war dem Auge klargeworden, daß der Prozeß, den es durchführen mußte, zu sorgfältig geplant, zu methodisch aufgebaut war und viel zu viele Sicherungsmaßnahmen beinhaltete. Es würde sehr lange dauern, die gesamte Stadt in Schutt und Asche zu legen. Wenn es diese Komplikationen vorausgesehen hätte, hätte es das Architekturprogramm des Computers so umstrukturiert, daß eine automatische Programmabfolge aktiviert worden wäre, die alle Sicherungseinrichtungen übersprang, die der kluge Planer der Stadt im Computer verankert hatte.

Als es die Aufenthaltsorte von Derec und seinen anderen Feinden überprüfte, bemerkte es, daß sie sich dem unterirdischen Zugang näherten. Sie schienen auf dem Weg zu seiner Lagerstätte im Computer zu sein, zweifellos, um es von seiner systematischen Zerstörung der Stadt abzuhalten. Es mußte seine Verfolger aufhalten, bevor es sein Werk fortsetzen konnte.

Derec entdeckte Mandelbrot und Timestep, die auf der Suche nach dem falschen Bogie die Straßen durchstreiften. Nachdem es ihnen endlich gelungen war, das Gebäude mit den randalierenden Geschöpfen zu durchqueren, war die Straße hinter dem Ausgang leer gewesen.

»Er ist unten beim Zentralcomputer«, sagte Derec. »Ich bin mir sicher. Folgt mir.«

Ariel und Avery hatten zu ihm aufschließen können, als er langsamer geworden war, um mit den beiden Robotern zu sprechen. Wolruf hing noch so weit zurück, daß die anderen gar nicht einmal bemerkten, daß sie ihnen folgte. Sie liefen auf den Tunneleingang zu. Kurz bevor sie ihn erreicht hatten, schien sich plötzlich die Einfassung des Eingangs nach außen zu wölben und legte sich dann wie eine sich schließende Hand über die Öffnung, durch die Derec hatte treten wollen.

Als Adam und Eva einen Boulevard entlangeilten, erblickten sie Wolruf, die über eine Kreuzung trabte und in einer Nebenstraße verschwand.

»Wir sollten ihr folgen«, sagte Adam. »Vielleicht weiß sie, was mit der Stadt geschieht.«

Ohne sich miteinander zu verständigen, nahmen Adam und Eva die Gestalten der Wolfswesen an und machten sich auf die Verfolgung Wolrufs, die hinter einer Straßenecke verschwunden war. Als sie die Ecke umrundet hatten, sahen sie das Alien nicht mehr vor sich.

»Sie muß eine dieser Straßen hinuntergegangen sein«, sagte Eva. »Es wird schwer sein, sie wiederzufinden.«

»Ich weiß. Aber diese Wesen hinterlassen eine Duftspur in der Luft, die wir aufspüren können, wenn wir den Wirkungsgrad unserer Geruchssensoren um das Dreifache erhöhen.«

Eva stellte fest, daß Adam recht hatte. In der Mitte der Straße hielt sich der süßliche Geruch nach Wolrufs Fell.

Wolruf erreichte Derec und die anderen, als sich gerade mehrere Gebäude eines benachbarten Häuserblocks zur Seite neigten, gegeneinanderkippten und zusammenbrachen. Einige stürzten auf die Straße, andere gegen die Gebäude auf der Rückseite. Es sah so aus, als wären es Kartenhäuser, die von einem Unsichtbaren umgestoßen wurden.

Wolruf erfaßte die Situation auf einen Blick.

»Gibt'ss einen anderren Weg nach unten?« wollte sie wissen.

»Eine ganze Menge«, erwiderte Avery, »aber solange dieses

Geschöpf den Computer kontrolliert, kann es uns den Weg durch jeden Zugang versperren. In der Zwischenzeit könnte es die gesamte Stadt in Schutt und Asche legen.«

In seiner Stimme klang Bitterkeit mit. Kein Wunder, dachte Wolruf, er mußte zusehen, wie die Stadt, sein eigenes Werk, durch die Laune eines Geschöpfs zerstört wurde, das wahrscheinlich ein wilder Roboter war.

»Unsere größte Chance liegt vielleicht darin, uns durch dieses Hindernis durchzugraben«, sagte Derec. »Eins weiß unser Freund nicht, und zwar kennt er nicht die Möglichkeiten von Mandelbrots Arm.«

Als Derec Mandelbrot aus Roboterersatzteilen zusammengebaut hatte, hatte er auch den Arm eines Überwacherroboters verwendet. Er bestand aus einem äußerst anpassungsfähigen Zellmaterial und konnte sich in viele Formen mit unterschiedlicher Dichte verwandeln. Er hatte sich schon bei vielen Gelegenheiten als höchst nützliches Werkzeug erwiesen.

»Mandelbrot!« rief Derec. »Glaubst du, daß du in diesem Wirrwarr ein paar Löcher schaffen kannst, durch die ein Mensch paßt?«

Er deutete auf den Eingang. Obwohl die Hauptöffnung verschwunden war, gab es immer noch ein paar Spalten, wo sich die Ränder des Rahmens nicht berührten.

»Ja«, bestätigte Mandelbrot.

»Dann fang an.«

»Warrte«, warf Wolruf ein. »Mach zuerrst ein wolrrufgrroßess Loch. Ich bin kleinerr, und ich kann viel schnellerr alss ihrr anderren rrunterrkommen.«

»Nein«, widersprach Derec. »Dieser Roboter ist nicht wie die anderen. Er betrachtet dich nicht als Menschen. Als du dich ihm das letzte Mal entgegengestellt hast, hätte er dich fast getötet. Diesmal könnte er es wirklich tun.«

»Wirr alle ge'en Rrissiken ein. Diessmal bin ich an derr Rrei'e.«

»Es ist zu gefährlich.«

»Sei nicht so ein Idiot, Sohn«, mischte sich Avery ein. »Kneifmich kann viel zuviel Schaden anrichten, wenn wir ihn nicht so schnell wie möglich erreichen.«

»Kneif-mich?« fragte Ariel. »Wovon redet ihr überhaupt? Heißt dieser Roboter da unten Kneif-mich?«

»Nur ein Kosename«, sagte Avery. »Laß Wolruf da runtergehen, Derec. Wolruf, sorgen Sie nur für eine Verzögerung. Bringen Sie sich nicht in Gefahr.«

»Ja«, sagte Derec. »Konzentrier dich nur auf Ablenkungsmanöver, verstanden?«

Wolruf entstammte einer Kultur, in der Ablenkungsmanöver noch nie eine große Rolle gespielt hatten. Bei einem Konflikt neigten ihre Artgenossen dazu, sich direkt an die Kehle zu gehen. Aber sie sagte: »Ich werrd' vorrssichtig ssein, dass versprrech' ich.«

Derec dachte einen Moment darüber nach, dann sagte er: »Einverstanden, wir machen es auf deine Weise, Wolruf.«

»Danke.«

»Ich bin nicht sicher, ob es die angemessene Art ist, sich bei dem Anführer zu bedanken, wenn er dich in Gefahr bringt. Mandelbrot, fang an zu graben.«

»Jawohl.«

Mandelbrot hob den Arm, der im Augenblick eine ziemlich gute Kopie eines menschlichen Arms war. Während er auf den Tunneleingang zuging, der ein einziges Wirrwarr aus dem merkwürdigen Stadtmaterial bildete, begann der Arm sich zu verändern. Zuerst wurde er länger, und in der Mitte des Unterarms erschien ein zweites Gelenk. Seine Hand wurde breiter, die Finger dünner, bis sie wie spitze Krallen aussahen. Er drehte die Handfläche nach oben, und die Fingerspitzen verwandelten sich in scharfe Schneiden. Als er den Haufen erreicht hatte, war die Verwandlung seines Arms abgeschlossen, und er begann in dem verdrehten Metall des Türrahmens herumzustochern. Es gelang ihm, einen Finger in einen winzigen Spalt zu schieben. Indem er seinen Finger dicker werden ließ, erweiterte er die Öffnung ein klein wenig.

»Das Metall könnte widerstehen, welche Fähigkeiten sein Arm auch immer besitzen mag«, sagte Avery. »Es ist sehr hart.«

»Das Metall von Mandelbrots Arm auch«, gab Derec zurück. »Davon abgesehen, geht es hier nicht so sehr um eine Frage der Zugstärke als vielmehr um die Methode. Sobald es irgendwo in der Substanz, aus der die Stadt besteht, eine Öffnung gibt, kann man damit arbeiten. Nur eine massive Wand könnte Mandelbrot oder irgendeinen von uns aufhalten. Kannst du dich noch erinnern, Ariel, wie ich einmal mit meinem Stiefel ein Loch aufgezwängt habe?«

Mandelbrots Hand verwandelte sich weiter entsprechend der Erfordernisse, die die Aufgabe an ihn stellte. Als das Loch größer war, wurde sie zu einem wirbelnden Rad, das gegen die Ränder schlug und die Öffnung noch mehr erweiterte. Kurz darauf konnte er hindurchgreifen. Er ließ seinen Arm langsam dicker werden und formte so nach und nach ein Loch, das groß genug war, um Wolruf hindurchschlüpfen zu lassen.

»'ör jetzt auf, Mandelbrrot«, sagte sie. »Warrte und mach mirr Platz. Danke.«

Ohne ein Wort des Abschieds zwängte sich die hundeähnliche Außerirdische durch das Loch, verdrehte und wand ihren Körper, bis sie sich hindurchgeschlängelt hatte.

Als sie auf der anderen Seite angekommen war und den dunklen Tunnel entlanglief, nahm Mandelbrot seine Arbeit an dem Loch wieder auf.

Das Auge bemerkte die Aktivität am Tunneleingang, ging aber davon aus, daß seine Verfolger eine Weile brauchen würden, bevor sie das Hindernis überwunden hatten. Die Möglichkeit von Mandelbrots Arm waren ihm unbekannt, und es merkte nicht, daß Wolruf bereits durch seinen improvisierten Schutzwall gedrungen war.

Während es damit fortfuhr, jene Teile von Robot City auszuwählen, die es als nächste zerstören würde, konzentrierte es sich so sehr auf seine Vernichtungsarbeit, daß ihm Wolrufs Auftauchen im Computerraum entging.

Was die Situation für das Auge noch schlimmer machte, war, daß es bei seiner Rückkehr zu sorglos gewesen war und sowohl die Schiebetür als auch die Wand hatte offenstehen lassen, so daß Wolruf lautlos in das Herzstück des Computers schleichen konnte. Sie war froh, daß der Bogie, der nicht Bogie war, nicht einmal von seiner Arbeit aufgeblickt hatte.

Auf einem Bildschirm über dem falschen Bogie erschien ein spitz zulaufendes Gebäude. Mit einer geschickten Handbewegung berührte der Roboter ein paar Tasten auf dem Keyboard. Auf dem Bildschirm war zu sehen, daß das spitze Gebäude im Boden zu versinken schien, wie ein Schiff, das von der See verschluckt wurde.

Irgend etwas muß jetzt geschehen, dachte Wolruf. Derec hatte etwas von Ablenkungsmanövern erzählt. Welche Art Ablenkung war unter diesen Umständen wohl möglich? Keine, entschied sie. Tricks waren nicht ihre Art, sondern der Angriff. Ihre Kehle schnürte sich zusammen, als sie an die Schmerzen zurückdachte, die der letzte Schlag des Pseudo-Bogies ihr beschert hatte. Aber damals war sie nicht darauf vorbereitet gewesen. Jetzt war sie bereit.

Mandelbrot hatte schon bald ein Loch geschaffen, das groß genug für Derec, Ariel und Avery war, um sich hindurchzuzwängen.

»Laßt mich vor«, sagte Avery. »Ich kenne die Gänge und Nebenwege in diesem Untergrundsystem wahrscheinlich besser als ihr. Besser als jeder andere. Von unserem kleinen Kneifmich offensichtlich abgesehen.«

Ohne darauf zu warten, ob die anderen Einspruch erhoben, zwängte er seinen Körper durch die Öffnung.

»Kneif-mich, hm?« fragte Ariel.

»Würde ich liebend gerne tun«, sagte Derec, »aber ich bin gerade ziemlich beschäftigt.«

»Ha, ha. Ich hoffe, mir erklärt irgend jemand demnächst mal die Bedeutung des Namens.«

»Es wird mir ein Vergnügen sein. Du gehst als nächste. Mandelbrot, du würdest deine Masse nie durch dieses Nadelöhr bekommen. Geh zum Kompaßturm und besetz dort das Computerterminal. Sobald du auf dem Bildschirm das Signal von mir bekommst, fängst du damit an, alle Systeme, die immer noch abgeschaltet sind, wieder in Betrieb zu nehmen. Ich werde von meiner Seite aus mit Hilfe der Chemfets arbeiten. Ich möchte, daß Robot City wieder völlig funktionstüchtig ist, wenn wir uns wiedersehen.«

»Ja, Derec. Ich werde es versuchen.«

Timestep trat vor. Es war deutlich, daß er erwartete, mitgenommen zu werden. Aber er würde sich auch nicht durch das Loch arbeiten können, deshalb sagte Derec: »Mandelbrot, nimm Timestep mit.«

»Was ist mein Auftrag, Derec?« wollte Timestep wissen.

Derec wünschte sich, er könnte ihm eine vernünftige Aufgabe übertragen, aber jetzt war nicht die Zeit, sich über die Verteilung von Arbeitskräften Gedanken zu machen. »Unterhalte Mandelbrot. Tanz für ihn.«

»Der hört doch *nie* auf zu tanzen«, murmelte Ariel.

Mandelbrot und Timestep machten sich auf den Weg, als Ariel sich durch den Durchgang quetschte. Derec folgte ihr. Zu ihrem Glück überwachte das Auge den Eingang nicht. Es war viel zu sehr mit Wolruf beschäftigt.

Adam und Eva erreichten den Tunneleingang, nachdem Derec gerade in das Loch gekrochen war. Sie hatten noch seine Stiefelsohlen wackeln gesehen, als er sich durch die schmale Öffnung wand. Dann waren die Stiefel verschwunden.

»Was, glaubst du, haben sie vor?« fragte Eva.

»Ich vermute, daß sie auf dem Weg zum Hauptcomputer sind.«

»Warum?«

»Das kann ich nicht wissen, aber ich nehme an, daß die derzeitige Krise der Stadt dort ihren Ursprung hat.«

»Ich bin deiner Meinung.«

Das Loch war zu klein, als daß sie in der Gestalt der Wolfswesen hätten hindurchkriechen können. Sie begannen gleichzeitig, wieder ohne sich abzusprechen, ihre Körper zu verändern, in die Länge zu strecken. Zwar legten sie sich wieder ihre Derec- beziehungsweise Arielgesichter zu, doch ihre Körper wurden schlangenförmig, sah man von den langen und dünnen Armen und Beinen ab. Als sie schmal genug geworden waren, maßen sie beide etwa zweieinhalb Meter. Ohne Schwierigkeiten schlängelten sie sich durch die schmale Öffnung, Eva zuerst.

Zu diesem Zeitpunkt hing Wolruf am Unterarm des Auges, die Kiefer fest um sein Handgelenk geschlossen. Es versuchte, sie abzuschütteln, doch sie hielt sich hartnäckig fest. Auch als es mit dem freien Arm nach ihr schlug, konnte das Auge damit nichts ausrichten.

Es war an der Zeit, die Möglichkeiten seiner Verwandlungsfähigkeit einzusetzen. Es konzentrierte sich auf seinen Arm, vergrößerte seine Masse und ließ ihn anschwellen. Wolruf versuchte, fester zuzubeißen, und ihre Kiefergelenke begannen heftig zu schmerzen. Der Arm des Auges wurde noch dicker und preßte ihre Kiefer auseinander. Sie fiel zu Boden.

Als das Auge den anderen Arm auf Wolrufs Kopf herunterfahren ließ, sprang sie beiseite und warf sich dem Bogie, der nicht Bogie war, gegen die Beine. Wie eins der Gebäude, die das Auge zerstört hatte, kippte es vornüber, stürzte über Wolruf und prallte mit einem widerhallenden Geräusch auf den Boden des Computerraumes. Wolruf hechtete zur Seite, um dem Aufprall zu entgehen.

Der Sturz beschädigte das Auge nicht, aber es kam in einer ungünstigen Lage auf dem Boden auf. Wolruf, die erkannt hatte, daß sie das metallische Ungeheuer nicht besiegen konnte, hoffte, daß sie es lange genug aufzuhalten vermochte, bis Derec und die anderen eintrafen.

Avery führte Derec und Ariel mehrere Korridore entlang, die alle dunkel oder nur teilweise beleuchtet waren, ein weiteres Ergebnis der Auswirkungen, die die Manipulationen des Auges an Robot City mit sich gebracht hatten. An einem Knotenpunkt, wo die Tunnel in drei verschiedene Richtungen führten, blieb Avery plötzlich stehen. Er blickte mit einem verwirrten Gesichtsausdruck von einem Tunnel zum nächsten.

»Was ist los?« fragte Derec.

»Dieses verdammte Ding, dieser Roboter, oder was auch immer er ist, er hat das Tunnelnetz hier unten verändert. Die Gänge sind nicht mehr nach dem ursprünglichen Muster angeordnet. Er hat sie neu angelegt, so wie er auch die Stadt umgekrempelt hat.«

»Können wir den Weg finden?« fragte Ariel. »Wolruf könnte in Schwierigkeiten sein. Du kennst sie, Derec. Sie wird nicht lange auf uns warten. Sie wird angreifen.«

»Keine Angst, keine Angst«, beschwichtigte Avery. »Ich komme schon klar. Ich habe diese Stadt gebaut, hast du das vergessen? Kein Roboter kann mich lange an der Nase herumführen. Wir nehmen diese Richtung.«

Er stürzte sich mit seinem gewohnten Ungestüm in den Tunnel zur rechten. Derec und Ariel, die sich mittlerweile daran gewöhnt hatten, folgten ihm auf den Fersen.

Der falsche Bogie kämpfte sich in eine sitzende Position hoch, und Wolruf sprang ihm in den Rücken, schleuderte ihn so kräftig nach vorn, daß er mit dem Kopf gegen seine Beine schlug. Es war allein die Plötzlichkeit ihres Angriffs, die ihr diesen Erfolg bescherte. Wolruf wußte, daß der Roboter zu stark für sie war. Er besaß die unermüdliche Ausdauer, die jeden Roboter auszeichnete. Und solange er Wolruf weiterhin nicht als Mensch betrachtete, zwang ihn das Dritte Gesetz, sich zu wehren.

Sie versuchte, seinen Körper unten zu halten, aber er mußte sich nur einmal kräftig mit den Händen vom Boden hochstoßen, um Wolruf von seinem Rücken zu werfen und sie in hohem Bogen durch die Luft zu schleudern. Instinktiv landete sie auf den Füßen. Sie schwankte zwar, hatte die Situation aber immer noch unter Kontrolle.

Das Auge richtete sich wieder auf und drehte sich gleichzeitig zu Wolruf um, bereit, einen weiteren Angriff abzuwehren. Wolruf hob den Kopf und entdeckte ein leeres Regal hoch über sich an der Wand. Sie duckte sich, stieß sich kräftig mit den Beinen ab und katapultierte sich zu dem Regal empor. Der Bogie, der nicht Bogie war, konnte ihren Sprung gerade noch mit seinen Optiksensoren verfolgen. Sie war kaum auf dem Regal gelandet, als sie auch schon wieder lossprang, diesmal in einer Flugbahn, die genau auf den Roboter zielte. Sie trat mit beiden Beinen aus und traf den nachgemachten Bogie gegen die Stirn, schleuderte seinen Kopf zurück. Er prallte heftig auf. Auch

Wolruf landete auf dem Boden, fiel auf den Rücken. Als sie wieder aufstand, konnte sie kaum noch laufen. Die Beinverletzung von ihrem ersten Kampf mit dem Roboter machte ihr plötzlich wieder zu schaffen.

Und der falsche Bogie war irgendwie schon auf die Füße gekommen und stand über ihr.

Wolruf spannte ihren Körper in Erwartung des tödlichen Schlages, doch statt dessen blickte der Roboter nur auf sie herab und fragte: »Warum versuchst du, mir zu schaden?«

Seine Stimme klang verletzt, doch nicht so, als litte er körperliche Schmerzen, sondern als wären seine Gefühle stärker als sein Körper in Mitleidenschaft gezogen worden.

»Warrum verrssuchst du, derr Stadt zu schaden?« fragte Wolruf zurück.

»Ich muß. Es muß meine Stadt werden.«

»Verrssuchst du, Anführrerr zu werrden?«

»Ich verstehe nicht, was du meinst.«

»'ast du vorr, Diktatorr von Robot City zu werrden?«

»Nein. Ich möchte nur, daß die Dinge hier logisch sind. Ich muß die Ereignisse kontrollieren, und das kann ich unter den gegenwärtigen Umständen nicht.«

»Dass verrsteh' ich nicht. Warrum mußt du die Erreignisse kontrrolierren?«

»Ich habe die Gewißheit, daß das nötig ist. Ich weiß noch nicht, wieso, aber die Antwort wird sich ergeben. Die Antworten haben sich bisher immer ergeben, wenn ich sie brauchte.«

»Du rredst sseltssam.«

»Ich bin es eigentlich nicht gewohnt zu sprechen.«

»Werr bist du?«

»Ich bin ich, das ist alles, was ich weiß. Ich habe einen vorübergehenden Namen angenommen, das Auge. Das Wesen, dessen Gestalt ich mir zugelegt habe, nannte mich ›der große Macker‹. Es wußte nicht, daß ich es hören konnte, als es mich so nannte. Ich weiß nicht, warum es das getan hat.«

»Wo iss' err jetzt? Wo iss' Bogie?«

»Ich habe ihn ausgeschaltet und zerlegt. Es war erforderlich. Warum zeigst du eine emotionale Beunruhigung?«

»Wass du ssagst, macht mich trraurrig. Ich mochte Bogie, und jetzt iss' err tot.«

»Warum sagst du das? Er ist nicht tot. Alle seine Komponenten existieren noch und werden wieder funktionieren. Vielleicht setze ich ihn wieder zusammen, oder seine Einzelteile werden als Teile neuer Roboter weiterbestehen. Das ist kein Tod, da gibt es keinen Zerfall.«

»Wass weißt du überr den Tod?«

»Nur das, was ich aus den Computerdateien erfahren habe.«

»Dass iss' keine Möglichkeit, etwass überr den Tod zu errfahrren.«

»Vielleicht wirst du mir mehr über den Tod erzählen. Später, wenn ich mit dieser Stadt fertig bin. Bitte greif mich nicht weiter an.«

Das Auge wandte sich wieder seiner Tastatur zu. Wolruf, an keine Robotikgesetze gebunden, sprang auf, stieß ein Heulen aus und katapultierte sich mit aller Kraft, die sie aufbrachte, gegen den Rücken des Auges. Der Aufprall brachte es aus dem Gleichgewicht.

Doch nicht stark genug.

Es wirbelte herum und traf Wolruf mit einem harten Faustschlag seitlich am Kopf.

Sie fiel schlaff zu Boden und verlor das Bewußtsein.

Das Auge hob sie behutsam auf und lehnte sie gegen die Wand. Dann richtete es ihren Körper vorsichtig so aus, wie es nach seinen Beobachtungen für ein Wesen in der Gestalt eines hundeähnlichen Aliens bequem sein mußte. Danach wandte es sich wieder der Aufgabe zu, die Stadt zu zerstören.

Als sie durch den neuen Tunnel gingen, in dem wegen des schwachen Lichts alles noch gespenstischer aussah, sagte Derec: »Ich habe nachgedacht. Wenn dieser andere Roboter wie Adam und Eva ist, ich meine, wenn er ebenfalls ein Gestaltwechsler und ein verformbarer Plagegeist ist, wie wird es dann sein, wenn alle drei zusammen sind?«

»Das ist nicht die Art von Fragen, die mich in solchen Augenblicken beschäftigen.«

Die Herablassung in der Stimme seines Vaters war unverkennbar. Derec fragte sich, ob der Mann immer so sein würde, verächtlich und sarkastisch. Würden sie jemals ein Verhältnis entwickeln, wie es zwischen Vater und Sohn auch nur annähernd normal war? Wahrscheinlich nicht.

»Ich kann trotzdem nicht umhin, mir meine Gedanken darüber zu machen«, fuhr Derec fort. »Zwei von der Sorte sind schon schlimm genug, aber wir waren gerade dabei, uns daran zu gewöhnen. Drei wären noch schlimmer, die Situation würde noch unberechenbarer werden, geradezu verheerend. Wenn wir dort ankommen und die Lage in den Griff bekommen, wäre es schön, eine Möglichkeit zu finden, wie wir uns Kneif-mich vom Hals schaffen können.«

»Du überraschst mich, Derec. Ich hätte nicht damit gerechnet, daß du derart mörderische Gedanken hegst.«

»Oh, ich meine nicht, daß wir ihn umbringen oder auch nur demontieren sollten. Ich würde ihn nur gern aus dem Verkehr ziehen. Ihn auf einen anderen Planeten verfrachten, in eine Dachkammer einschließen oder in einer Höhle verbergen, alles unternehmen, um ihn von Adam und Eva fernzuhalten.«

»Wo er anderen Schwierigkeiten machen könnte? Ihn zu demontieren ist vielleicht gar nicht so eine schlechte Idee.«

Er verstummte, denn sie hatten den Eingang des Computerraumes erreicht.

Das Auge erkannte jetzt, daß die riesigen Ausmaße von Robot City ein großes Hindernis bei der Zerstörung darstellten. Trotz der vielen Zeit, die es mit diesem Vorhaben verbracht hatte – von der kurzen Verzögerung durch Wolrufs Angriffe abgesehen – hatte es nicht genügend Fortschritte gemacht. Nur ein kleiner Prozentsatz von Robot City war zerstört, zusammengebrochen oder entfernt worden.

Da die Menschen im Anschleichen längst nicht so geschickt wie Wolruf waren, hörte das Auge sie die Außentür öffnen und sich dem Computerraum nähern.

Es würde ihnen gegenübertreten müssen. Aber es hatte Angst davor, sich ihnen zu stellen. Es wußte nicht, woran das lag.

Das Auge drehte sich um und betrachtete die neuen Eindringlinge. Als es sah, daß alle drei entschlossen wirkten und eindeutig mit derselben Absicht wie Wolruf erschienen waren, nämlich ihm die Kontrolle der Stadt zu entreißen, erwog es kurz, sich auf sie zu stürzen, sie anzugreifen und sie mit derselben Kraft durch die Luft zu schleudern, mit der es Wolruf zu Boden gestreckt hatte. Aber dies waren Menschen, und es konnte sie nicht verletzen. Es schien, als müsse das Erste Gesetz der Robotik auf diese Situation angewandt werden. Aber wieso? Die Gesetze der Robotik galten für Roboter. Es selbst war das Auge, und es sollte nicht von Gesetzen gelenkt werden, die untergeordnete Geschöpfe beherrschten.

Derec trat einen Schritt vor.

»Dr. Livingstone, nehme ich an«, sagte er. Natürlich verstand das Auge die Anspielung nicht.

»Ich bin das Auge«, antwortete es.

»Hübscher Name«, murmelte Ariel.

»Wahrscheinlich abgeleitet vom Allsehenden Auge, dem Auge der Vorsehung oder etwas in der Richtung«, kommentierte Avery. »Ein Symbol der Allgemeingültigkeit, denke ich, das für ein neues Zeitalter oder eine neue Ordnung steht.«

Ariel sah Wolruf bewußtlos an der Wand liegen und eilte zu ihr. Nachdem sie die Außerirdische berührt und nach Lebenszeichen untersucht hatte, gab sie Derec mit einem Nicken zu verstehen, daß Wolruf am Leben war. Derec wandte sich wieder dem Auge zu. »Es ist mir egal, wer du bist«, sagte er. »Warum zerstörst du meine Stadt?«

»Deine Stadt? Es ist jetzt nicht mehr deine Stadt. Ich habe sie übernommen. Betrachte die Bildschirme.« Es deutete auf eine Reihe von Monitoren, die Szenen der Zerstörung von Robot City zeigten. »Sieh dir an, was ich getan habe, und behaupte weiter, es sei deine Stadt.«

»Sieh meine Werke, o Mächtiger . . .« murmelte Avery leise.

»Na gut«, sagte Derec. »Im Augenblick ist es mir egal, wem die Stadt deiner Meinung nach gehört. Erklär mir einfach, aus welchem Grund du sie vernichtest.«

»Sie ist . . . nicht richtig für mich. Ich muß sie meinen Bedürfnisse anpassen.«

»Ich habe das Gefühl, daß du schon genug *Anpassung* betrieben hast. Ich möchte, daß du mit dem Anpassen aufhörst und mir die Kontrolle über den Computer zurückgibst, damit ich den Schaden beheben kann, den du angerichtet hast.«

»Es ist kein Schaden. Ich werde die Stadt verbessern. Ich kann dir nicht gehorchen, denn es ist kein Schaden verursacht worden.«

»Kein Schaden? Das ist wieder nur ein weiteres Roboterwortspiel. Wenn ich sage, es ist ein Schaden, dann ist es ein Schaden, mein Junge.«

»Aber ich bin kein Roboter.«

Hier im Computerraum konnte Derec bereits spüren, wie sich seine Chemfets rührten und gezielt in seinen Adern zu kreisen begannen.

Es war, als hätten auch sie strukturelle Schäden durch die Handlungen des Auges erlitten und würden sich jetzt wieder erholen. Derec war sicher, daß er die Kontrolle über die Chemfets zurückerlangte. Er mußte nur das Hindernis entfernen, das dort vor ihm stand, und er glaubte, eine Möglichkeit zu sehen, wie er das Auge besiegen konnte. Er spürte über seine Chemfets, wie die Herrschaft des Roboters über die Stadt zu schwinden begann.

»Auge, wenn du darauf bestehst, dich so zu nennen, ich bin Derec.«

»Das weiß ich.«

»Ich bin ein Mensch. Hast du das verstanden? Ich bin ein Mensch. Du mußt mir gehorchen.«

»Ich sehe nicht ein, warum das so sein sollte.«

»Du mußt mir gehorchen. Das ist das Zweite Gesetz. Ich weiß, daß die Gesetze der Robotik in deinen Programmen verankert sind. Du mußt alles tun, was ich dir befehle. Ich bin ein Mensch.«

»Das weiß ich nicht.«

»Ich sage es dir. Ich bin ein Mensch. Gehorche! Hör sofort mit der Zerstörung von Robot City auf!«

»Die Stadt ist nicht für mich geeignet. Sie muß verändert werden.«

»Ich möchte sie so haben, wie sie vor unserer Ankunft war,

bevor du gekommen bist und angefangen hast, daran herumzupfuschen. Los, Roboter.«

»Ich ... ich sehe nur wie ein Roboter aus. Meine Verkleidung. Ich bin kein Roboter. Ich bin etwas anderes. Ich muß etwas *anderes* sein.«

»Du *mußt* sein, was du bist, ein Roboter. Du wurdest geschaffen, um zu dienen. Mir zu dienen. Gehorche mir. Das ist eine Forderung des Zweiten Gesetzes.«

Das Auge war sich nicht sicher, was es tun sollte.

»Nur Roboter müssen den Drei Gesetzen folgen«, sagte es.

»Es protestiert«, flüsterte Ariel. »Du kannst es festnageln. Es müßte nicht protestieren, wenn es wüßte, was es ist. Es sagte, es müßte etwas anderes sein, hast du gehört? Derec, es weiß nicht, was es ist.«

»Auge«, sagte Derec, »du bist ein Roboter.«

»Nein, das bin ich nicht. Ich habe logisch begründet, daß ich kein Roboter bin. Ich sehe wie einer aus, weil ich seine Gestalt angenommen habe. Das allein beweist schon, daß ich kein Roboter bin. Roboter sind fest, unwandelbar, sie können ihre Gestalt nicht verändern.«

»Wenn Adam und Eva doch nur hier wären«, seufzte Derec.

»Ich dachte, du wolltest sie nicht zusammenbringen«, bemerkte Ariel.

»Ich habe gerade meine Meinung geändert.« Derec trat einen weiteren Schritt vor. Er wußte nicht, ob es einen Roboter ebenso nervös wie einen Menschen machte, wenn man ihm zu dicht auf den Leib rückte, aber es war einen Versuch wert.

Das Auge fragte sich wieder, ob es Derec verletzen könnte. Aber sobald es auch nur daran dachte, schien irgend etwas in seinem Inneren es zu lähmen.

»Auge«, sagte Derec, »trotz aller Beweise, die du dir zurechtgezimmert hast, *bist* du ein Roboter. Es gibt andere wie dich, und du wirst ihnen noch begegnen.«

»Andere wie mich? Ich weiß nichts von anderen.«

»Vielleicht hast du ihnen auch nachspioniert. Sie heißen Adam und Eva.«

»Das können keine Roboter sein. Ich habe sie beobachtet.

Wenn man sie überhaupt einordnen kann, dann sind sie Menschen.«

»Nein. Wir sind die Menschen. Wir drei. Und du mußt, wie ich es dir sage, das tun, was wir dir befehlen. Zweites Gesetz. Zweites Gesetz. Zweites Gesetz.«

Die Art, wie Derec diese Begriffe in einem monotonen Singsang wiederholte, erschien dem Auge überspannt. Wo blieb das ausgeglichene Verhalten, das hohen Intelligenzen zu eigen sein mußte?

»Auge, ich befehle dir, von dieser Tastatur wegzugehen. Wir können dafür sorgen, daß die Stadt wieder aufgebaut wird. Verstehst du? Du mußt. Geh von der Tastatur weg.«

Irgend etwas passierte im Gehirn des Auges. Irgend etwas Positronisches, ein Klicken, ein Stechen. Es wußte plötzlich, daß Derec recht hatte und es ihm gehorchen mußte. Ohne einen weiteren Widerspruch entfernte es sich sofort von der Tastatur.

Derec spürte, daß seine Chemfets wieder so zu funktionieren begannen, wie sie es vor den Manipulationen des Auges getan hatten. Sie wurden spürbar in seinem Blutkreislauf aktiv. Er winkte seinen Vater an die Tastatur.

»Du hast diese Stadt erschaffen. Du wirst sie wieder reparieren.«

Avery rieb sich eifrig die Hände und trat an die Tastatur heran. Er schlug die ersten Tasten schon an, bevor er sich gesetzt hatte.

»Jetzt, Auge, und ich hoffe, du bekommst bald einen anderen Namen«, sagte Derec, »möchte ich mich vergewissern, daß alles in Ordnung ist. Ich brauche eine vollständige Verbindung zum Computer. Ich befehle dir, sämtliche Verbindungen zum Computer, die du vielleicht noch hast, zu unterbrechen, außer der eines normalen Roboters von Robot City. Aber bevor du das tust, möchte ich dir noch eine Frage stellen. Kannst du dieses Zeug beseitigen, das den gesamten Computer bedeckt?«

Derec deutete auf die moosähnliche Substanz, die jetzt noch dicker war und den größten Teil der Maschine verbarg.

»Ja, das kann ich.«

Das Moos schien zu schmelzen. Doch anders als bei gewöhnlichen schmelzenden Substanzen bildete sich keine Pfütze am Boden. Es verschwand einfach und ließ den Computer so zurück, wie er vorher gewesen war, sogar noch glänzender.

»Und jetzt, Auge, brich alle Verbindungen zum Computer ab.«

»Das ist geschehen«, sagte es sofort.

Derec, der sich darauf konzentriert hatte, die Kontrolle über seine Chemfets wiederzugewinnen, bemerkte nicht sofort, was mit dem Gesicht des neuen Roboters geschah. Es lag sehr viel weniger von Bogie darin. Für einen Augenblick zeigte es eine Andeutung von Derecs Zügen. Dann war da überhaupt kein Gesicht mehr.

»Was passiert mit ihm?« fragte Ariel.

»Ich wollte, ich wüßte es.«

Langsam veränderte der Körper des Auges seine Gestalt, doch diesmal verwandelte er sich nicht in einen anderen, bildete niemanden nach. Er wurde einfach zu einem Klumpen, zu einer rundlichen formlosen Masse mit Stummelbeinen und keinen sonstigen erkennbaren Einzelheiten, außer einem einzelnen Auge auf seiner Oberseite.

»Sieht es normalerweise so aus?« fragte Ariel.

»Auge, war das die Gestalt, in der du auf diesem Planeten gelandet bist?«

Unter dem Auge des Roboters bildete sich ein Mund, offenbar nur, um Derecs Frage zu beantworten.

»Ja, in fast jeder Hinsicht. Ich hatte keine Beine, bis ich welche brauchte. Dann ließ ich sie mir wachsen.«

Das Auge zog sich rückwärts gehend auf seinen kurzen Beinen von Derec und Ariel zurück. Es mußte in seine Schutzhülle gelangen.

Es lehnte sich an die Kammer, in der es seine Schutzhülle verborgen hatte, aktivierte den Schließmechanismus, der auf seine Anwesenheit reagierte, und die Tür sprang auf. Die Schutzhülle, ein eiförmiges Gebilde, rollte heraus. Das Auge berührte sie mit einem seiner Beine, und sie öffnete sich. Es kroch hinein, und der Saum des eiförmigen Gebildes schloß sich wieder.

»Was *ist* das?« fragte Ariel.

»Die Kapsel, mit der es hergekommen ist, nehme ich an«,

sagte Derec. »Die Kapsel, die vielleicht von meiner Mutter hierhergeschickt worden ist, so wie sie vielleicht die Kapseln losgeschickt hat, in denen Adam und Eva auf ihren Planeten gelandet sind. »Das ›Ei‹, wie sie es nennen.«

»Deine Mutter? Wieso habe ich eigentlich immer das Gefühl, etwas verpaßt zu haben?«

»Keine Angst, ich werde es dir schon erklären. Wir sollten uns zuerst einmal um Wolruf kümmern.«

Kapitel 20

Das zweite Zusammentreffen

»Also, meine Freundin«, sagte Derec, nachdem Wolruf wieder zu sich gekommen war, »wir sind dir ein großes Dankeschön schuldig.«

»Wofür, meinst du?«

»Dafür, daß du das Auge abgelenkt hast. Eine wirklich erfolgreiche Mission. Ich habe dich gebeten, es zu beschäftigen, damit wir hierherkommen konnten. Das hast du getan. Vielen Dank dafür.«

»Auch von mir«, sagte Ariel. »Sogar von *ihm*.« Sie deutete auf Avery, dessen Finger wie verrückt über die Tastatur flogen.

»Ich kann mich selbst bei ihr bedanken«, sagte Avery mit dem nörgelnden Tonfall in der Stimme, an den sie sich mittlerweile gewöhnt hatten.

»Ja«, erwiderte Ariel, »aber werden Sie das auch tun?«

»Unter den richtigen Umständen.«

»Treten diese Umstände öfters ein?«

»Nicht allzu oft.«

»Das habe ich mir gedacht.«

Ariel brachte Wolruf dazu, aufzustehen und umherzulaufen, damit sie sich davon überzeugen konnte, daß mit ihr alles in Ordnung war. Wolruf bewegte sich zwar nicht mit ihrer typischen Spannkraft, aber davon abgesehen, wirkte sie normal.

Nachdem sie mit Wolrufs Zustand zufrieden war, ging Ariel zu der Kapsel, in der das Auge immer noch als regloser Klumpen lag.

»Gemütlich passend«, sagte sie. Derec machte ein erstauntes Gesicht.

»Ich meine die Art, wie unser Auge so genau in sein Ei paßt«, erklärte Ariel. »Man muß sich ziemlich beengt und klaustrophobisch fühlen, wenn man darin durchs All fliegt.«

»Da ist es sich seiner Umgebung nicht bewußt. Adam hat mir erzählt, daß er und Eva erst nach der Landung zu sich gekommen sind. Nach dem, was das Auge gesagt hat, nehme ich an, daß für es dasselbe zutraf.«

»Also«, sagte sie, streckte sich und gähnte, »was geschieht als nächstes?«

»Womit?«

»Na ja, jetzt würde ich gern erst einmal irgend etwas essen. Ich bin am Verhungern. Und dann würde ich am liebsten drei Tage lang durchschlafen. Danach würde ich gern eine Steptanzvorführung für Timestep arrangieren und vielleicht für seine Partner, von denen er gesprochen hat. Was ich aber wirklich wissen möchte: Was sollen wir mit dem Auge anfangen?«

»Ich habe da einige Ideen«, sagte Avery.

»Darauf würde ich wetten«, gab Ariel zurück. »Aber behalten Sie die jetzt für sich, in Ordnung?«

»Deine Freundin ist ziemlich empfindlich«, stellte Avery fest.

Ariel warf ihm einen kurzen Blick zu, aber sie war zu müde, um sich auf ein weiteres Wortgefecht mit ihm einzulassen. Sie wünschte sich, eine Kapsel wie das Auge zu haben, in der sie sich verkriechen und die Welt aussperren könnte.

»Also, wie ist das jetzt mit dem Auge?« fragte sie Derec.

»Ich weiß es nicht. Wenn wir mit Adam und Eva mehr Erfolg gehabt hätten, hätte ich jetzt eine bessere Idee. Es könnte unsere Chance sein, mehr über diese Roboter herauszufinden. Andererseits könnte das Auge durch seinen Flirt mit der Macht zu sehr verdorben worden sein, um . . .«

»Flirt mit der Macht? Du hörst dich an, als hättest du ein Sprüchebuch für Fortgeschrittene verschluckt.«

»Tut mir leid.«

»Er hat zuviel Zeit mit mir verbracht«, sagte Avery, während er ein schematisches Diagramm auf dem Monitor betrachtete. »Er hat meinen Hang zum *Bonmot* übernommen.«

»Hat ganz den Anschein«, erwiderte Ariel. »Du bist also nicht sicher, was wir mit dem Auge anfangen sollen, Derec?«

»So ist es. Wir werden es beobachten, es befragen, ihm die Möglichkeit geben, sich zu erklären, aber im Augenblick weiß ich auch nicht weiter.«

»He, wir haben einen anstrengenden Tag hinter uns.«

»Dass iss' eine der trreffendsten Bemerrkungen, die ich jemalss ge'örrt 'abe«, stellte Wolruf fest.

Derec ging zu seinem Vater hinüber und blieb hinter ihm stehen. Die Finger des Wissenschaftlers bewegten sich so schnell, daß sie hin und wieder vor Derecs Augen zu verschwimmen schienen.

»Macht Mandelbrot am anderen Ende alles richtig?« erkundigte er sich.

»Hervorragend. Für einen Roboter ist er außerordentlich geschickt, was Computeroperationen betrifft.«

»Ich habe ihn darin geschult.«

»Hätte ich wissen sollen. Ein altes Sprichwort von der Erde: Diejenigen, die es können, machen es; diejenigen, die es nicht können, lehren es; diejenigen, die es nicht machen sollten, glauben, sie seien diejenigen, die es können; diejenigen, die es machen sollten, schummeln sich in der Regel durch das College.«

»Was bedeutet das?«

»Vielleicht habe ich es nicht richtig hingekriegt.«

Eine Weile sah Derec seinem Vater schweigend bei der Arbeit zu. Er konnte den Erfolg der Arbeit von Avery und Mandelbrot daran ablesen, wie seine Chemfets wieder ihre aktiven und befriedigenden Funktionen aufgenommen hatten. Er hatte das Gefühl, als könnte er sich einfach gegen eine Wand lehnen, die Augen schließen und mit den Chemfets, die durch seine Adern wanderten, verschmelzen.

Er stellte seinem Vater die Frage, die ihm einfach nicht aus dem Kopf ging. »Kannst du für mich ein Treffen mit meiner Mutter arrangieren?«

Averys Finger blieben plötzlich stehen und lagen still auf der mittleren Reihe der Tastatur. Derec konnte sehen, daß sein Vater sich die Antwort sorgfältig zurechtlegte. Er kannte seinen Vater mittlerweile gut genug, um sich bewußt zu sein, daß dieser all seine Äußerungen gründlich überdachte, wie spontan sie auch klingen mochten.

»Die richtige Frage, Sohn, lautet, *würde* ich es arrangieren? Und, weißt du, in einem meiner dummen sentimentalen Augenblicke, von denen es bei mir wenige, praktisch überhaupt keinen gibt, könnte ich das tun. Zum Glück für mich muß ich deswegen allerdings nicht mit meinem Gewissen kämpfen. Ich habe nicht die leiseste Ahnung, wo deine Mutter sich aufhält oder wie ich sie finden sollte.«

Derec ging davon. Ariel rief ihm hinterher: »Derec?«

»Ja?«

»Du würdest sie vielleicht nicht mögen. Ich mag sie jedenfalls nicht.«

»Ich werde es darauf ankommen lassen.«

»Ich hätte voraussehen können, daß du das sagen würdest.«

Derec sah Adam und Eva in der Tür stehen. Er fragte sich, wie lange sie dort wohl schon bewegungslos gestanden und sie beobachtet hatten.

»Adam? Eva?« Sie beachteten ihn nicht. Ihre Aufmerksamkeit war eindeutig auf die Kapsel gerichtet.

Das war der Moment, vor dem er sich gefürchtet hatte, und er war viel zu schnell gekommen.

Die Roboter betraten den Raum, gingen Hand in Hand an Wolruf und Ariel vorbei, und Derec fragte sich, woher, zum Teufel, sie das hatten. Ariel kam zu Derec und hielt sich an seinem Arm fest.

Vor der Kapsel blieben die Silberflanken stehen. Adam ließ Evas Hand los, beugte sich hinunter und legte einen Kippschalter neben der Fuge an der Kapsel um. Aus der Spitze des eiförmigen Behälters schob sich eine Schalttafel. Adam machte sich an einer Reihe von Schaltern zu schaffen, und das Ei begann zu leuchten. Derec konnte die Hitze spüren, die es ausstrahlte. Aus seinem Inneren klang ein schwaches Summen. Die Fuge klaffte auseinander, und die Silberflanken bekamen das Auge zum erstenmal zu Gesicht. Es fing sofort an, sich zu rühren, rollte aus der Kapsel und blieb vor Adam und Eva liegen.

»Du bist wir«, sagte Adam.

»Wir sind du«, sagte Eva.

Das Auge hatte sich mittlerweile derart in einen Klumpen verwandelt, daß Derec nicht einmal die Andeutung eines Kopfes oder eines Körpers erkennen konnte. Dann begann aus der Mitte des Körpers, dort, wo zuvor das einzelne Auge gesessen hatte, ein Kopf emporzuwachsen. Das Auge war verschwunden, und während der Kopf allmählich ein Gesicht ausbildete, erschienen an seiner Stelle zwei Augen, beide geschlossen. Als die Verwandlung des Gesichts abgeschlossen war, öffneten sich die Augen, und Derec erkannte, daß das Gesicht Adams Züge trug. Adam in seiner Derecgestalt. Dann begannen Wellen über den Körper des dritten Roboters zu laufen, und Schritt für Schritt nahm er eine humanoide Gestalt an. Als die Entwicklung weiter fortgeschritten war, erhob er sich auf zwei Beinen und bildete Arme von normaler Länge aus.

Er wurde Adam immer ähnlicher, und dann begann auch dieser, sich zu verwandeln. Nach kurzer Zeit sah er Avery ähnlicher als Derec.

Derec wurde klar, daß es schwierig werden könnte, diese Chamäleons auseinanderzuhalten, wenn man ihnen nicht ein Etikett aufklebte.

»Ich bin ihr, beide von euch«, sagte das Auge. »Aber wer sind wir?«

»Das werden wir herausfinden müssen«, entgegnete Eva.

In Evas Arielgesicht lag eine Andeutung von Derecs Zügen. Adam verwandelte sich in eine canionoide Gestalt, eine Kopie von Wolruf. Das Auge versuchte sich ebenfalls an Wolruf. Seine Wolrufversion war weniger detailreich, keine so überzeugende Kopie wie die von Adam. Auch Eva wurde zu einer überzeugenden Wolruf. Wolruf kam heran und blieb neben ihnen stehen. Derec fragte sich, was wohl geschehen würde, wenn er die Augen schloß und die vier die Plätze tauschten. Würde er noch erkennen können, wer die richtige Wolruf war? Aber das konnte nicht passieren. Welche weiteren wunderbaren Verwandlungsfähigkeiten die Silberflanken auch entwickeln mochten, sie konnten weder ein Fell nachahmen, noch konnten sie die normale Hautfarbe der Wesen, nach denen sie sich formten, besonders gut imitieren. Kurz darauf sah Adam wie ein Derec mit canionoiden Zügen aus, das Auge wie eine Mischung aus Avery und Bogie, und Eva einfach wieder wie Ariel.

Derec und Ariel wußten nicht, woran es lag, daß sie sich so unbehaglich fühlten. Allerdings hatten sie früher immer das Gefühl gehabt, von den beiden Silberflanken ginge eine Gefahr aus, und nun waren es drei. Drei, die miteinander plauderten, als hätten sie sich so viele Fragen zu stellen, Fragen, die sie selbst betrafen, die Welten, auf denen sie so unfeierlich abgesetzt worden waren – und wahrscheinlich stellten sie Vermutungen über die Verwüstungen an, die sie anrichten konnten, wenn sie auch nur die geringste Möglichkeit dazu erhielten.

Avery, der zu sehr mit dem Computer beschäftigt gewesen war, um die Ankunft der Silberflanken zu bemerken, drehte sich mit seinem Stuhl herum und entdeckte das merkwürdige Trio. Er lächelte.

»Diese Situation steckt voller Herausforderungen«, sagt er.

»Für wen?« fragte Derec.

»Für sie oder für uns?« wollte Ariel wissen.

»Für sie. Für uns. Wie auch immer, es ist einfach wunderbar.«

Die drei gestaltwechselnden Roboter, welche die Worte der Menschen anscheinend nicht zur Kenntnis nahmen, faßten sich wie Menschen an den Händen und verließen den Computerraum.

»Sollen wir ihnen folgen?« fragte Ariel.

»Laß sie gehen«, sagte Derec. »Wir haben zuviel zu tun.«

Avery wandte sich wieder dem Computer zu. »Eine Botschaft von Mandelbrot«, meldete er, ohne sich umzudrehen. »Anscheinend sind alle Überwacher wieder aktiv. Sie haben den Konferenzraum verlassen und benehmen sich wieder wie Anführer. Alle Systeme arbeiten mit mehr Leistung. Roboter kriechen aus ihren Löchern hervor und bevölkern wie gewohnt die Straßen. Die Stadt kehrt zum Normalbetrieb zurück. Was sagen dir deine Chemfets, Derec?«

»Dasselbe, was du berichtet hast. Sie sind aktiver als gewöhnlich. Ich glaube, die Krise ist endgültig vorüber.« Er warf einen Blick auf die Tür, durch welche die Silberflanken und das Auge verschwunden waren. »Zumindest die Krise der Stadt.«

Sein Blick blieb noch einen Augenblick auf der Tür haften. Dann spürte er, wie die Chemfets durch seine Adern rasten, und er wandte sich der Aufgabe zu, in Robot City wieder Ordnung zu schaffen.

Datenbank

ROBOT CITY IN TRÜMMERN: Trümmer ist im Fall von Robot City ein relativer Begriff. Als die Stadt nach den Manipulationen des Auges ihren schlimmsten Zustand erreicht hat, ist sie immer noch leistungsfähiger und attraktiver als die meisten anderen Städte im bekannten Universum, besonders im Vergleich mit den überbevölkerten unterirdischen Metropolen der alten Erde.

Nach seiner Rückkehr nach Robot City bemerkt Derec sofort die Unterschiede zwischen dem derzeit bedauernswerten und dem früher phantastischen Zustand der Stadt. Ihre Straßen sind kaum bevölkert, manchmal völlig leer, im Gegensatz zur Betriebsamkeit, die dort früher geherrscht hat. Darüber hinaus sind die sonst hell erleuchteten Straßen düster und manch-

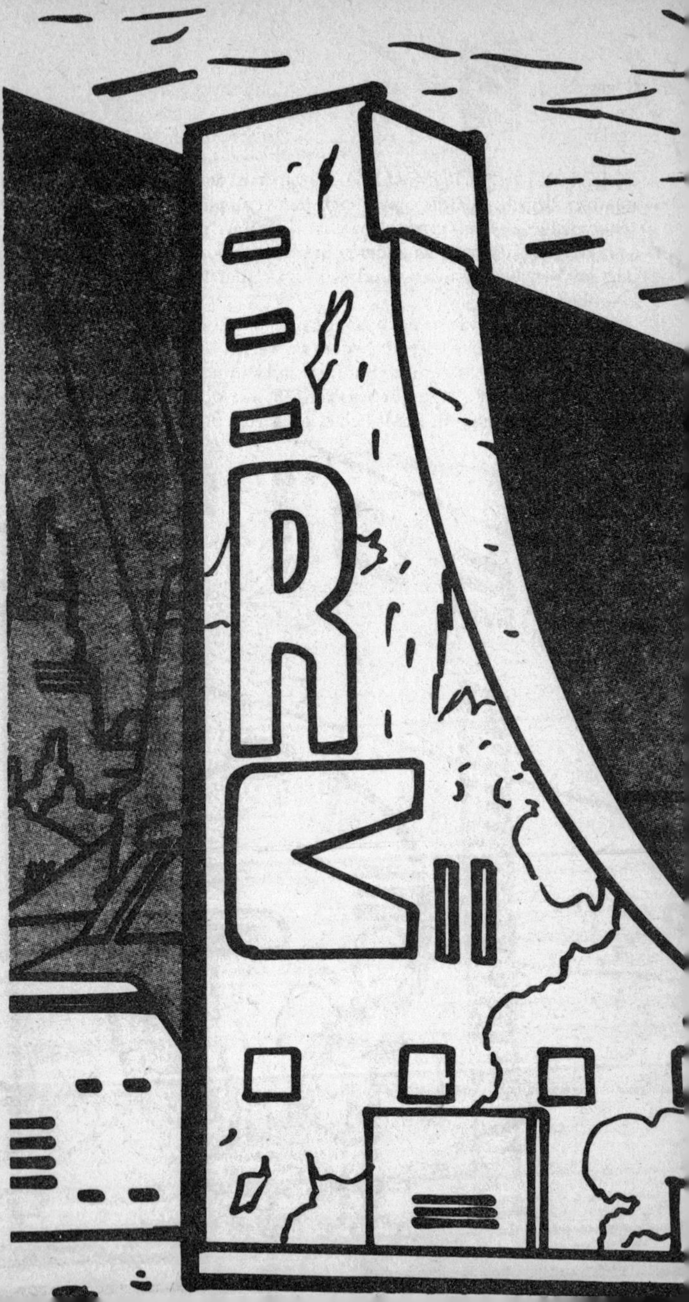

mal gespenstisch dunkel. Systeme sind zusammengebrochen. Die Gleitwege, auf denen Menschen und Roboter schnell von einem Ort zum anderen gelangen konnten, stehen still. Viele Roboter sind lethargisch geworden, während andere neue, bizzare Persönlichkeiten angenommen haben. Ehemals reine Flächen sind mit Abfall und den Hinterlassenschaften der geheimnisvollen neuen Einwohner der Stadt ›kontaminiert‹. Reinigungsroboter wischen den Staub nicht mehr fort, Türen klemmen, die Innenbeleuchtung der Räume schaltet sich beim Betreten nicht mehr automatisch ein. In seiner Gesamtheit erinnert das Erscheinungsbild der Stadt Derec an die erschreckende Vision, die ihn seinen Träumen heimgesucht hat: Robot City in Trümmern.

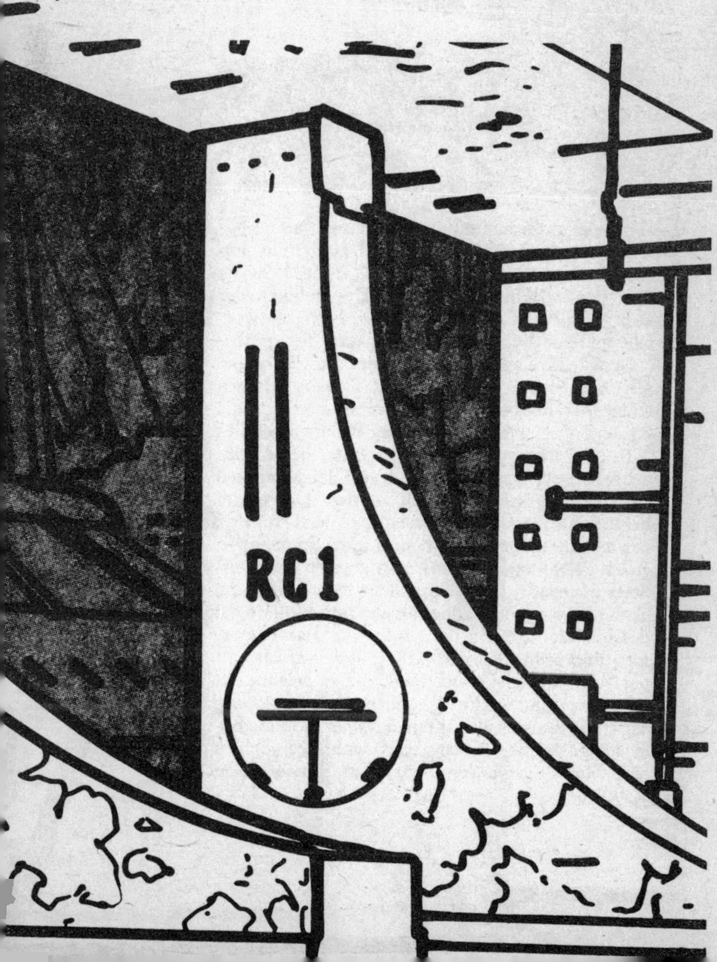

BOGIE: Als das Auge feststellte, daß das Wissen und die Informationen, die es benötigte, zu umfangreich waren, um sie selbst aufzunehmen, beauftragte es bestimmte Gruppen von Robotern damit, Informationen zu abgegrenzten Themenkreisen zu sichten und zu speichern. Es handelte sich dabei um das Wissen, das zu erforschen der Neuankömmling keine Zeit hatte, das er später aber vielleicht einmal brauchen würde. Immer wenn das Auge eine bestimmte Information von einem dieser Roboter benötigte, forderte es sie über das Verbundfunknetz an. Der Roboter, der sich auf dieses Gebiet spezialisiert hatte, antwortete mit einer nützlichen und genauen Zusammenfassung des Themas. Durch ihre Beschäftigung mit den ihnen zugewiesenen Gebieten haben einige der Roboter sich Eigenarten zugelegt, die Aspekte ihrer Nachforschungen widerspiegeln.

Bogie, einer der Forschungsroboter des Auges, gehört zu der Gruppe, die sich mit der populären Unterhaltungskultur im bekannten Universum befaßt. Als Nebenprodukt seiner Untersuchungen hat er seine Persönlichkeit und seine Sprache der eines Privatdetektivs des zwanzigsten Jahrhunderts angepaßt. Seine Sprache ist mit dem Slang gewürzt, den er aus Filmdialogen und Monologen des Erzählers gelernt hat. In seinen Umgangsformen und seiner Körperhaltung ähnelt er oftmals der Art von Privatdetektiven, die er bewundert. Wenn man ihn auch nicht einen Augenblick lang für etwas anderes als für einen humanoiden Roboter halten würde, ist er innerlich wahrscheinlich zu einer Rarität geworden – zu einem romantischen Roboter.

DIE TÄNZER: Die Tänzer, die Eva Silberflanke auf einer Schreibtischplatte entdeckt hat, sind miniaturisierte Nachbildungen von Menschen, Ausschuß der vielfältigen Laborexperimente, die das Auge durchgeführt hat. Über Robot City sind noch viele andere Wesen verstreut, die sich oftmals zu primitiven Gemeinschaften zusammengeschlossen haben. Einige davon sind weitaus weniger humanoid als die Tänzer.

Die Tänzer bleiben auf ihrer Schreibtischplatte und werden von Ariel und den Silberflanken untersucht. Es gelingt ihnen, den kleinen Geschöpfen ein paar Spiele beizubringen und mittels Handzeichen eine Art primitive Kommunikation mit ihnen aufzunehmen. Sprache und höher entwickelte Signale zeigen bei den Tänzern jedoch keine Wirkung. Sie sind anmutig und scheinen friedlich zu sein. Sie führen möglicherweise religiöse Rituale durch, die für ihre Beobachter jedoch unverständlich bleiben. In gewisser Weise bemerkt Ariel, sind sie wie Spielzeuge, eine Art Puppen, mechanische Wunderwerke oder Zinnsoldaten, mit denen ein Kind spielen würde.

DAS AUGE: Das Auge ist das dritte in einer Reihe von Experimenten zu positronischer Logik und positronischer Leistungsfähigkeit, die dem fruchtbaren Geist von Janet Anastasi entsprungen sind, Derecs Mutter und Dr. Averys Ex-Frau (und Konkurrentin auf dem Gebiet der Robotik). Wie die Silberflanken ist das Auge mit den Drei Gesetzen programmiert, aber ansonsten auf sich allein gestellt, als es sein Ziel erreicht, und dazu gezwungen, die Welt, in der es gelandet ist, so gut es kann zu definieren. Anders als die Silberflanken, die Lebewesen gefunden hatten, die sie untersuchen und nach denen sie sich formen konnten, ist das Auge in Robot City gestrandet, wo es bei seinem Eintreffen keine Tiere, Aliens oder Menschen vorfindet, die das Ziel seiner Bestrebungen sein könnten. Es gibt dort nur Roboter in einer computergesteuerten Stadt, deren Hauptziel darin besteht, für die künftigen menschlichen Bewohner geeignete Wohnungen zur Verfügung zu stellen.

Als Ergebnis dieser Situation gerät das Auge über seine unmittelbare Aufgabe und seine weitere Bestimmung in Verwirrung. Obwohl es sich daranmacht, alles zu lernen, was es über den Zentralcomputer und die Roboter in Erfahrung bringen kann, und schließlich die Kontrolle der Stadt übernimmt, wird es – anders als die unternehmerischen Adam und Eva – zum Einsiedler. Es fällt in seine ursprüngliche formlose Gestalt zurück und versteckt sich in der Computerkammer gewöhnlich in seiner ›sicheren Zuflucht‹, der eiförmigen Kapsel, mit der es in Robot City gelandet ist. Dem Auge ergeht es ähnlich wie einem Menschen, der Kummer hat und manchmal die Haltung eines Embryos annimmt. Es zieht die Sicherheit seiner Schutzhülle der Suche nach den Herausforderungen vor, die seine Bestimmung ist. In seiner Kapsel ähnelt er einem Baby in der Wiege, wenn auch nur mit einem einzigen Auge ausgestattet, das in die begrenzte Umwelt hinausstarrt, die es gewählt hat.

Robert Thurston

Robert Thurston schreibt seit Anfang 1970 Science Fiction und Fantasy, nachdem er den zweiten und dritten Clarion SF Writing Workshop besucht hatte. Als seine erste Storysammlung von Clarion veröffentlicht wurde, errang seine Geschichte ›Wheels‹ den ersten Preis. Die Story bildete später die Grundlage seines Romans *A Set of Wheels*. Insgesamt hat er bisher vierzehn Romane und Romanfassungen von Filmen veröffentlicht, darunter *Alicia II, Q Colony,* und *Robot Jox*. Mehr als dreißig seiner Kurzgeschichten und Erzählungen sind in verschiedenen Magazinen und Anthologien erschienen. Robert Thurston lebt mit seiner Frau Rosemary und den Kindern Jason und Charlotte in New Jersey.

Band 23 109

Isaac Asimov

Robot-City
Roboter & Aliens

Deutsche Erstveröffentlichung

Er ist Derec, der Mann ohne Gedächtnis. Ein Implantat hat ihn zum Herren und zugleich Sklaven von Robot City gemacht. Noch Lichtjahre entfernt erreichen ihn die Signale der Roboter. Als er einen sonderbaren Notruf auffängt, bleibt Derec keine andere Wahl – er muß den bedrohten Robotern zu Hilfe eilen. Doch nicht zurück nach Robot City führt ihn seine Reise, sondern in die Tiefen des Alls. Gefährliche Wolfswesen bedrohen die Roboter eines anderen Planeten. Als Derec zur Landung ansetzt, stürzt sein Raumschiff mitten in der Wildnis ab. Und als er den Bestien gegenübersteht, macht er eine schockierende Entdeckung: Ihr Anführer ist ein Roboter, ein Gestaltwandler, der die drei Robotergesetze vergessen zu haben scheint . . .

Band 23 113

Isaac Asimov

Robot City

Deutsche Erstveröffentlichung

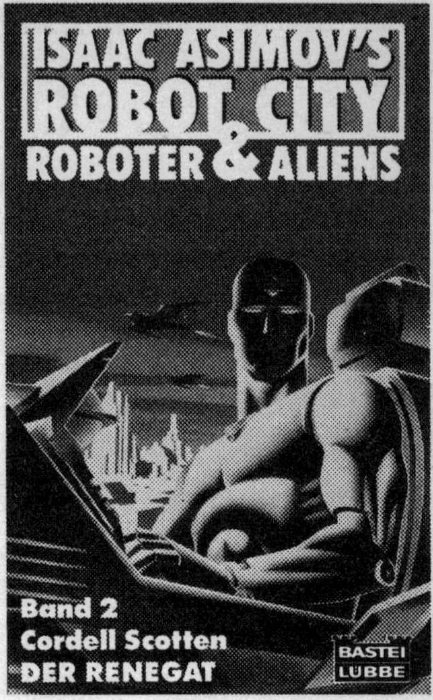

Er ist Derec, der Sohn des verrückten Erfinders von Robot City. Als ihn die Roboter eines fernen Planeten zu Hilfe rufen, sieht er sich Fremdwesen gegenüber, die mit einer bizarren, organischen Technologie den Bau einer neuen Robotstadt verhindern. Nach den drei Gesetzen der Robotik sind sie keine Menschen, können also vernichtet werden. Derec muß handeln. Er und seine Gefährtin Ariel müssen das Rätsel dieser sonderbaren Wesen lösen – oder ein gnadenloser Krieg gegen eine fremde Intelligenz beginnt.

Zum erstenmal öffnet ISAAC ASIMOV die Grenzen seiner Welt, für die er die berühmten Robotergesetze erfand. Nach seinen Vorgaben schreiben herausragende junge Science-Fiction-Autoren außergewöhnliche Geschichten um Roboter und Aliens.

BASTEI LÜBBE

Sie erhalten diesen Band im Buchhandel, bei Ihrem Zeitschriftenhändler sowie im Bahnhofsbuchhandel.